河沿雪

贾雪莲 著

读者出版社

图书在版编目（CIP）数据

河沿雪 / 贾雪莲著. -- 兰州 ：读者出版社，2023.10

ISBN 978-7-5527-0744-1

Ⅰ．①河… Ⅱ．①贾… Ⅲ．①散文集－中国－当代 Ⅳ．①I267

中国国家版本馆CIP数据核字（2023）第126282号

河沿雪

贾雪莲　著

责任编辑　王先孟
助理编辑　张紫妍
装帧设计　雷们起

出版发行　读者出版社
地　　址　兰州市城关区读者大道568号（730030）
邮　　箱　readerpress@163.com
电　　话　0931-2131529（编辑部）　0931-2131507（发行部）

印　　刷　甘肃澳翔印业有限公司
规　　格　开本 880 毫米×1230 毫米　1/32
　　　　　印张 9.75　插页 2　字数 254 千
版　　次　2023 年 10 月第 1 版
　　　　　2023 年 10 月第 1 次印刷
书　　号　ISBN 978-7-5527-0744-1
定　　价　39.80元

序

青麦穗之舞

张　琳

　　喜欢"天祝"这个名字——被上天祝福的地方。贾雪莲从天祝来，眉端带着率真，眼睛里闪动聪慧之气。

　　坐听她讲自己"在夹缝中求生存"的不易，禁不住感慨万千，人生本就是一场修行，多数人都各有各的夹缝、瓶颈和艰辛。看着她眉端的率真和眼睛里的聪慧，就不大为她担忧了，觉得纵然面临千沟万壑，她也能用她的秉性和聪慧笑对，况且她还有文学这方水土，在其中翩翩起舞舒广袖，就是一种幸运。我历来相信文学的力量，相信文学救赎人心的神奇功效。

　　她的充盈着一种劲头的神态和话语，让人想起田野里的青麦穗，正如她在散文集《河沿雪》中那些有关庄稼的出神入化的体会、领悟和描写，就像碧色的青麦穗，根根麦芒朝向蓝天，芒尖闪烁生机，新鲜而满含劲头。不晓得像麦穗成熟一般变为金黄，垂着沉甸甸的头，在收割、晾晒后被磨成面粉，蒸成暄腾腾的馒头、花卷，做成有韧性但柔软的面条的贾雪莲会是怎样的呢？

读贾雪莲的散文，我几乎是从头新奇，惊讶到尾，她怎么就写得那么俏皮呢，那些古灵精怪的体会和表述，让我直叹服她的生性和文学天赋；叙述幽默、洒脱，许多处都令人忍俊不禁，但绝对是文学味十足的、优雅有品质的幽默，跟插科打诨毫不相干。

是啊是啊，幽默、洒脱，豪爽之气十足。而温婉处又极温婉，心思之细密，情思之婉转，用词之准确、精妙，将那温婉、细密、微妙的感受和体悟悉数传达出来，充满了捕获人心的对物事的怜惜，或者说爱怜，也透露着物事的前世今生，铺陈着它们蓬勃的生命力。

旱獭在公路边向路上的汽车挥动短短的前肢，隐匿在森林里的鸟儿吟唱出珍珠在月亮上滚动的声音。朵肥茎粗的白蘑菇在野牡丹枝叶间发出"咯咯"的笑声。

像这样的传神之笔，根本不用特别去寻找，在篇目中几乎俯拾即是。

昨夜，风信子乘坐着高山白杜鹃的花瓣，顺古哈公路逶迤而来，穿过乌鞘岭四个幽暗的隧道，在金强川的大田里摘了一把甜脆豆，在红大口捎了几片红笋叶，在庄浪河里捡了一块小石头，把一句悄悄话放在了我的枕边。

风信子，我也有一句悄悄话，请你带回去：河沿台，我想你了！

这是《风信子送来河沿台的讯息》的结尾，因为前面以种种精妙的笔墨层层递进地、铺排地做足了文章，所以最后看到结尾处的这段话，就格外地被这跳跃灵动的美好与深情打动，心里像轻轻掀起了彩绸，飘舞不止。在这篇散文里，风信子就是个意象，不是实体存在。想了再想，此处的风信子竟无可替代。

五娘在大铁锅里炒青稞，绿色的珠玉在锅里奔涌翻滚，香味渐渐地溢出天空去。

雨渐渐小了。

多么欢快，又有着语言和氛围上的旋律和节奏感，"香味渐渐地溢出天空去"，读着这样的文字，我们的视野和心境也延伸到天空之上、之外去了。

世俗生活在她的笔下如此温暖有趣，滋养人心。

这个穿素白连衣裙、背双肩包、戴一副大框架眼镜的女子，有着这么敏锐的咂摸生活的神经和能力，内心有着这么绚烂的体会和领悟力，不得不赞叹她的文学感觉太好了，而这天赋般的文学感觉，又被她心里沸腾着的对生活的热爱给点燃了、升华了，让她的文学天地一片璀璨。

读贾雪莲的散文是一种享受，这确实是一句实话。我是个语言文字控，单是她讲究的文句就对我充满了吸引力，沉浸其中。况且人世间又被她描述得这样有滋有味、有声有色、斑斓多姿，历史的、文化的、生活的，都在她笔下铺陈，有些篇目极尽细腻柔婉，有些则爽直大气厚实，看不出作者的性别。更为金贵的是这些散文篇目中洋溢着面对生活窘迫时的乐观主义精神，我把这叫作"向日葵气质"。就像人世本身的五味俱全，她的散文里也写困顿，有忧伤，负沉重，但都被她的率真和热爱安置妥帖了，都被放置在简朴的阳光之下，由一片片的光照亮着；她笔下的那些窘迫和忧虑碰触到了人的心底，让人共鸣，而那些或安静或闪烁的明亮，也都照得人身心愉悦。反正，日子里的种种难处，她都能拿来笑谈，让它们趣味横生地直眨眼睛，更别说那些暖、那些光、那些美，更被她扯起了大幅的绸缎在空中抖动，制造出蓝天下的红绸舞，我们在文字中清晰地看得见她长袖曼舞的姿态。

　　这部集子中有一些篇目是贾雪莲对她在乡镇工作时进村入户所遇所感的叙写，字里行间满是对乡民们的痛肠，但不悲情，总是表现得乐观，眼睛望向的总是亮色，一切都在向好，一切都会好起来。有这样的工作经历，有悲天悯人的情怀，有扎实的文学功底，才能写得这么接地气、这么厚实、这么大气，还这么艺术、这么美。入围丰子恺散文奖的《格桑梅朵遍地开》，写的是精准扶贫和乡村振兴内容，这篇称得上一个艺术品，全然不是我们平时读到的这类题材散文的那种写法，看得人悠然神会，心向往之，看得人心里热气腾腾且美美的。

　　一篇一篇读过去，咀嚼回味个没完，暗想，写这文字的人，心里得是有多么饱满的热爱，才会这样自然而然地流淌在文章中，让读文章的人看着看着，心境也跟着开阔，变得乐乐呵呵了——单这一点，这些散文就太值得去读了。

看完贾雪莲的散文集，又回望她的眉端和眼睛。她就当一辈子的青麦穗也挺好的，生动，个性，麦芒朝向蓝天，焕发着生机，涌动着劲头，用热爱、用那股俏皮幽默豁达劲儿，在生活、在文学的天地里舞蹈。如果后来她把自己的青碧变作金黄，收割了磨面粉，做成馒头花卷面条，稳稳妥妥的，也不错。一时之间，我就想拽拽这个心思细腻但又率真的女子背上双肩包的带子，帮她扶扶大大的框架眼镜，和她一起去撸串儿，那串儿最好是来自她家乡河沿台的羊肉，满涂着红红的辣椒面儿，吃得油点子都溅到她素白的连衣裙上了也不管。我们再奔跑着去看她家乡河沿台的雪，看遍地蓝悠悠的马兰花。

（张琳，甘肃日报社高级编辑。毕业于复旦大学新闻系。中国作家协会会员、中国儿童文学研究会会员，甘肃省作家协会理事。其作品曾获全国优秀少儿图书一等奖、冰心儿童文学新作奖大奖、"大白鲸"原创幻想儿童文学奖、大自然原创儿童文学奖等。）

目　录

第二辑　归心生羽翼

第三辑　闲吟有风来

第一辑

乡关烟水隔

风信子送来河沿台的讯息

一

天爷天爷大大下，蒸哈滴馍馍车轱辘大。

那个年代，河沿台雨多。但初秋的雨，并不能带来丰收的讯息。麦子刚灌饱了浆，豆子刚结了荚，土豆才落了花，它们渴求在阳光下成长、成熟。像十六七岁少女的爱情，不喜欢用眼泪灌溉。

雨下得大人们的脸皱成了麻籽儿叶叶，心也皱成了冬天窖门口被遗弃的冻土豆。隔壁张爸蹴在庄门洞里看着天，手抱着膝，头深深耷拉下去，似一只被雨淋湿了毛的麻雀。

我们也皱巴着，像被驴蹄子踩过的蒲公英黄花花，干瘪地贴在炕皮上，水分被老天爷吸走，聚集在河沿台的上空了。"黄花花"们渴望像夏天那样伸展开身子，在下滩地、红山洼和树园子里疯跑，哪怕是去放一头不听话的小毛驴，或者去套子沟拾一背篼陈年的松塔，或者在龙滩河里泡一泡，舒展一下细嫩的花瓣。

贾平娃玩腻了在炕上摞着被子"上新疆"的游戏，趁妈妈不注意，趿拉着一双大人的雨靴，头上顶着一个破草帽，溜到院子里开挖水渠。

盘腿纳鞋底子的妈妈靠在被垛上丢了个盹，短短几分钟，她做了一个梦。她的梦与她儿子摞被垛的初衷"南辕北辙"——贾平娃把家里仅有的三床被子摞那么高，目的是要"上新疆"。而她在梦里，居然去了一趟兰州，在她丈夫工作的油库大门口，一排简易的"马脊梁"房房里包了一顿饺子。饺子馅是我爸从商店里用五毛钱买回来的一大包兰州点心渣渣。

妈妈醒来后看见一个黄毛丫头酣睡在被垛与枕头极窄的夹缝里。白底子上开着小朵蓝花的褂子被炕皮推了上去，肋骨一根一根清晰可辨。我睡姿扭曲，但睡相依然恬静。也许，那个时候命运就在提醒妈妈："你的女儿擅长在夹缝中求生存！"而这个有着睿智生存法则的农村妇女，用一条大花图案枕巾盖住了命运对她、对我的暗示。也许，她看懂了这个暗示，也颇感欣慰。

擅长生存，总比不会生存强太多。无论是在夹缝中，还是在广阔的天地之间。

她用一根兔儿条挑起木格棱窗子，看到院中蹲着一个大型的"蘑菇"。那是她勇敢的"工程师"儿子，手里提着一把银色的小铲子，正在"施工"。一股股团结友爱的雨注，浇在破草帽上，略作停顿后找到了一个豁口，继而在他撅起的雪白屁股蛋上汇成一股清亮的溪水流下去。

贾平娃的"水渠工程"已颇具规模，从院子当中修到了院墙底下的水洞边。他一开始是打算修一条一拃宽的水渠，让满院子胡跑的雨水顺着他的心意流向指定的小涝坝，然后在这个小涝坝中养几条他想象中的"鱼"。

雨越来越大。越来越多的雨水淹没了他的水渠，甚至淹没了他的涝坝和他的靴子。草帽像丢盹的鸟儿的翅膀一样耷拉下来。铲子已不能完全满足施工需求，他的两只手得到了最大限度的开发使用。雨激得他直打冷战。巨大的雨靴显然是他施工和成长路上的"绊脚石"……

妈妈大喝一声："平娃，你干啥着哩，回来！"

沉浸在劳动快乐中的贾平娃欲抬起头来看妈妈一眼，不料被草帽子挡住了眼睛。他复又低下头去，一边勤奋地掏挖稀泥，一边在雨声里大声回答："妈，我在修水洞。水洞被堵上了，院子里的水出不去。"

雨声淹没了贾平娃的声音。但妈妈像世界上所有护雀儿的老麻雀一样，迅速明白了儿子的意图。这个从两岁半开始就显露出极度热爱家庭习性的小孩，常常为家里的一根木棍儿、一片树叶儿操碎了心。

妈妈放下窗框跳下炕，在廊檐下抄起一把铁锹，加入了儿子的疏浚行列。她几下掏出了水洞口的淤泥和荒草。满院子的积水像一群被追逐的野兽，急速地从四面八方冲了过来，向畅通的水洞涌去，临出洞口时发出欢快的"汩汩"声……

我家的院墙是爸爸、妈妈还有二舅利用一个暑假，一点一点纯手工夯起来的。夯实墙体时预留了一尺见方的小洞，且用平整的青石块儿砌筑。

贾平娃被妈妈剥成一颗滑溜溜的鸡蛋，塞进一床刚撕开的被子里。温热的炕皮令贾平娃舒服得直哆嗦。他顺着被窝往下溜，摸索到我的脚，然后从被子的另一头钻了出来，用被子把我和他一起包起来。他轻轻地把手放在我肚皮上，猛地一按，冰得我在睡梦中吸了一口气。他得意地"咯咯咯"笑起来……

一场秋雨跟我一起穿越到了四十余年后的河沿台。

我坐在封闭式的走廊里，看雨、听雨。我家的院子，现在属于六叔。他在原来的地基上盖了一溜五间上下圈梁、一砖到顶的瓦房，并用铝合金框和玻璃封闭了走廊。

院子里，一大墩玫红色的芍药花开得正盛。花瓣繁密，像四十年前我家院子的一只公鸡的锦翎，一层一层拌起来，每一根羽毛的根部都写着光阴的故事。

地坪用水泥打得光洁平整。大滴的雨点落在水泥上，很快聚集起水波，水波上泛起水泡。蓝色的天幕、花瓣的色彩倒映在水泡上，迅疾地向庄门口的水洞赶去，像一群急着去广场上跳舞的妇女。

这个院子不再是我的家，但那个水洞还有熟悉的气息。

巷道也是水泥的，被雨水清洗得像贾平娃穿开裆裤的屁股蛋儿。他爹（方言，举）着两手泥的童年，在门前一棵不太直溜的白杨树下定格。

二

娃们娃娃们玩来，天上掉下个羊来，
谁拾哩，我拾哩，张家锅里煮着哩。

雨过天晴，我们急急赶往张家平坦的庄门口，齐声唱这首儿歌。人少了不敢唱，凑够三个便开口了。我们不知道三人为众，道理却无师自通，人多胆子大。

张家的锅里可没有煮的羊肉。

河沿台把双胞胎叫"双双羔"。张家那对跟我同岁的姐妹，便是"双双羔"。这对"小羊羔"不像传说中那样难以辨认。大双英武，像男孩；小双柔甜，眉心里有一颗淡黑色的痣。

张家在村子的中心，门口场院开阔平整，是我们玩耍的理想场所。他们的爸爸也是退伍军人，每天早晨都会把庄门口打扫得干净整齐，把粪堆堆得远远的，不影响我们玩儿。

小双是我最喜欢的玩伴。她的大姐帮她剪了整齐的刘海儿，眉心里的痣用做馍馍的红曲染得红红的，像一颗朱砂，长在全村少男少女的心里。

我羡慕小双的朱砂痣，更羡慕她有两个姐姐。而她腼腆又羞涩，款款地摸抚我的红条绒上衣，生怕摸烂了。

那年闰八月。头一个八月，秋雨绵绵不绝，麦子在地里大片倒伏。八月十五那天，张家的锅里煮了一锅土豆。

河沿台把土豆叫"山月"。山里人的日月、光阴，就靠一窖土豆来打发。

第二个八月，天终于晴了。晒了十多天后，河沿台的麦子在一个星星特别稠密的夜晚偷偷地成熟了，因错过了时令而羞黄了脸颊。麦芒干而锋利，麦壳薄而脆，能看见里面饱满或不太饱满的籽实，像一个个浸泡在羊水中的婴儿，吸饱了河沿台的养分，龙滩河的雨露，只等着剪断脐带、离开母体的那一时刻。

连那些倒伏的麦子，都努力挣扎着，试图重新站起来，站成一株输了形象、不输气质的好庄稼。

　　小双爸爸是在八月十五的头两天开镰的。他的镰刀磨得无比锋利，麦芒看见刀刃的光亮即刻羞臊地断为两截，麦秆甫一靠近镰刀，便齐齐倒向了他的怀抱。这些成熟的却也是无比新鲜的"妇人"，终究抵挡不住这个同样成熟又冷峻男人的魅力，甘愿任他揉捏成捆子，并一一举起手来，被他捆扎成形，立在地头。

　　河沿台还没反应过来，张爸爸已经割完了一块地的麦子，一口气拉到了场院里，架起牛车开始打碾。当"辘辘"的打碾声惊动了河沿台秋日下午的静谧时光，这个永远戴着一顶深蓝色帽子的大个子退伍军人，正弓着腰抖散他收割的第五个麦捆。

　　这五个麦捆，像他的五个孩子，也像他曾经带过的一个班的五个兵，整齐地排列在他面前，等待他的口令。

　　金色的夕阳照在金色的麦秆上。金色的麦穗包裹着金色的麦子。金色的河沿台飘荡着金色的麦香味儿。

　　胡三爷提前打开了水磨坊的木门。圆形的磨坊是黑色的。它黑得毫无道理，却又天经地义。被一拨拨来磨面的粗手摸黑了，被空旷的河滩里的风吹黑了，被一束束渴望麦面的目光望黑了。

　　龙滩河水在水磨坊这儿忽然立正，鼓起巨大洁白的浪花，旋转的双脚穿上了永世不能停歇的舞鞋，斜着身子钻进磨坊的肚子，在磨坊的肠子里轮回一场，才奔向下游开满桃花的三生三世。

　　张爸爸把半口袋麦子倒进了水磨的木槽。此时的麦子们又干净又体面，她们像新嫁娘一样被一条雪白的毛巾搓洗了好几遍，既保证把灰土弄掉，还小心不被弄湿。她们身形丰满，乳丰肤滑，挤挤挨挨躺在一起，散发着新娘的体香和金子的光芒，扑向被龙滩河水摇动的巨大齿轮。

头面、二面、合面和麸子，依次从磨坊里背了出来。

闰八月十四黄昏时分，小双爸爸顶着一层孤独的白霜回到了河沿台。他把面口袋递到妻子怀里，郑重地对她说："给我的娃娃们蒸一个大大的月饼吃！"然后倒头便睡。

第二天早上，小双和她的大姐、两个哥哥，还有大双，在被窝里吃到了新麦面蒸成的月饼。

那月饼松软、甜香，一层层地卷了香豆子、干玫瑰、胡麻、红曲、姜黄，还有清油。红曲化成水，在雪白的月饼皮上，点了好多个鲜艳的红点儿，每一个，都像小双眉心里的朱砂痣。

2021年秋天，远嫁的小双回到了河沿台。她眉心里的痣已不甚清晰，但眉眼还是清秀可人。为了欢迎她的到来，她的大哥去古城买了一只羊，煮的煮了，黄焖的黄焖了，剩下的软肉，被孩子们拿去院子里做烧烤。

蓝天那么蓝，白云那么白。小双长久地站在自家门口的场院上，张望对面的磨脐山，张望龙滩河，张望四十年前那一个闰八月十五的早晨，还有被窝里的月饼。

张爸爸和张婶婶已不在人世，他家门口的场院，修了一个小广场，安装了篮球架和几个健身器材。大哥每天早上起来，都会打扫干净广场，背影像极了戴着深蓝色帽子的爸爸。

1972年秋天，我爸从兰州西固油库准备回老家。他背着当兵时部队发的军绿色挎包，包里装着牙刷缸、一条白背心和二十元纸币。

空荡荡的军绿色挎包，抽空了他身体的重量。

油库南大门里外两侧，红的、黄的、粉的、白的八瓣梅正在盛开。没有风，花儿依然在摇曳。蜜蜂趴在花蕊中间，忘我地吮吸。他走进花丛，略带涩味的花香瞬间包裹了他。

他将了一大捧成熟的八瓣梅花籽儿，装在挎包里，感觉自己有了重量，心里踏实了许多。

第二天傍晚，我爸回到了河沿台。他在绿皮火车上慢摇了一夜，天亮后在古浪火车站下车，然后一路步行，穿过西山堡川，翻过大、小脑皮沟，从长岭口下来，顶着焦黄的落日一路向西。

河沿台的那个家里，有他的父母、六个弟弟、三个妹妹，还有新婚一年的妻子。

那个晚上，他神秘地从挎包掏出一大把乌黑的、弯如钩月的花种子。他年轻的妻子立即惊喜地接了过去，小心翼翼地包在一方手帕里，折起来，放在自己陪嫁箱的角落里。

那对陪嫁箱是白杨木板子，又薄又不值钱。但那是唯一属于她的财产，也是他俩目前最贵重的财产，里面装着结婚证等他俩认为最珍贵的东西。所以，她时时锁着。

他向她描述那个油库门口大片的花海，描述各种色彩和流连不去的蜜蜂，描述花海中照相的女孩……他其实不擅长描述。他是个口讷的人。

她点着煤油灯，放在炕边的隔墙上。昏黄的灯光打在他脸上——灯光放大了他的影子，近距离地投在对面的土墙上，把他比画着的胳膊也放得巨大。她抱住那条胳膊，靠了上去。

"开春，我就把这些种子种在院子里。"

妈妈种的八瓣梅，惊艳了整个河沿台，人们争相前来观看。这是那个秋天哈溪滩最轰动的事件。尕媳妇、老婆婆在各色艳丽的八瓣梅面前用毛巾捂着嘴，瞪着眼，不敢靠近。

秋天过后，怀身大肚的妈妈捋了好多好多的籽儿，装在一个紫色的布挎包里。包包贴在她的大肚子上，厚重又温暖。我在她肚子里，被那些弯如钩月的黑家伙拍打着，睡了一个又一个长觉。

那些种子经由妈妈的手，落入了各种不同的手。白的、黑的、胖的、好看的，它们有的莫名惊诧，不知道自己将去往哪里；有的欢天喜地，伸着懒腰期待一个崭新的天地，一个崭新的春天。

第二年秋天，整个哈溪滩都被八瓣梅攻占了、惊艳了、轰动了。

八瓣梅像那些外来的新娘，引得哈溪滩无论男女都想去一睹风采。这位"新娘"，没有让任何一个来观者失望。她有大红、玫红、淡红、紫红、粉白、娇黄各种颜色，干净又明亮，鲜艳却不灼目。据说她来自遥远的墨西哥，18世纪末才被欧洲引入，西班牙的马德里植物园曾张扬地摇曳着她的身姿。

从墨西哥到中国，跨过一眼望不到头，无边无际的太平洋，从称为"宇宙之花"的波斯菊变成了西北高原农家口中的"八瓣梅"。这一路，她究竟经历了什么？我怀疑她原是大波浪卷发的性感辣妹，来到我们大西北，才剪了乖巧的"妹妹头"，简单质朴，含蓄娇嗔，像 1973 年冬天出生在河沿台的每一个女孩。

2020 年夏天，我陪妈妈回到了河沿台。实际上，她每年都要回去一次。她的梦里全是尖山台的青稞、河沿台的麦子和开满她整个青年时代的八瓣梅。

我陪着妈妈和五娘去龙滩河畔掐萱麻，下滩地里揪豆子，杨家湾湾折青稞。下滩地修建了一百多个日光温室，里面种着香菇、杏鲍菇和羊肚菌。工业园区的厂门口，种植着大片的万寿菊。这是哈溪滩的"新贵"，花期可观，收获后可提取精油和色素，用于高档保健品和化妆品，被称为"植物黄金"。

这几年，河沿台娶来的"新娘子"还有很多，比如藜麦，也来自遥远的安第斯山脉。穗子有红、紫、黄等多种颜色，她们色彩中性而含蓄，有一种沉甸甸的力量美。待一场雪后，方释放激情，点燃略显萧索的黑色大地。

四

一只飞鸟张开翅膀从西山堡川的上空飞过时，翅尖划破空气的声音，把我从一辆光板板马车上唤醒了。

二舅跨坐在车辕上，用一根细细的柳条棍儿若有若无地在马屁股上敲打。贾平娃严肃地坐在车前厢，和二舅讨论着沿途庄稼的长势。他几岁？我小学毕业，他应该是二年级。

洪水冲断了古浪峡的公路。我和贾平娃流连在河沿台、尖山台和上圈滩几个亲戚家里，打发漫长安静的暑假。

快开学了，二舅送我们去古浪县城坐车。

我仰面躺在缓慢行走的马车上。头顶上一大片凝滞的蓝天跟贾平娃的脸一样绷得紧紧的。没有一片儿云，也没有一丝儿风。两边的黄土崖子上依稀掠过几根半绿半黄的臭蒿子。

我又闭上了眼睛。听见马蹄子落在滚烫的砂石路上，轻一脚重一脚，踩出没有节奏的"嘚嘚"声。这一匹老马是二舅从邻居温家借来的。从我记事起，温家的庄门口总有一个长长的马槽，槽上总是拴着几匹马，或老，或年轻，一律土黄色。

当我还是贾平娃这么大时，我们总在河沿台过春节。有一年春节后开学前，一家四口从河沿台来到了上圈滩，准备在小姨家住一晚，然后从她家门口乘车返回兰州。

第二天早上，大雪封山封路，古浪峡到哈溪滩的公路停止通车。

上圈滩有我爸的一个战友，他听见我们被好客的大雪留了下来，便顶着几朵散漫的雪花来到小姨家，请我们去他家做客。

我们得到了贵客级别的招待。大茶壶里红酽酽的砖茶、巨大的钢筋锅里欢腾的肉骨头、大洋瓷盘子里长长的"牛肋巴"油果子……当然还有酒。一块五一斤的光瓶子白酒，在我爸和秦叔叔面红耳赤，几近把秦家的屋顶掀起来的喧闹里，被喝空了一瓶又一瓶。

妈妈快要被我爸气疯了。她不喜欢喝酒的场合，更讨厌喝醉后高门大嗓、臭气熏天的男人。但我爸一辈子都在她濒临发怒的边缘试探。就像那只网红长腿鹤，轻轻把腿伸出去试一下海水的深浅，嗅到危险的气息后迅速收回，待大海的气息平稳后，又把腿伸了出去……

雪终于化了，车终于通了。我爸还沉浸在宿醉的快乐里，跟秦叔叔又搂又抱难分难舍，被妈妈用几个白眼和拉长的脸弄上了班车。

返回兰州的第二天早晨，我们家八只眼睛集体罢工。尤其是妈妈和贾平娃，上眼皮肿得像红色的核桃，眼仁子上布满了蛛网一样的红血丝，成堆的眼屎糊在眼睑上，比糨糊还粘得牢。

贾平娃眼睛大，肿得格外明显。他两只小胖手扣着眼屎急得哇哇大叫："我的眼睛呀！我的眼睛呀！"样子像极了旱獭的幼崽在洞门口挖土时，看见了天上的老鹰。我的眼睛症状最轻，看着他难受的样子，我第一次对这个霸占了全部母爱的孬家伙有了心疼的感觉。

医生判决：红眼病。

我惊讶极了。因为听说秦叔叔这几年在双龙沟里挖到了金子，我们全家人确实很眼红。但这个情况，我们并没有给医生陈述呀！

医生说，此"红眼病"非彼"红眼病"。红眼病是一种传染病，是细菌感染引起的常见急性流行性眼病。涂抹上几天眼药膏就好了。

后来得知，秦叔叔的大儿子春节期间去给别人家拜年，感染了这个病，又传染给了他们全家和我们全家。我爸判断，主要传播途径是洗脸毛巾。我们全家人用的那一条毛巾，挂在秦叔叔家堂屋中间的铁丝上，跟他们家的毛巾亲热地挤在一起……

那个时候，农村人家都是大家共用一个洗脸盆，共用一条毛巾。妈妈还算讲究人，带着自己的毛巾。

妈妈给贾平娃洗脸时，他发出的嚎叫惊得秦家的狗又跳又吠，要不是铁链子拴住，它打算来帮一下这个胖墩墩的大头娃娃。这娃娃几天来跟院子里的狗、鸡都交成了朋友，把河沿台的趣事都给它们喧（喧荒，方言，闲谈聊天）完了。

贾平娃肤色雪白，两团山里红脸蛋像胭脂，清鼻涕像高光一样打在鼻梁两侧。妈妈不想让他把这一脸痂痂带到兰州，使的劲儿未免大了些。

我实在等不住，就在他们撕扯的空隙里，飞快地从脸盆边缘掬了一捧水，胡乱搓了两把，然后用自己的衣裳前襟擦干了脸。这个动作是跟我奶奶学的。她穿的毛蓝布大襟衣裳，布质柔软干爽。我的"金针呢"蓝褂子，是当年最流行的衣料，在河沿台过年时大出风头，用来擦脸却有点扎。

几十年来，编号 K145 的古哈公路，是我们思乡的血管，一头拴着河沿台，一头牵动着我们心脏上最细的那一根神经。

回家的路，遍布思念的块垒，车轮的丈量方能一一化解。

土路，砂石路，柏油路……

2020 年，古哈公路彻底被连根拔起，将死土、淤泥、散沙清理一空，拓宽路基，切断拐角，拉直弯道，乌黑发亮的柏油，一路流光溢彩，汇成一条吉祥的哈达，消散哈溪滩两万多农牧民多年来的迷雾。

每一场远行，都不再是一次修行。

乡道、村道、巷道，以另一种焕然一新的方式，推开了时代的春天。

上下脑皮沟退耕还林后，村民已全部搬迁出沟，围栏里植被茂盛，野花漫山，旱獭在公路边向路上的汽车挥动短短的前肢，隐匿在森林里的鸟儿吟唱出珍珠在月亮上滚动的声音。朵肥茎粗的白蘑菇在野牡丹枝叶间发出"咯咯"的笑声。

车过长岭沟口，在前进村的垭口里，就能看见妈妈的娘家尖山台。"一眼四季·金色哈溪"八个金字镶嵌在尖山台向阳的山坡上。大片大片的马兰花、马鞭草、油菜花举着各种颜色的小手，齐跳着异域风情的草裙舞。养殖小区蓝色的顶子、集中安置点红色的屋顶，点亮了鱼儿梁的回忆。我的三舅曾在一篇高中作文里写道："鱼儿梁的青稞熟了，任大爷腋下夹着一把镰刀走得飞快……"

站在河沿台崔家坡洼，可以看见龙滩河对岸的双龙村乡村旅游系列民宿之一——哈溪16号院子。东院设有会客厅、客房、小餐厅、垂钓台等，配套建设湖泊、水车、杏桃林等景观。西院设有写生基地、咖啡厅、景观湖等休闲设施和村民服务中心、文化室、供销社、集体食堂等民俗场所。我的小学同学陈八的媳妇何金花，在16号院子门口出售她自己制作的香包和绢花。

生态旅游、乡村振兴这样的新名词，在我乡亲的嘴里，像一把炒熟的豌豆，越嚼越香，越嚼越有味儿。

2021年，河沿台跟天祝藏族自治县62个村同时进行"美丽乡村"项目建设，修建排水管网、雨水沟，改造大门、围墙，安装太阳能路灯，种植云杉、国槐、旱柳、金叶榆、榆叶梅、白榆……

"村在绿中，路在荫中，房在园中，人在景中。"这是河沿台的梦，这个梦快要成真了。

昨夜，风信子乘坐着高山白杜鹃的花瓣，顺古哈公路逶迤而来，穿过乌鞘岭四个幽暗的隧道，在金强川的大田里摘了一把甜脆豆，在红大口掐了几片红笋叶，在庄浪河里捡了一块小石头，把一句悄悄话放在了我的枕边。

　　风信子，我也有一句悄悄话，请你带回去：河沿台，我想你了！

青粮食

一

青稞是大麦的变种，俗称裸大麦，又称元麦。青稞是具有浓郁高原特色的农作物，适宜生长在海拔 4200—4500 米的青藏高寒地区，耐寒性强。

天祝藏族自治县地处青藏高原、黄土高原和内蒙古高原的交会地带，气候清凉，适宜青稞生长。河沿台村位于天祝县西北部的磨脐山下，早年是种植青稞最多的地方。常年生活在高原上的藏族称青稞为"乃"。据说，历史上西周人称大麦为"来"，同藏语中的"乃"是一个意思。

有一个流传在四川阿坝藏族地区的民间传说，说布拉国的人们吃的是牛羊肉，喝的是牛羊奶。布拉国王子阿初想让国人都吃上粮食，就到山神那里去要种子。山神告诉他，粮食种子在蛇王那里，并给了阿初一颗风珠。阿初从蛇王那里偷到青稞种子，蛇王发现后将他变成一条黄毛狗。黄毛狗借风珠神力，逃到娄若国，与土司的三女儿俄满一起播下了青稞的种子。

藏族人民爱狗，护狗，这我是知道的。之前，一直以为是因为狗帮他们看护牛羊的缘故。看了这个美丽的传说才知道，原来他们认为是狗送来青稞种子，为他们送来了粮食。据说，藏族人民每年收完青稞后所做的第一碗糌粑，会先喂给自家的狗。

青稞分为白青稞、黑青稞、墨绿青稞。河沿台种的是白青稞。

二

五娘折回来的青稞，每一粒裸籽都饱满圆润，身长肚鼓，晕染了磨脐山的墨，吸足了龙滩河的水，在河沿台清凉的土地上恣意生长。只待一场秋风过后，它们就成熟了，籽儿必将脱离颖壳，把一片金黄透亮呈现在金秋的河沿台。

河沿台肯定不会为此而受到惊动。河沿台见过比青稞更加光灿和丰饶的东西——黄金。因此，河沿台面对所有艳丽的金黄的东西都安之若素。比如大片的油菜花，比如成熟后的麦子和青稞，比如东滩工业园区门口盛开的万寿菊。相对这些而言，河沿台更喜欢一场不期而至的雨。

雨果然来了。我和五娘坐在老房子的廊檐下听雨。

雨声里，河沿台万籁俱寂，四百亩青稞在下滩地里眯着眼睛，张开小嘴，面朝天宇。

这样的河沿台，才是我的河沿台，才是四十年来夜夜入梦的河沿台啊！

雨声里，五叔头上顶一片硕大的大黄叶子从门里进来了。大黄叶子黑绿挺括，茎脉暗红，比荷叶窄而狭长。雨水顺着隆起的那根茎脉在他的眼前滴落。

五叔听见我回来，从王三爷的葬礼上跑了回来，胸口的钮孔系着一小绺红布条儿。八十多岁的王三爷是前天晚上去世的。

五娘说，前天下午，我还跟王三爷在他家门口"抬杠"哩，王三爷嚷着要我做青粮食给他吃呢！

河沿台的老人去世，都要在屋里停放五至七天。头朝南，头前供一只装满五谷的大碗。粮食一定要攒得高高的，中间插上三炷香。

能在河沿台生存并成熟的五谷，只有青稞、麦子、豌豆、麻籽，凑不够，再加一把买来的小米或黄米。

王三爷终是没吃到五娘做的青粮食。五娘一边使出全身的力气搓着那些浑圆的青稞，一边铿锵地说，这个老汉没口福！

三

青稞是空心茎，茎秆比小麦粗。茎节维管束密集，彼此交错，形成实心的横隔。横隔处容易折断。小时候，我们会折一截四五寸长的青稞茎秆，在横隔的前端开一个小方孔，做鸣笛吹。邻居张三娃手巧，能做出好几个孔来，吹出悠扬的曲调。

我坐在老屋的廊檐下，在记忆库里搜寻着青青稞的影像。五娘才不会刻意去听雨声，对她来说，下雨跟吃饭喝水一样稀松平常，听它做什么呢？她要给我做青粮食。

我在出发前就发语音给她，说我要回家吃青粮食，让她等我一起去地里折青青稞。

她说，丫头，雨不让我等你啊。

在我们河沿台，无论你多大，回到娘家，你就是丫头。这一声呼唤，引出我内心喷薄的雨水。

下滩的四百亩青稞，全是我堂叔种的。他还种了大片大片的油菜和豌豆。他是个能下苦的人，也是个有眼光的农民。他家的磨坊和榨油坊一年四季都在转动。

下滩地是河沿台最平整最丰饶的土地。小时候，我为我们家没有一块正宗的下滩地而自卑。我家有四块地，一块是房背后的自留地，一块是下滩左边的窝窝地，紧跟着一块梯田地，还有一块是能滚翻牲口的阳洼地。这四块中窝窝地最好，长出的油菜籽能卖个好价钱。梯田地适合种麦子，够我们娘儿仨吃一年。阳洼地只能种豌豆，开出红色、白色的豆花儿，芬芳了我整个童年。自留地的土豆花也漂亮，结出的果实像绿色的山楂，十几垄土豆，也是我们一年的口粮。

五娘抬起头笑道，我偷折了你国叔叔的青稞，刚走到村口，就被他碰到啦!

五娘的抬头纹怎么就那么重了呢? 看得我心里"噌"地疼了一下。一绺白发从掭得很紧的发髻中垂落下来，在她又黑又小的脸颊边晃呀晃。

四

"人间有了青稞粮，日子过得真甜美; 一日三餐不愁吃，顿顿还有青稞酒。"藏族民谣，都这么朗朗上口，韵味无穷。

我家没种过青稞。

妈妈是尖山台长大的，海拔比河沿台更高。那个年月，不熟麦子，只饱青稞。她吃怕了青稞面。

青稞面发青发黑，口感粗、涩、微苦。做面食，没有碱揉不到一起。做成馍，拿在手里沉得像块石头。吃多了容易积食。

麦子成熟的香味，从河沿台出发，路过崔家坡洼，路过马莲滩，在去往尖山台的路上，被龙滩河水截留了。

妈妈嫁到龙滩河东岸的河沿台，就是为了吃麦子。她连一粒青稞种子都不肯撒到属于她自己的土地里。如果在麦子地里发现了一株青稞，她也会把它归到草里，早早地刈除。

妈妈老了以后，最爱吃青稞面。隔一段时间，她就开始想念尖山台的青稞。她的梦里，全是尖山台，尖山台的松树林，封冻的龙滩河，套子口成千上万的松果，一院子的劈柴，还有鱼儿梁上一大片一大片随风摇曳的青稞。成熟的青稞，垂着谦逊的头颅，在她的梦里，被她童年的风吹拂着，摇曳着，拔节、分蘖、灌浆、变黄……

这个季节，她应该在想念尖山台的青粮食。

《本草纲目拾遗》中记载，青稞下气宽中，壮筋益力，除湿发汗，止泄。

河沿台人哪里知道这个？

从前吃青粮食，是因为口粮断了，新粮还长在地里。庄稼人只好去折刚刚灌浆的青稞——生产队的时候偷队里的，包产到户后就折自家地里的。折回来，搓了皮，炒熟，拌上青盐水，一家人围坐在一起，你一把，我一把。青稞特别能给人饱腹感，抗饿。灾荒年，青粮食是救命粮，帮妈妈喂饱她残疾的老父亲和年幼的弟妹，还有后来面黄肌瘦的我。

五

尺把长的青稞穗子被我一个一个捋整齐，用剪刀将尖锐的芒"咔嚓咔嚓"一一剪去。这声音跟雨声一唱一和，把五娘的声音稀释得忽远忽近。

五娘今年 54 岁。她的声音跟年龄不相符，脆脆的，像七月里下滩地埂子上的蓝铃铛花。

剪掉麦芒的青稞放在五娘手边，五娘抓住秆儿，摁住青稞头，在簸箕里开始揉搓。簸箕也老了，被岁月的烟火熏出厚厚的记忆色。

尖锐的青稞芒在她掌心里乖驯地收敛了锋芒，包裹得紧紧的皮也被她粗糙的双手一一脱了下来，青稞面露羞色，袒露着浅绿色紧实的身子，怯怯地看着飘着雨丝的河沿台的天空。

老房子是爷爷在的时候盖的，我小时候来得不多，但记忆还是很清晰。雨天，爷爷坐在炕上，挑起木格棱的窗子，用一根小木棍支住，让亮光和雨声进到屋子里来。三个姑姑在窗下绣花，鱼儿戏莲，喜鹊登梅，富贵牡丹，艳丽又繁复，都是农家最爱的。

五娘嫁到我们家，一次也没有在堂屋的那个炕上安静地坐下来，绣一次花。她不是在厨房里烟熏火燎地做饭，就是在院子里喂猪喂鸡。那个跟她年龄差不多的簸箕的纵横沟壑里，写满了她嫁到贾家三十多年的光阴。

能吃上青粮食了，那就是夏天结束了呀！雨声渐密，气温急剧下降，我进屋加了一件衣服，还是坐回在老屋的走廊里。新房子是六弟在世时盖的，五间封闭式的平房，两大间，一小间，宽宽的走廊里能支一张床。一间大的做了堂屋，我们哈溪话称为"书房"，实际上大部分人家里面连一本书都没有，就是客厅兼主卧的意思。另外一大间，本来是要留给六弟做客厅的，小间做新房。只可惜，这两间屋子，至今空空的，再也等不回来六弟，和他的新娘。

六弟在家时，走路、干活都离不开手机，五叔看见就骂他。他嘿嘿地笑着揣兜里，背过五叔又掏出来了，回消息。五娘问他，手机里有什么呀？他摸一下五娘的头顶笑着说，我的这个孬妈妈呀……他个子又细又高，比自己的妈妈高出一大截。五娘听着那怜惜的口气，开心得没了眼睛。

他去新疆打工，几个月后，他的一位女同学来河沿台亲戚家玩，气呼呼地给姨娘说，贾福福那个人真不靠谱，电话不接，微信不回，是不是死了！她姨娘叹了一口气，放下手里的针线活看着远方说，可不就是死了吗。

五娘在大铁锅里炒青稞，绿色的珠玉在锅里奔涌翻滚，香味渐渐地溢出天空去。

雨渐渐小了。

六

搓干净的青稞，每一粒都是一颗月亮洒下的绿色珍珠，长而圆，发着青幽幽的光泽，单个来看，有遗世独立的孤傲；躺在古董一样的簸箕里，你挨我挤，却也多出来一份低于尘埃的喧嚣和热闹，由不得让人满口生津。

炒至半熟，五娘示意我尝一下——她总是无条件地信任我，从我还是个读初中的莽撞少年时。那个暑假，我手起刀落，给尚是新嫁娘的她剪了一个超短"娃娃头"。村子里有人夸好看，有人说胡来。五娘开心地顶着一头短发出来进去忙活，快乐得像个孩子。

她去领结婚证，还没有属于自己的"官名"，是五叔帮她现场取了一个，可惜户籍警上户口时，五叔五娘都不在家，爷爷报上的仍然是她的小名。无论哪个名字，都没人叫，她是"老五家的""五嫂""五娘"，现在已经升级为"五奶奶"了。只有我记得，她有个好听的名字。

五娘化了一小碗盐水，倒进炒熟的青稞里。铁锅"哧啦"一声欢快地笑了，一团迷蒙的白雾把五娘笼罩在中间，矮小的她朦胧又美丽。

真香啊！我不顾铁锅和青粮食烫手，抓了一把，放在手心里，左掌在上，右掌在下，相互对搓，几只零星没被五娘搓下来的青稞皮轻轻下来了，憨厚地挠着后脑勺，抱歉地笑了。我嘟起嘴唇，摇着头，轻轻呼出一口气，青稞皮轻飘飘地落在了地下。我仰起头，把一把青粮食全丢进了嘴里。弹性十足的籽粒，几经咀嚼，一点一点溢出淳朴、原始的香味儿，从嘴巴直抵心肺。

雨停了。我捏着一把青粮食走出院子，站在台坝上看远处的磨脐山。轻纱笼罩的山脉下，松柏暗绿沉沉，高低不平的庄稼黄一块绿一块，鸟儿低低地飞翔，马蹄在草地上无声跑过，夕阳的余晖洒满整个村庄。

那个藏族民间传说中，王子阿初跋山涉水，历经千难万险，终于从蛇王洞府的宝座下偷出青稞种子，并在回国途中一路洒下。从此，几千里地就有了能抽穗结粒儿的青稞了。

我想，阿初王子，一定经过了我的河沿台。

关于河沿台的几个名词

一万年倏忽而过，三十年细嚼慢咽。

——题记

青山

哈溪，藏语，意为"父王的宝座"。这是我的故乡，隐没在大西北祁连山深处。据传，古代有一吐蕃万户首领在此居住。

从河沿台朝西望去，磨脐山近在咫尺。磨脐山是祁连山山脉支系，是祁连山在天祝藏族自治县境内最高峰。河沿台的每一个孩子，都听着磨脐山的传说长大。那个金色的故事，让每一个河沿台孩子的梦，都金光灿灿。

二十世纪五六十年代出生的河沿台男人，哪一个没有去磨脐山下的双龙沟淘过金子呢？爸爸差点因此而扔掉工作。

五叔当然也去过。他空手回来的时候，脸上的表情越发木讷了。我一直以为，五叔是个从不做梦的人。直到他成了那片林地的"王"。

资料记载，哈溪镇拥有森林面积 28 万亩。属于我五叔的，是这 28 万亩中白杨树叶子那么大的一小绺儿。

河沿雪

五叔不嫌小。每天早晨，他穿上迷彩服，戴上"生态护林员"红袖章，把一个保温水壶和一个花卷装起来，发动电动三轮车，"突突突"地开往他那片树叶子大的"领地"。

那片林地属于祁连山自然保护区实验区。五叔常把电动车停放在路边，再沿着森林的边缘步行去更深处。山大沟深、路途遥远，能开车的地方少，步行的地方多。

去往这片林地时，会路过一个曾称为"小脑皮沟"的村子。那是五娘的娘家。"退耕还林"政策把这个村子在蓝天下抹去了。沙棘、黑刺、红柳代替了五娘儿时的玩伴，和她家门前的羊圈里"咩咩"叫唤的山羊。那些浑身雪白的家伙，叫声憨幼，睫毛低垂，啃起树根来却毫不留情。

小时候，大、小脑皮沟是出了名的穷村。地都在森林边上，陡得能把人滚下来。种庄稼十年九旱，唯一不旱的那一年，必定发山水，把寸把长的麦子连根拔起。村民吃不上粮，半夜起来偷木头。

连夜砍来一棵松树，在山里砍掉毛枝，爷父们或者弟兄们相帮着抬回家来，在后院里挖一个坑埋起来，等待时机再卖。

木头贩子没有等来，却等来了护林站的警察。林业警察提着雪亮的手电筒和一根笔直的竹竿，逢户必进，进去后用竹竿在院子里戳来戳去。果然有一户的院子里，新土松软，敲击出木头沉闷的响声。

哈溪滩是没有竹竿的，也不知道林业警察哪里找来的。还有雪亮的手电筒，村民们也很少见。照到眼睛上，刺得眼泪直流，赶紧用手蒙住脸，蹲在地下瑟瑟发抖。

男人被抓去判了刑。村人便传言，说他们埋木头的那个晚上，邻居某某蹲在房顶上看了一夜。

五叔身材高大，步履也大。他走路的样子，像一头冬眠前的狗熊，每一步，都会在湿地上烙上一个坚实的脚印。五娘说："你五叔有一双铁脚。"他用这双"铁脚"，一撇一捺描画那片林地的春花、夏草、秋叶、冬果。

五娘的娘家人跟着村庄整村搬迁。迁去的那个地方，离河沿台很远。但五娘每次从娘家回来，都喜笑颜开。

"盖新房子了，买农用车了，侄儿娶上媳妇了，开上小车了……"不识字的五娘，像我们派出去的蜜蜂，采回来的都是甜蜜。那个村庄传来的每一个讯息，都沾染着油菜花的芬芳。

2012年，五叔家被列入建档立卡贫困户。我不想描述之前的那一场灾难。我只想说，我亲爱的五叔五娘，在巨大的灾难中挺了过来。2017年，河沿台发布公告选聘生态护林员，五叔向村委会提出了申请。他说："我不想等着吃国家的低保金。让我去看管那些山和树。"

一天天，一年年，云杉、山杨、柏树、桦树成了五叔的儿子，秦艽、羌活、冬虫夏草、大黄和雪莲就是五叔的女儿。他每天去看他们，跟他们说话，跟他们诉说自己的痛楚或快乐。

从一个种地的农民转变成为生态护林员，五叔适应得非常快。他给自己配备了智能手机。每到一个点，先拍照发到群里，报到打卡。看到一些树木生虫子，也会拍照，用语音汇报相关专业人员。没人知道，他其实连一天学校门都没进过。

看到有人想要拖走一根干枯的松树枝，他当然不会同意。"国家的，山里的一切都是国家的。"这个木讷的男人在说这一句话时，配的是他严肃的表情，让陌生人望而生畏的表情。

夏天巡山，五叔像在度假。累了就地蹲坐小憩，渴了喝点五娘为他泡的茶，茶里多半会泡几颗红枣和枸杞。饿了就吃花卷。五娘长得不算漂亮，可她做的花卷非常漂亮。又大又暄，卷了红曲、姜黄和绿色的香豆子，色彩诱人，香气扑鼻。

冬天就受罪了，零下二十几度甚至三十度的山里，能冻掉人的鼻子。但他没有请过一天假，也没有抱怨过一句。

"我看到了狐狸、野兔、旱獭，还有狼踪。"五叔跟我说，水源涵养得好，山里到处都会渗出潺潺的溪水，青苔绿得像地毯。五叔的电动车上，经常能看见各色的野花一路欢歌，直唱到五娘的手中。

一瓶净水，一束鲜花，把那个老院子点亮了，把那场灾难带来的沉重稀释了。

绿水

河沿台站在龙滩河边的一个土台子上。

我家地势略低，站在场院上看不到龙滩河。夏天，能听见洪水卷走石头的巨大轰响。冬天的夜里，会传来冰块炸裂的声音，像瓦缶发出的单调音节。我最爱听这样的声音。土做的瓦缶，样貌普通，有音无韵，像河沿台，也像我。

有一年夏天，哈溪滩流行涤卡布料。据说我当年是引领河沿台小姑娘服装潮流的，因为妈妈有一双巧手。

那天，爸爸打发我和贾平娃去河对面马莲滩大商店里买几盒"燎原"烟，称几斤疙瘩盐，当然还可以买几块水果糖。

贾平娃正在院子里骑着一根木棍演杨宗保，隔窗听见"水果糖"三个字，就把棍子扔了，上来紧紧抓住了我的手。四岁的贾平娃知道，钱在我手里，他得紧跟我的脚步，还得乖乖听我的话。

我穿着妈妈缝的红涤卡上衣、绿涤卡裤子，领着贾平娃往马莲滩走去。我们在崔家坡洼就听见了龙滩河的怒吼。也不知道是谁惹它生气了。河水浑浊，巨大的冰块和石头从上游冲下来，在河坝里横冲直撞，好像一群莽汉在相互厮打。

"姐，过不去河呀！"小我五岁的贾平娃从小对我直呼其名，很少叫姐。此刻，他神色紧张而焦急地看着怒吼的河水，攥紧了我的手指。

河中央，一个人使劲用腿肚子夹着骡子，"嘚嘚"地吆喝着。河水把骡子激得直往后趔。

我也往后一趔，抓住贾平娃的手朝相反的方向跑去。顺着五叔家老院子后面的槽沟一直上，翻过那道梁，就是马莲槽。马莲槽有一个小商店，是"王黄毛菜籽"家的小铺子。我知道，那个铺子虽然小，但我们要买的这些东西都有。

"王黄毛菜籽"爷爷早年因贩卖黄毛菜籽（白沙蒿）而发家，并得名。

我们高寒地带的土壤腐殖质含量较高，日照时间短，种出来的麦子磨的面面质疏松，做不出像样的面食来。一来没有碱，二来就算有碱，谁家能买得起呢？如此，能代替碱面的黄毛菜籽找到了市场。

王家爷爷从民勤的沙漠里贩来黄毛菜籽，用担子挑着，挨村挨户地叫卖。他不要钱，他知道谁家都没钱。他让村妇们拿些秕粮食来换，青稞也行，豆子也行。渐渐地，他壮大了生意，将自家一间靠庄门的小房子的门和窗户换了个方向，变成了小商店，不仅有黄毛菜籽，还有些布匹、针线和日杂，还有香烟。

我和贾平娃如愿买到了所有商品，嘴里含着缤纷的水果糖，穿行在马莲花盛开的槽沟里，被几只闻到味儿的蜜蜂追了好几百米。

家里空无一人。庄门洞开，几只玻璃杯里的茶还冒着热气。爸妈不在，连来串门的二舅也不在。

一个叫梅的女孩被龙滩河水冲走了。龙滩中学位于龙滩河右岸，一名老师在两岸群众的呼号声中跳入洪水，将梅救了上来。但梅的一只耳朵从此失聪。

"这位老师会水！"河沿台不会说"游泳"这个词，但对老师的感激和崇拜更深一层。我的脑海里，经常浮现这样一幅画面：一个身材颀长的男人，穿着深蓝色的军便服，顺着河坝追逐那个女孩，一头黑发被风吹乱。女孩被一块大石头卡住了，他脱下鞋子，跳进湍急的河水中……

当我和贾平娃趴在"王黄毛菜籽"家的泥柜台上贪婪地嗅闻各种糖果、点心的香味儿时，河沿台乱作一团。人们奔走相告：一个红衣服、绿裤子的女孩被洪水冲走了！

二舅第一个冲向了河坝。爸爸紧随其后。妈妈腿软得不行，跟跟跄跄地靠着王家婶婶的肩膀往崔家坡洼挨去。

2021年7月，当我再一次站在崔家坡洼的大树下眺望龙滩河时，龙滩河报我以微吟。我一生爱河，可能就是源于这条流淌在我血液里的河水。

曾经因为采砂而裸露的丑陋河床已归理得整齐而体面，一座两辆机动车能并排行走的水泥桥上，小汽车、农用车、摩托车来往穿梭。

我从桥上走过。桥栏杆上雕刻着精美的荷花图案，一对金鱼拍打着荷叶上的水珠，发出"噼啪噼啪"雨打马莲的声音。

大片的马莲花盛放在龙滩河两岸，似一大块蓝色的绸子颤动着、舞蹈着……桥下的水，清澈如我十岁时的眼睛。

我趴在桥上，细数水中的石子。白的、绿的、紫红的、鹅黄的，各种石子儿，是我和双双小时候抓"羊羊"玩过的。它们也长大了。但它们长得比我们慢了许多。

那些年，各种机器在河滩里淘挖，是不是声音过大，把它们吓住了？

那些年，洪水恣肆任性，是不是它们躲在了河底，躲过了时光的搓磨？

柏油路在桥头分岔，一条通往16号院子——哈溪乡村旅游系列民宿之一。传说这是清雍正年间大将军岳钟琪（岳飞第二十一世嫡孙）剿灭叛军青海蒙古族和硕特部首领罗卜藏丹津时的将军行营。战争期间为了保守军事秘密，将这里对外宣称是"拾陆号院子"。岳将军当年在此地大办义学，创建了龙滩私塾。

借助乡村振兴的东风，政府对原"拾陆号院子"进行了修缮，成为哈溪镇发展乡村旅游的重点人文历史景点。

水跟山走，石随水行。我的小学同学陈八的媳妇何金花，随手撕下龙滩河边的一块蓝绸子，绣上"喜鹊登梅、花开富贵、金鱼戏莲、步步登高"等花样，做成精美的香包和绢花，出售给前来旅游、住宿的客人。

路

我一直觉得，我是河沿台的一头牛。

我一遍遍不厌其烦地咀嚼每一根或鲜美或干枯的草，描摹青草尖上的每一滴露珠，等待每一年姗姗来迟的春色，反刍每一瓣提前到来的雪花。一百零一首不想公开的诗句，发表在我的胃囊里。

而当我离开河沿台，去往更远的地方，吃不到河沿台的草，吹不到河沿台的风，也踩不到河沿台的路，我迷路了。

风也变了。风不再从张家厨房的天窗里窥探灶火门上旋出的酒窝，也不再把李家院里未干的红辣椒舔舐。它长久地停留在村头崔家坡洼那棵大树上，思考着自己的方向和未来。

打碾的场哪里去了？场上的辘轳哪里去了？扬场的木锨呢？还有那几辆被风追赶着吹出糠皮的风车呢？

风觉得自己被河沿台抛弃了。风跟上移民大军，搬迁到松山滩去了。松山滩上，上百台风力发电机组的大翅膀，张开巨大的怀抱，欢迎来自河沿台的人和风。

风在走路，路也在走路。

河沿台的路走着走着就迷惑了。它像一个年轻的新娘子，在某一个秋天的早晨发现自己怀孕了，进而分娩了。

那条从庄子里伸出来直通石槽槽口的路，还有通往上庄的路，通往龙滩河的路，像同年娶进门的孕媳妇，竞相怀孕、生子。

光阴刹那间，儿女们另立门户，延展在河沿台的各个新领域、新方位。它们各自走自己的路了呀，走到下滩、河坝、杨家湾湾、阳洼，还有一座座人参果棚、蘑菇棚。

棚里的人参果，从这条水泥路上走来时，是一个个细嫩的小芽芽儿，走出去时，变成了状若玛瑙的人参果。人参果含糖低，营养价值高，一度成为哈溪滩发家致富的"金果果""银蛋蛋"。

蘑菇走的路更长、更远。据说，羊肚菌是一种珍稀名贵的野生食用菌，含丰富的蛋白质、多种维生素及 20 多种氨基酸，味道鲜美，营养丰富。河沿台老一辈人从未见过。它们承载着乡村振兴的期盼，乘飞机、坐高铁，把河沿台的风信子送到了全国各地。

家

1981 年夏天，我们家盖新房。贾平娃穿着我穿小的红花棉袄跑得那个欢呀！棉袄是大红的底子，开满了拇指大小的白桃花，下襟上妈妈打了一个紫花的补丁，衬得那个小小的抱石头、抬檩条的身影在河沿台的巷道里醒目无比。

他的紧张、忙碌在代表我们全家向河沿台宣告：我们家要盖新房子了！

一颗扣子就在那时不合时宜地掉了。贾平娃自己找来针线，把一颗翠绿的大扣子用白粗线缀上了。白线违背了一般规律，横绑在前襟上。前来帮忙的婶婶们逗他："贾平娃，扣子缝错了，让你妈妈重缝。"

他头也不回地回答："妈妈忙着盖房子呢。等长大让我媳妇缝！"他俨然是家里的顶梁柱，要和泥、砌墙哩，那是我一辈子也学不来的。

二舅打来电话，村里正在实施"美丽乡村"建设工程，收缩安置几个自然村组，要给他家盖新房子。"要钱吗？"我问他。

二舅年近六十，已然不能外出务工了。他手里的那点积蓄，够不够呢？二舅笑了："我就在工程上开搅拌机，一个夏天就把房子钱挣出来了。"一套房子六十多平方米，农户只缴两万五，其他都是国家的危旧房改造补助。

大舅早几年就盖了房子，还装了土暖气、抽水马桶。他坐在巷道里晒太阳，看着那一片机器轰鸣的施工场地。

听说二舅要盖新房子，大舅往鱼儿梁的工地上跑了好几趟。他想嘱咐工程队，把二舅那一套盖得比别人家的结实些。人家却回答他，还不知道哪一套是谁的呢，修出来才分配呢！

"哪套都结实呢，张大爷！"镇上的扶贫干部想扶他离工地远一些。他自己健步如飞地走了。

"笑话，我有那么老吗？"大舅、二舅面色红润、精神矍铄，终年穿戴着同样的蓝色便帽、藏蓝色中山服，脖子底下的风纪扣扣得严严实实。没人知道，他俩当年分家，为了三间北房，吵了一辈子，至今都没和好。

我家的场院上，修了一个小广场，安装了篮球架和几个健身器材。八十六岁的郭三爷和付家奶奶坐在一棵小洋槐下，叫出了妈妈的乳名。妈妈在这里流连，不肯回去，怕她的青春会在夜里走错了方向，找不到河沿台的路。

雪打灯

　　小时候过年，每逢正月十五前后都会下雪。妈妈看见窗户外飘飞过一两朵散漫的雪花，便抬起头透过窗户看着远处，若有所思地念一句："正月十五雪打灯。"没有下半句，但从她跳动的眉眼可以看出，这几天的雪必是好雪。而雪落在灯上，一定是一件值得庆贺和开心的事儿。

　　那时候妈妈还年轻，红红的脸蛋，穿着墨绿棉袄，围着翠绿包巾，黑条绒方口布鞋里露出的脚背饱满圆润。她从西墙根下抱起一捆干透的青草，向牛圈走去。几只鸡绕在她脚边，啄食青草捆上掉落的秕青稞。

　　妈妈只上了三年小学，却非常喜欢传统文化。在外祖父的教诲下，她在青砖上练过毛笔字，会查四角号码字典，打得一手好算盘，能说唱凉州宝卷《包爷三下阴曹地府》《蓝玉莲担水》。她做针线从不用花样子，信手拿支油笔就能在白布上画出干柴牡丹和荷花。待嫁的姑娘央求她画样子，如果没笔，她就拿指甲在人家的鞋垫子上左拧一下、右拧一下，画出一些深深的刻痕，绣出来，朵是朵，叶是叶……

　　每年腊月，妈妈都会买一本厚厚的历书，给我们讲当年的天干地支、时令节气、诸事宜忌。历书的封面每年都一样，大红的底子，上有挂拐杖的长眉寿星、梳哪吒头的童子，仙鹤、小鹿羔，还有一盘肉乎乎的仙桃。

我们从历书上知道了王母娘娘和灶王爷，知道了屈原和粽子，还有七仙女和"七夕"；记住了每四年一个闰月，闰月有 29 天；明白了农历和公历的区别在哪里。

我觉得这历书跟妈妈特别配，古雅不失新鲜，既有历史烟云、神仙往事，还把人世间的吃喝拉撒安排得井井有条。

妈妈常说的那些谚语，一部分来自外祖父，一部分来自这本万事皆知的历书。比如"干冬湿年，石头上长田""人要实心，火要虚心""牛养九头牛，临了还靠老乳牛"等。

话说那年正月十五一大早，妈妈念完了那句"正月十五雪打灯"，就打发我去外祖父家取灯笼。

外祖父家离我们家五里路，我从小就走惯了。

我掀起门帘进到堂屋时，外祖父正拿小银梳在梳他的胡子，懒散的尕舅正蹴在炕沿边喝一碗酸菜拌汤。

听我说了来意，外祖父把小银梳揣进怀里，挪到炕沿边。我从炕边的黑柜底下取出他的鞋帮他穿。黑棉鞋是他喜欢的"鸡窝窝"，一看便知是小姨的手工。白棉布袜子是妈妈做的，袜腰上绣着淡蓝色的矢车菊，花心是黄色的扣线。扣线明媚耐实，不褪色。即便袜子穿破了，花儿还是艳艳地开着。就像我外祖父，两条腿都残了，仍旧看书、写毛笔字、唱曲儿，衣服穿得干干净净，胡子梳得整整齐齐。

那真是个再简单不过的灯笼啊，木头做的四方框子，用细铁丝吊着，底座的当中凸起一个放蜡烛的地方。外祖父拄着拐杖出了堂屋，从角子屋的梁上取下灯笼，"噗噗噗"地吹了灰，细细地打量着，像看着快要出嫁的女儿，眼里满是赞许、不舍和不安。

我知道这是他亲手做的，年龄应该比我还要大些。但我心里还是有些怀疑和轻视：不过就是个框子罢了。

我接过这个灯笼的框子，把拐杖递给外祖父。他轻巧地跨过角子屋高高的门槛，站在廊檐下。

我们家的房子被称为"齐头平房"，是没有廊檐的。我觉得，住外祖父家这样深廊檐房子的人家，要么是家底很厚，要么就是有非常深厚的历史渊源。外祖父家估计属于后者，因为看不出来家里有钱，跟我们一样穿着打补丁的裤子。

但老张家确实是有历史的。当年，外祖父的爸爸，妈妈的祖父，曾是哈溪滩有名的张大爷。当时人们要是形容什么事儿了不得，就会神气地比喻说："嗨，简直就是张大爷的黑驴，四个儿！"虽然把他的儿子们跟驴放在一起比有点不敬，但张大爷不在乎，因为那的确是他的骄傲——那头黑驴据说赛过一匹骏马，四个儿子呢，个个高大魁梧，相貌堂堂，且个个有一手过人的好本事。大儿子是皮匠，二儿子是铁匠，四儿子是毡匠，三儿子正是我外祖父。

其他三兄弟会的，外祖父都会。别人不会的，他也会。能写会算，能说会唱。尤其一手毛笔字，整个哈溪滩无人能比——土地改革前，全哈溪滩的地主排队请他去写春联。从腊月初十写到腊月三十，然后用高头大马和许多丰盛的年货一起送回家来。

而年三十那天，他还要在家里给本村的人写一天春联。据说，淘洗毛笔的黑水在尖山台的巷道里淌上三天三夜才能淌干净。

那时候，外祖父的腿还好好的。

雪停留在廊檐外，旋了旋，又落下了。外祖父看着天，似乎把天看出来一个窟窿，看到了天之外的某一个地方。

那时候我以为，全天下人的外祖父都是这个样子的。挂着拐杖，穿着干净的黑色短褂、长袍，留着稀疏的山羊胡子，面容清癯，少言寡语，屋子里永远飘着墨汁和红枣的味道，会讲鬼故事，随口能吟诵古诗句，箱子里永远能拿出糖果或核桃、枣。

我站在外祖父的身后，看着他窸窸窣窣脱鞋上炕，用拐杖把鞋子塞进黑柜子底下，拐杖靠在柜子和炕之间的一个缝隙里。自己靠在炕角的一摞被子上，坐端正，用袍襟整齐地把枯瘦的残腿苫住。

我尽量离炕边的黑柜子远一点儿。我害怕那只黑柜子擦拭得过于明亮的面儿。我曾在上面看见了外祖母的眼睛。

其实我从未见过外祖母。妈妈十五岁时，外祖母因"产后风"去世。

六岁的一天，我趴在黑柜子上，清清楚楚地看见了她的眼睛，睁得大大的，又美又亮。没人告诉我那是谁，我却笃定是外祖母。我被吓得往后一趔，从此不敢靠近。

妈妈不相信我的话，一而再再而三地让我讲述那双眼睛的特征。我讲烦了，就用最简单的方式概括："跟大舅的眼睛一模一样，不过没有那么凶。"这一下妈妈终于信了。她陷入了长久的沉默。

"回去跟你妈妈说，放短一点的蜡烛，小心烧着灯笼纸。"外祖父看我的目光远不如看那盏灯笼温情。

我一直觉得他是个薄情的人，从未见过他对哪个儿女或孙辈有热情的表示，甚至从未见过他笑的样子。

他的箱子里装着一本册页，用毛笔竖行记录着他六个儿女的生辰八字，婚配何方人氏何姓名何属相，所生之人的名字、属相、八字及命格。我从那本小册子上知道，我生于癸丑年亥月申时，属土命。

"十月里的牛，满街（gāi）游。"外祖父说，"你将一生清闲，无存粮。"

走到鱼儿梁，碰见了二舅。二舅身材矮小，手里提着一杆笛子，系着亮闪闪的黄穗儿。二舅未进过一天学校门，却擅长各种乐器，尤其是二胡。他手工打制的做针线时戴的银顶针，跟外祖父写的对联一样抢手，跟妈妈画的花样子一样流行，跟小姨唱的曲儿一样吸引人。

二舅像盯着小偷一样盯着手提灯笼的我，只看得我心虚起来才"呵呵呵呵"地笑了。他伸手要摸我的头，我缩了一下脖子。我额前有一绺儿黄头发，不仅黄，还卷，二舅老说我是"黄毛子，倔死娘老子"。

但这次他没说"黄毛子"，叮嘱我说，下雪了，快回家。他高高地擎着笛子离去，黄穗儿像山里的野百合，在天空下跟大朵的白雪追逐嬉闹。

我一手提灯笼，一手接雪玩。雪接到手里化了，舔一下，凉凉的，没味道。雪"沙沙"地响着，枣红色"鸡窝窝"棉鞋上落了雪，又化了……

那是九岁还是十岁？记不大清楚了。

回到家里，爸妈接过灯笼，兴致勃勃地打糍子。爸爸端坐在炕桌边，侧着头，几绺自来卷的黑发搭在前额上，洗得发白的油库工作服的袖子卷至小臂处，露出一截坚实的胳膊。他裁了四块方方正正的白纸，把灯笼一转圈用糨糊粘牢了。妈妈又找出半张玫红纸半张墨绿纸，剪了"喜鹊登梅""鱼戏莲""童子闹春""富贵牡丹"四张图，粘在白纸上；剪一圈儿黄色的穗子和一圈儿粉色的穗子，一层层给灯笼穿了条裙子。

他们头对头拾掇灯笼的剪影，在我家挂了五十年了。从河沿台的小土房、西固油库的职工宿舍、永登油库家属院到安宁区金河丽园小区。每一年过年，这一帧动态的剪影定会按时上演。只是，两颗头上的头发一年年地白了，脸一年年地皱了，背一年年地佝偻了。

他们斗不过光阴，我也斗不过，只能眼睁睁看着，束手无策。

时光不语，手里却提着世上最快、最冷的刀剑。刀起剑落间，就把一个人削成了另一个样子。

但他们忙碌的样子，在我眼里，是一个家过年该有的样子，是我一生孜孜追求而不得的东西。

天刚傍黑，灯笼被点亮了。那个简单得甚至有点丑陋的东西瞬间变得漂亮、喜庆。

雪仍旧"沙沙沙沙"地下着，地上铺了厚厚一层，灯笼淡红的光在白白的雪上跳跃着，跳跃着。

我们一家四口站在浅浅的屋檐下，看灯笼，看雪，听村子里此起彼伏的鞭炮声，听灯笼里的蜡烛"噼噼啪啪"炸裂出春天的响声……

味道

爸爸爱喝茶，却不怎么懂茶，也不讲究，一杯最便宜的春尖茶，丢进去几个枸杞或者红枣，就够他有滋有味地"嘘"上一整天。

小时候，我和贾平娃放学回家，第一件事就是找爸爸的茶杯。那个茶垢斑驳的旧保温杯里，一定有满满一杯泡得酽酽的、凉热刚好的茶水，端起来，"咕咚咕咚"几大口灌下去，不渴了，不乏了，跟同学怄的气也忘了。

这杯茶，是我们的忘忧水。

那时候，我俩谁先到家，谁就先把杯子抢在手里，迟来的另一个大叫，给我留点儿！先抢到杯子的一个，依依不舍地把杯子递过去，方来得及抹一把自己下巴上的水珠。接过杯子的另一个，恨不能把杯子翻过来，才觉得自己没有吃亏。

爸爸那时候是一位出大力流大汗的油库工人。他下了班，也来找自己的茶杯，却发现杯子是干的，提起来喝，除了茶叶，连一滴水都"控"不出来。爸爸就黑下脸："谁喝的！谁把我的茶喝干了，也不倒！"

妈妈在厨房里小声嘀咕："还能有谁！喝了就喝了呗，再倒嘛！"

爸爸的脸更黑了："新倒的水烫，还没味道！"

我和贾平娃忙着呢，假装没听到。

这个桥段，是我们家的保留曲目，演了好多年，剧情依然没有反转。

后来我和贾平娃陆续参加了工作。爸爸的工作也稍微清闲一些了，他更加卖力地侍弄自己的茶杯，换了大号的保温杯，里面的内容更是五花八门，除了茶叶、红枣和枸杞，还增加了桂圆、杏干等。

我十天半月才回一次家，贾平娃也是两三天才回来。一进门，我们不再找杯子了。贾平娃第一件事儿就是洗头。他有一头浓密的黑头发，上个夜班回来，总觉得自己发型不帅了，脖子不干净了，衬衣领脏了，非得洗得脖子红通通的，发型梳得像个大明星才放心。我呢，在乡镇工作吃大锅饭，回家就钻进厨房找吃的。吃饱了倒头就睡，家里的床最舒服，最踏实。

爸爸坐在沙发上等了半天，没人去碰他的茶杯。爸爸就喊，你们喝口水啊，不渴吗？

我们忙呢，谁理他。

好不容易看见我们找水喝，爸爸就抬一下下巴，用眼神示意，我的杯子里泡好水呢，你们喝啊！

贾平娃说，不喝，你那茶，那么酽，怎么喝！

我说，我也不喝，我喝了茶没瞌睡！

我们又各干各的去了，谁也没看见爸爸闷闷地在沙发上坐着，蔫头耷脑的。

下次回家，刚进门，爸爸就把杯子递到嘴边让我喝。他笑着说，放心喝，不烫，我早上就泡好了。我发现爸爸有了鱼尾纹，不再是那个凶巴巴的油库工人了，鱼尾纹里夹着一点点殷勤。我勉强接过来，他的目光一直追随着我的表情，看我喝了一口，看我咽下去，张着嘴，等我说话。

我浅浅抿了一口，就嫌弃地还给他，太苦啦，不爱喝！爸爸失望地接过茶杯，低下头在杯子里查看，像小学生拿到错题满篇的试卷，小声嘟囔，不苦呀，我才放了平时的一半。

后来，我生了臻娃，弟弟的龙娃也出生了。两个小家伙在家里最不怕的人就是爷爷。他们骑爷爷的脖子，戴爷爷的帽子，还抢爷爷的茶杯。我和贾平娃回家，爸爸就给我们告状。每天早上，他刚刚泡了茶，两个小家伙就直接用手抓茶杯里的桂圆和杏干吃，也不怕被开水烫着。抓着吃完了杯子里的，还钻进柜子，把他的泡茶存货偷出来，抱在怀里吃干桂圆和杏干、枸杞。有一次，臻娃钻在柜子里，自己进去后把门关好，害得爷爷奶奶到处找他。

爸爸"告状"时，眉飞色舞，开心成了一朵秋天的菊花。我发现，爸爸不再沉闷，话多了，笑多了……

爸爸的茶杯换了几茬，孙子们也长大了。

我们常劝他，茶不要喝太酽，泡得也不要太复杂，尽量喝白开水。爸爸皱着眉不吭声，却默默地照我们说的做。

人到中年，常想起小时候的那些个夏日，阳光灼亮，小院里鸡鸣兔跑，妈妈在小厨房里做着简单的饭菜，香气飘到了院外。爸爸下班回来，在院门口与同事大声争论着什么。我和弟弟在抢爸爸的茶杯，茶水红亮而清澈，还有泡得发酥的红枣，又甜又糯。

那是童年的味道，家的味道，是年轻强壮的父母的味道，是我怀抱青春不肯老去的味道。

年少时放过一头驴

那年冬天，家里总算养了一头小毛驴，用我们哈溪话说，就是"驴娃子"。

我们那个村庄，名曰"河沿台"，其实河离得还是比较远。家家户户几乎都养着驴或马，主要用来驮水。那个年月，农村人家还没有家电、沙发等家具，衡量一个家庭的穷富，一方面是土炕上花花绿绿的被褥，一方面就是牲口的多少和一副实惠耐用的木箍桶。通常，富裕的人家都养一头专门驮水的驴或马，一头或几头耕地的牛，驮桶还要箍得非常结实，非常精致。据说，有的人家给姑娘相婆家，除了打听有几间房子外，再就是打听有没有驮水的牲口和驮桶，以免过了门得去挑水。我们家属于那种"一穷二白"的人家，既没有牲口，也没有驮桶，连个牲口棚都没有。

每天黎明或黄昏，浩浩荡荡的驮水队伍从我家门前经过，驴马的嘶鸣声、驮桶的撞击声，以及驴脖子里的铜铃声宛若天籁，由远及近飘来传来，其景其情着实壮观。

我年轻的妈妈每天清早去挑水。她围着绿色的头巾，穿一件紫格子上衣，蓝裤子，黑平底布鞋。她挑着铁皮水桶走在沸腾的驮水队伍中，显得单薄渺小、楚楚可怜。

在外地工作的爸爸一年只回家两次，春节前后一次，麦收期间一次。1981年腊月，他回家后，扛了两根上好的松木从邻村换回来一头灰色的小毛驴，像个毛茸茸的婴孩似的。我和弟弟兴奋地看着院中新砌的驴槽跟前的小毛驴，觉得腰杆子直了许多，底气足了一截。我们有驴了，我家也可以置一副驮桶。也就是说，我们家也勉强算是富起来了。

我们期待着有那么一天，小毛驴驮着木箍桶，脖子上系着黄澄澄的铜铃，鬃毛和尾巴上系着红布条儿，加入那个生机勃勃的象征着富裕的队伍中去。可小毛驴毕竟是个驴娃子，跟我和弟弟一样还是个孩子。尽管它"咴咴"地叫着，不时地尥蹶子，显示着它充沛的精力，可它湿润明亮的大眼睛里还是毫无遮拦地流露着惊恐和懵懂，干净柔软的皮毛和完好无损的肩胛告诉人们，它还不懂劳作之苦。

我们期待着小毛驴快快长大。

有时候，妈妈身体不舒服，我常常约了邻家的妞妞去抬水。我们用长长的杠子抬着一只水桶惊慌而又羞涩地走在大路边，躲避着飞奔而来的驴马、不翼而来的粪末和不召自来的灰尘。

还有时候，家里要用许多水，妈妈便打发我去借别人家的驴子和驮桶，若遇个好脾气的，啥话不说借给我；若碰上脾气不好的或是人家当时刚好心情不好，可就遭殃了。记得有好几次，我都因为没借到而无计可施，或因为看了人家的脸色而伤心不已，泪水蓄满了眼眶，眼前模糊找不到回家的路。

我们期待着小毛驴快快长大。

傍晚，妈妈给小毛驴绾了笼头和缰绳，让我牵着它去河里饮水。对于我来说，这是个新鲜差事。我紧紧地牵着缰绳，走在前面，并不时回头看一眼，生怕它从我手中飞了出去，跑回它的老家。

面对成群的牲口和陌生的道路，小毛驴其实跟我一样紧张惶惑。它的大眼睛瞪得溜圆，两只耳朵警惕地竖起来，一副随时准备撒丫子逃跑的样子。就像一个胆小的新生看着校园，也像一个刚参加工作的青年看着单位的门卫，心里"咚咚"地擂着鼓，但强作镇定，同时也做好准备躲避可能发生的不测和危险。

我和小毛驴夹在人群和牲口群中，亦步亦趋地挨到第一个大坡底下的大树跟前。忽然，小毛驴像触了电一样飞快地跑起来。它毫不顾惜瘦弱的我，一路高亢地嘶叫着，向第二个大坡冲去。我在一瞬间被它拉倒了，坡上尖尖的石子在我身下翻滚，人群的尖叫在我耳边掠过，可我仍死死地拽着缰绳，不肯松手。你别逃啊，我家还指望你长大了驮水呢！

我伤心地哭着喊着，希望能以自己的力量控制住这个突如其来的场面。泪水和着扑面而来的堂土（方言，灰尘）模糊了眼睛，我什么都看不清了。

快到坡底下了，人们大声喊叫着："放开缰绳，放开！"松手的一刹那，小毛驴飞奔而去。我趴在疙里疙瘩堆满牛粪、马粪、驴粪和羊粪蛋的沙子坡上，半天都站不起来。心里仍惦记着小毛驴的去向。

当我一瘸一拐披散着辫子跑到河边时，小毛驴正喝足了水，兴奋地嗅着另一头驴。我哭得更凶了，拾起一块牙牙石，半嗔半怒地在它屁股上狠狠地砸了一石头，惹得河边舀水的人们哈哈大笑。回到家才发现两条胳膊上的皮都搓下来一大片。

后来，妈妈告诉我说，那是小毛驴看见了清澈的河水，闻到了河水的甘甜，渴得等不及了。

从那时起，放驴的差事便落在了我头上。每天下午放学后，我牵着小毛驴，领着弟弟，去寻找一处水草丰美的地方。下滩地、树园子、阳洼、河坝，都是我们常去的地方。最远，我去过河对面的红山洼。那是在暑假里，我跟着村里许多不上学的孩子像个正宗的放驴娃一样，背着干粮，挽着裤腿，驴背上搭着一块遮雨的塑料布，蹚过河去红山洼放驴。红山洼长满了松树，树底下青草高至膝盖，淡蓝色的马莲花星星一样散布在草丛中。间或还有一簇簇粉红色的馒头花或一两株妖冶的野牡丹。放驴娃们在树底下玩耍，吃各自带来的干粮或烤洋芋，驴们在一边"噜噜"地吃草、撒欢。如今想来，那也许就是我一生中最美好、最惬意的一个夏天了。

可那头小毛驴终究没为我们家驮来一滴水。它死了。

它还没带过铜铃铛，没驮过驮桶，尾巴底下没系过臭棍，就死了。它还是个不谙世事、调皮捣蛋的孩子。

暑假刚刚结束的一个秋夜，小毛驴得绞肠痧死了。

当崔家爷爷剥皮的时候，我怔怔地站在院子里看着尚未磨损的驴槽，眼前晃动着小毛驴顽皮的样子，泣不成声。崔家爷爷对妈妈说："天上的龙肉，地上的驴肉，让娃娃们吃吧。"妈妈用头巾掩着面，抹着泪说："不了，分给村里人吃吧，自己养了一场，娃娃们不忍心吃……"

崔家爷爷还是放下了一条腿，其他的肉都被闻讯而来的乡邻们分了。妈妈炒了肉，劝我吃一口，我呆呆地坐在炕沿上，用一种与年龄极不相称的表情和心情木然地嚼了一口妈妈攥过来的驴肉，初次品尝了什么叫作味同嚼蜡、食不知味，也初次品味了人生的苦涩和惆怅，以及对生命的无奈。

大商店和字摊儿

我的老家在一个叫作河沿台的小村庄。我小学前三年就读于河沿小学。那是一个时间会凝固的地方和年代。

河沿小学位于龙滩河东面，河上有一座颤颤悠悠的小木桥，过了桥，朝西行约二里地，就是马莲滩村。大商店位于村子中央。

中午放了学，我们都不回家，家里的大人都在地里干活，没人为我们准备午饭。他们跟我们一样在布包里装着干馍馍充当午饭。家里条件好一些的会有一只塑料壳的暖壶。而娃娃们，就没那份幸运了。

吃完干馍馍，我的同班同学小英子就唤我："走，看大商店去！"

那时候总觉得时间走得太慢。如果我能像风车一样有一双巨大的手，就把这些慢吞吞的时间往前推一推，让时光走快一些，呈现一个全新的世界给我看。可是我没有，只好跟在风的后面看太阳一点一点地移动，看四季一天一天地变幻。

冬天尚可在封冻的龙滩河上溜冰，提一块扁扁的石头，找一个冻得梆硬的"蘑菇顶"爬上去，坐在石头上，从顶上滑下来。或者在一大片光滑如镜的冰面上，她推我滑一会儿，我推她滑一会儿。那些冰从河底冻出来，在河面鼓起巨大的圆顶，像红山洼的蘑菇，头上戴着不透明的帽子。

那么厚的冰，一点儿也折射不出我们的欢乐，记录不下翻滚的狼狈，不能给我们的未来一个明晰的交代。

炎热的夏日中午，天空静止，白云停滞，麻雀和喜鹊躲进树林深处。风也躲了起来，收拢了巨大透明的翅膀，休憩在龙滩河对岸的一棵松树上，头枕一枚青青的松果，轻轻打起了鼾。无聊的小英子在这样的中午，一边把滴汗的头发抿到耳朵后面，一面老气横秋地叫我："走，去马莲滩看大商店！"

看商店？怎么看？

买东西，肯定没钱，也没这个打算。所以，确实就是看，最多再闻闻。

商店里有花花绿绿的布，色彩鲜艳的包巾，糖果、铅笔、醋和一些我不认识的商品，还有一些香甜诱人的味道。这些色彩和味道，使那个大商店显得高大而富丽堂皇。

我一度觉得，大商店的屋顶比我们家里的屋子高出许多。多年以后回老家经过大商店，看到它破旧的原址时，我惊讶地呆立在它门前，久久不能相信。它怎么会如此低矮，如此逼仄？莫不是时间老人提着一把利斧，把它砍小了，斫矮了？

长我一岁的小英子总是乐此不疲地趴在柜台上一遍遍看那些商品，还时不时地向营业员提些问题："这个是啥？""这个多少钱？""那个是干啥的？"很像现代流行的人生哲学三问。

柜台有三种，木制的，玻璃的，泥的。

木柜台上主要摆放各种棉布。玻璃柜台里都是些华丽鲜艳的东西，香皂、塑料盒子、糖果等小巧物件。还有一大截泥柜台，乱糟糟地摆着铁锨头、铧、犁头、喷雾机等农具。

小英子的主要"看点"在玻璃柜台。

我没有重点。我像一个跟班，茫然地跟在她后面，随着她的指点看一眼。看了，跟没看区别不大。

我喜欢看人——看营业员，和商店里进来出去的人。

一个商店，多像一个人的生命历程，总会有其他人穿行其间。有人停留的时间长一些，有人只是匆匆来去。有人鲁莽地来，毁灭一些，也创造一些。有人安静地来，留下一些，温暖一些，却什么也不带走。

营业员总是跟庄子上的农民不同，跟我远在兰州上班的爸爸倒有些相似，穿着干净的白衬衣，头发梳得很整齐，从不戴帽子。

来买东西的人跟营业员形成了鲜明对比。我饶有兴味地比较着。我看出营业员眼里各种不同的目光。对那些纠缠半天才买了一个几毛钱小商品的人，目光明显是怠惰的。而出手大方拿起东西就走的，目光自然会多一些敬畏。而对来换商品或说东西坏了要退的，目光里自然会生发出一些勾勾叉叉、欲说还休的东西。

中午人少，零星几个老奶奶。营业员在后面的套间做饭，偶尔探出头来看一眼。一边炒菜或吃饭，一边不耐烦地回答一声。他们在这个商店干久了，熟悉附近村子大多数人，知道哪个会买，哪个只是问问。

只是问问。确实，跟我和小英子一样来"看"商店的大人不在少数。

"这个东西多少钱？"

"两块。"

"哦。咋这么贵？"

"质量好。"

"哦哦……"

"要不要？"

"我再看看——"

这样的对话居多。

有时候，营业员在锅里下了面条，一边站在门槛上看着锅，怕面汤溢出来，一边看着顾客回答问题。拉锯半天，顾客一言不发溜着柜台边挨个儿看过来，悄没声儿掀起门帘子走了。

营业员怕靠近门口水泥柜台上的商品丢了，目光一直追随着，直到人走了，才听见锅溢了。

"妈呀！"营业员叫着冲进去，气恼地揭起"突突突"跳蹦子的锅盖，往里面点半勺凉水，嘴里嘀嘀咕咕地埋怨："不买，问什么问！"

我也盯着那个溜柜台边走的人，很想知道他或她究竟最后买不买，会买一个啥？如果他们买了，我又会猜测这个东西的用处或去向。

如果那个人溜出去走了，我比营业员还要失望。随即又想，可能是因为没钱，实际上他很需要这个东西。也或者，他的钱不够吧？差多少？回去怎么凑？

有时候，在我的猜测中，果然看见一个老奶奶大兜襟里兜着几个鸡蛋又来了。

"商店，钱不够，你把这几个鸡蛋收了行不？"

人们不知道怎么称呼一个营业员，就把他们叫"商店"。如果知道人家姓什么，就在前面加上姓。

营业员都是自己做饭吃,多半会把鸡蛋收了,折算成钱,把商品卖给他或她。

一个买卖做成了。我舒了一口气。

有时候,那个"商店"偏偏不要鸡蛋,语气非常不友好地说:"我也没钱,你还是凑够了再来。"看着奶奶失望惊讶的样子,我跟她一样惊讶失望。一个"商店"居然会没钱?怎么可能!

我提着一口气,听奶奶低声下气地求"商店"。可"商店"冷着脸,紧紧地闭着嘴。或者,干脆躲进里面去,不肯出来了。

老奶奶期期艾艾地一手护着大兜襟里的鸡蛋,一手撑在柜台上,抻长脖子喊:"商店哎,下个话,你收下吧!"

我退后几步,心碎成了一地。心里痛恨躲在里面的"商店"。

长大后,我才明白,那些营业员虽然处在琳琅满目的商品当中,其实工资不高,也要养家糊口,也有捉襟见肘的时候。他或她的家里,也在等米下锅呢!如果他们把自己的工资都换成了鸡蛋,一家人又如何生活呢?

那个躲起来的人,躲的是自己光阴的艰难,也躲着别人日月的窘迫。

别人是我的风景,我也是别人的风景。

有一天一个大我几岁的女孩跟着大人来逛大商店。我很快看出她跟我一样,刚进来时被商店里的气味和氛围"震"蒙了,半天没有错眼珠子。很快,她对那些买不起也用不上的商品失去了兴趣,转而开始看我。

她目不转睛地上下打量了我足有一分钟,最后说:"你的辫子美呀！"

有一段时间，大商店门上来了个摆字摊的年轻人。从他的穿着打扮看，应该是出过远门见过世面的——他围着一条围巾，格子的，穿着翻毛的黄皮鞋。种地的农民，没人这样穿着打扮。

他的字摊却不是算命的，而是写字的。他坐在一张小板凳上，身边摆着另一张小板凳，怀里抱着一个黄挎包，挎包里装着他的生意——一个大算术本，一支蓝色墨水笔。

他的要求是，让顾客从一写到一百，阿拉伯数字，一次也不能出错，可以停下来思考，但不能涂改。一旦出错，就给他两毛钱，如果一口气顺利写完，他反给你两毛。

这是个没有本钱且没有技术含量的买卖。但顾客极少。

我对这个字摊产生了兴趣。我蹲在年轻人身边，像小英子一样提了好几个问题，把他的生意经问得透透的，然后和他一起坐下来等顾客。

我亲眼看到两个人坐在他对面的小板凳上，写数字。第一个刚写到二十几，就出了错。第二个更惨，连二十都没写到，慌里慌张地在"19"之后飞速地写了个"30"……

还有一个人，不写，就站在那里对他、对他的顾客指手画脚，说这个太简单了，这还不容易吗！你怎么会写错？太笨了！把有些顾客弄得羞皮臊脸的，扔下钱就跑。还有的人本打算写一下，被他这样一吵吵，又不敢动手了。

我气愤地瞪着他，想用目光杀退他。他讶异地问那个年轻人，这个小丫头是你女儿吗？年轻人涨红了面皮，没理他。他走了，又剩下我们两个静静地看着天空发呆。

没人光顾。他拿出以前人们写的数字给我看，他说，你看，这个人最可惜了，都写到 98 了，一高兴，出错了！他那份惋惜的口气很令我疑惑，错了不是更好吗？不是可以挣到两毛钱了吗？他笑着摇头。

我说，这个不是很简单吗？一年级的学生都会呀，大人们为什么还会写错呢！他说，你看着简单，不一定容易。

"简单和容易不是一回事儿吗？"我被绕糊涂了。想想，却觉得有道理。道理在哪里？却说不出来。

"怎样才能不出错呢？"

他歪着头想了一会儿，好像自己也不知道准确答案。末了，他把手搭在心口上慢慢地说："按住这儿，不要急……"

我奇怪地学着他的样子，也把手搭在心口上。

"这是秘诀吗？"

那时候我还没看过金庸。但我看过一些露天电影，武打片也有，听过武功秘籍、秘诀这样的词。

他红了一下脸，放下手，不再吭声了。

过了一会儿，我又忍不住了，问他："有人写对过吗？"

"当然有……还写得非常漂亮。"他飞快地翻到那一页给我看，像捧出一件珍宝，小心翼翼地拨拉开我扑上来的脏手指。

一笔漂亮的字。浅蓝色的墨水，每一行、每一个字都一模一样大小，一模一样整齐，像印刷体。仿佛能看见一只细长白净的手，优雅地拧开自来水笔的螺帽，不慌不忙地从"1"开始，一格一格地写呀写。能听见笔尖在这本有点毛糙的本子上发出"沙沙沙沙"的声音……

这是个怎样的人呢？禁不住神往。应该跟他差不多吧，头发浓密，面色端肃，围着格子围巾，穿着干净的半新深色衣服，但应该比他年龄大。没来由地觉得，那个没见到的写字人，像他的兄长。

我想到他说的"秘诀"。又觉得，这个"哥哥"，是不用按着心口的，他天生就不急、不慌，看人的时候，眯着笑笑的眼睛……

忽然就明白了他手搭在心口上的意思。

转了脸去看身边的人，他静默着，痴痴地看着那页完美的蓝色数字，久久不肯抬头。仿佛那一页纸上，有一幅动人心弦的画，或一个天大的"秘诀"。

我也想写一下。在他那个大算术本上，用他的纯蓝墨水笔。会不会跟那些大人一样，像被人施了咒语，一落笔，就错了。或者像那个"兄长"，不疾不徐地一行一行写下来。

白天课堂上，我在自己的演草本上写了一遍又一遍。"不会错，不会错。"

晚上睡在被窝里，我一遍遍地在心里默写 1 到 100。"1、2、3、4……19……29……"接下来是多少？ 30，还是 40 ？

"76、77、78、79、90、91……不对，80 还没有写……"宿命般的压迫感，让人窒息。"会错的，一定会错的。"

炕太烫，热得我想掀开被窝，逃离这个屋子，跑到院子里月亮底下，让如水的月光洗去我的不安，还我安宁的睡梦。

我有"秘诀"呀，我在梦里安慰自己。醒来，一身冷汗。银子一样的月光从窗棂里钻进来，把永恒和时间在炕上一一铺开，又把我的梦缠绕进去了……

中午放学，我又跟小英子去看大商店。英子看英子的，我蹲我的。

年轻人看见我，不说话，示意我坐在板凳上。我坐了，好几次张开嘴，却说不出话来。

商店门口有一棵树，一片叶子飘下来，落在字摊前。不到秋天，它下到凡间来，想表达些什么？是不是想化作一张纸，让某人捡起来，写一遍1到100？

年轻人捡起落叶，眯着眼睛看那棵树，看蓝得有些寂寞的天空和遥远的远方。

我也看着那片绿色的落叶，看头顶上的一片天空。但我还没有学会看远方。那个时候，我脑子里还没有远方，不知道远方在哪里，更不知道远方有什么。

我想对他说，我没有两毛钱，我能在你的本子上用你的笔写一遍1到100吗？

我还想问他，你写过吗？你全写对了还是也在半路上出了错？你是否手搭在心口上用了"秘诀"？

我一个字都没问出来。不知道是什么封缄了我的嘴唇。

我安静地蹲在他身边。风睡在了对面的白杨树上，云睡在了大商店上空，我们像两只阴天蹲在电线上的麻雀，头塞在肚子底下，半闭着尕眼睛，翅膀耷拉着……

暑假过去后，小英子对看商店失去了兴趣。我一个人过了河，去看我的字摊儿。

大商店门上空荡荡的。大商店姓祁的营业员，穿着白衬衫在柜台后打算盘。他冲我喊："贾家丫头，这几天水大，一个人再不要过河，小心洪水把你卷走，到时候你妈连你的毛改子（方言，辫子）都找不见！"

我垂头往回走，在龙滩河畔大片大片的马莲墩里迷了路。淡蓝色的马莲花一团团、一簇簇飘过来，又荡回去，像武打片中的武林高手，施展乾坤大挪移，戏耍一个误闯高手地盘的娃娃。我慌里慌张地左冲右突，迷失在一片淡蓝色的海洋里，迷瞪着眼睛四下寻找出路。

许多年以后，我屡次被一个梦魇住。马莲滩大商店门口的字摊上，我一遍又一遍地写着1到100，却总是错，总是错……

醒来把梦说给我妈听，我妈说，你那时怎么不试一试？

"妈，我没有两毛钱！"

我妈沉默了。1982年的两毛钱，能买一条裤子！

河沿雪

芬芳的往事

许多的陈年旧事，锁在妈妈的陪嫁里，散发着妈妈青年时的芳香和令孩提时的我们垂涎的糖味儿，在一个慵懒的下午被我们翻了出来，慢慢咀嚼……

妈妈透过木格棱窗看着走进院子来的两个人和一头驴。媒人韩进财和他的黑驴一样神采奕奕，而跟在后面的一位便有些令人失望了。胡乱修剪的头发弄得清秀的脸庞有几分滑稽，大眼睛里闪着惊慌与羞涩还有几分迷茫，一件显然是借来的对襟夹袄大得有些玄乎。而最令妈妈失望的是，这位十六岁的少年郎走到黑驴跟前准备卸鞍子时，居然需要踮起脚尖方能够着。

那是 1966 年的一个春日，爸爸留给妈妈的最初记忆。

妈妈收回目光，用头巾裹住了自己的面容，躲在厨房里不肯出来。相亲的礼物都由一位堂姐代替交换了。事后，妈妈对外祖父说她不愿意，原因是"他还没驴高呢"。可外祖父书生气十足地说，韩进财那人不错，他介绍来的人肯定也错不了，就这样定了吧。

早年丧母、性格坚强而不失浪漫的妈妈原本对"爱情"充满了肥皂泡一样烂漫多姿的憧憬。外祖父的坚决使她只好将那些泡泡一个个拍碎。

一年多后，妈妈几乎忘记了"相亲"那档子事儿。在一个暖和的日子里，妈妈和外祖父坐在院子里一边纳鞋底一边拉家常。天空蓝蓝的，村庄静悄悄的，鸡呀狗呀猪呀都昏昏欲睡。这时候响起了一阵不和谐的叩门声。

妈妈循声跑去开门。从门缝里投进一个高大的人影，开了门映入眼帘的却是爸爸笑眯眯的脸庞。爸爸长大了。他留着时髦的"分头"，穿一件深蓝色帆布工作服，脸上脱去了稚气，显得俊雅而又沉稳。

妈妈愣住了。她感觉这就是那个"没驴高"的人，可分明眼前站着的，又是自己梦里憧憬过多次，描摹过多次的那个人呵！

惊喜和羞涩顿时让她慌乱起来，她不知该如何掩饰自己，慌张中竟一把关上门，重新扣上了，任凭爸爸在门外大喊："开门，开门！"

见此情景，外祖父明白门外站的是他的"准女婿"了，只好挂着拐杖蹒跚着去开了门。

二十多年后，我问爸爸，你记得相亲那天的妈妈吗？爸爸狡黠地笑了："其实当年相亲那天，我错把那位堂姐当作你妈妈，我也是不愿意的。所以我去打柴沟瓦厂做工，一年都不去看她，直到那天开门时，才明白了……"

我知道，爸爸在门后看见了一张健康生动的脸和一双坚强执着的眼。在漫漫人生旅途中，正是这张脸和这双眼陪伴着他，支持着他，抚慰着他，直到永远。

想念河沿台

想念河沿台，是因为刚刚过去的那个多雨的夏季。想起河沿台，想起河沿台的火炕，才知道那是我心中最柔软的一块地方。

印象中的河沿台，也是多雨的。有一个夏季，雨多得让年少的我刻骨铭心，对面的祁连山脉在雨雾中婉约动人，远处的田野舞着轻纱，院外的小杨树葱茏清爽，窗前的廊檐水叮咚悦耳。离开河沿台二十年后的今天，我依然在每一个雨天想起它。想起院子里汩汩流着泥水的水洞，想起满巷道翻卷的稀泥，想起下雨天在炕上的缱绻和雨后的玩耍。

每当雨天，妈妈总是坐在炕上窗子跟前，一边做针线，一边小声地哼着小曲。我们常常把被子摞成高高一个垛儿坐在上面大呼小叫，累了便躺在被垛上央求妈妈给我们唱歌。妈妈唱的歌很好听，但她常常是不肯的。我们一遍遍地央求，她最终拗不过，只好唱起来。可她坚决不再唱刚才哼的那些小曲儿，唱得最多的是"蓝蓝的天上白云飘……"妈妈还有一个拿手好戏，那便是说唱宝卷。她是跟外祖父学的。

大雨滂沱的午后，庄院邻舍便三三两两披着水泥袋子改成的雨衣，踏着两脚黄泥来到我家听妈妈唱宝卷，妈妈的同龄人居多，也有老奶奶由儿媳挽了来。大伙儿盘腿坐在火炕上，偎着被子听妈妈说唱《房四姐》《包爷三下阴曹地府》。妈妈很会说唱宝卷，抑扬顿挫，极富感染力，常常让大家落下泪来。双手写不上个八字的乡亲们有他们自己对人物的认识和见解，对人生和善恶的评判，一会儿为苦命的四姐唏嘘不已，一会儿又为清廉的包青天拍手称快。那时我常常帮妈妈唱附声，有时候心不在焉唱错，就会遭到大家非常不满的斥责，仿佛亵渎了什么。

　　　　娃们娃娃们玩来，天上掉下个羊来，
　　　　谁拾哩，我拾哩，张家锅里煮着哩。

　　当这首粗犷而韵味悠长的儿歌一遍遍唱起时，雨终于停了。我早已从炕上跳下来，手里抓着一个刚刚出锅的山药蛋，飞奔而去。张家的锅里没煮羊肉，但张家的门口平坦、开阔，是我们玩耍的理想场所。张家有一对双胞胎姐妹，跟我同岁。

　　她俩的名字我们从来不叫。我们只叫她们"大双""小双"。大双有点英武气，像个男孩子；小双温柔、漂亮，眉心里还有一颗痣。我和大双、小双还有朱花花、王招弟等等有着最具哈溪特色名字的女孩子在张家门口玩"赶猪""压悠马"、跳马莲绳、拿大顶……

　　那时候，天总是下雨，但我的心并不忧伤，我和所有的伙伴一样穿着打了补丁的裤子，扎着土气的麻花辫，兜里揣着百吃不厌的山药蛋和炒麦子，手里拿着马莲编成的各种小玩意儿，心里装满了等待发芽的渴望，装满了随时都会爆炸的快乐。

我的小学

我的小学是从大队饲养院开始的。未满六周岁，妈妈便同意我上学了。那天太阳明晃晃的，晃得我小小的心里似鼓胀了一个大大的气球，噼噼啪啪地爆炸开来，又一起喜气洋洋地充满每一个细胞。

扎着两根长辫子，拿着五角钱报名费，背着妈妈用五颜六色的布块拼成的大书包，我跑到了大队饲养院。饲养院里间低矮的泥土房就是我的教室，已被磨得没有棱角的一排泥台台便是我的课桌，还有吱嘎作响的长条板凳……

我没有对我的学校产生一点点的质疑和不满。谁知道别人的学校是什么样子呢？谁又知道一所学校的院子里不应该摆着生产队的皮车，不应该有牛粪、马粪和长短不一的麦秸呢？

黑洞洞的教室里站着一位白净的戴着黄帽子的老师。老师姓吉，是生产队吉队长的儿子，我记得他黑黑的似剑的眉和密密长长的睫毛，还有那顶垫了报纸有棱有角的黄帽子。他站在黑板前说着什么，我一句也听不懂，可我还是被他深深地吸引住了。他的唇一张一合，白色的粉笔灰落在黄军帽上和蓝咔叽上衣上，让他有一种有别于生产队其他男人的神秘，就像我干净俊雅的爸爸，让我向往和爱戴。

后来我才知道，小教室里有两个班，靠窗户坐的是我们一年级新生，坐在我们左手边的是二年级学生。看着他们有模有样地拿着书大声朗读，我羡慕极了。吉老师说："二年级的做数学，一年级跟我学拼音：a——o——e——"过了一会儿，老师又说，一年级去院子里背拼音，二年级上语文课。

十几个新生顿时像出了圈的羊羔子，从那个黑洞洞里跑了出来。我当机立断，首先冲上了向往已久的马车。多少次，我看见胡三爷神气地坐在车辕上，手里擎着皮鞭，前面两匹枣红马和一匹黑马，昂着头打着响鼻，一路雄赳赳地从大路上奔来，我多想在那个马车上坐一坐啊！可我怕胡三爷，怕他那一双豹环眼和乱蓬蓬的黑胡子。我从小就害怕那种过大的眼睛和凌厉的眼神。

此时，那挂马车静静地躺在院子里，拥子和夹板软塌塌的，像冬眠的蛇一样安静地堆在地下。三匹马肯定被胡三爷拉去红山洼吃青草了。我利索地爬上马车，刚想体验一下神气的感觉，不料，朱花花也麻利地爬了上来……

不久后的一个日子，吉老师让我们排好队，他要带我们去新的学校。我们顺着上队的石槽槽去了河沿小学——白房子、蓝门窗，还有青青的房顶和教室后面的白杨树。

学校原来是这样的，也应该是这样的啊！

不到两年，这个曾一度让我骄傲和眷恋的地方却在一场暴雨后坍塌了。三年级开学伊始，我们又搬进了教师宿舍上课。那是我在河沿小学的最后一学期，也是我对河沿小学记忆最清晰的一个片段。这个片段不因记忆模糊而美化，也不因一厢情愿而任想象的枝蔓随意生长……

在那间窄小的用门扇做黑板的教室里，我曾因几个生动的造句而得到新班主任的夸赞，曾因翻窗户磕破了头皮，到现在都没长出头发来，也曾因为要转学离开那里而恋恋不舍……

　　我还记得，那时全班只有十六个学生。女生呢，包括我共两名。我俩因受到老师的宽爱和庇护而遭到男同学的攻击，说我们是老师未来的儿媳妇。老师的儿子徐尕拉，跟我们在一个班……

家

　　也许是命中注定，从一开始，就没有一个称之为"家"的地方圈养我的灵魂、思想、身体，乃至多年以后随风起落的思念。

　　还在母腹中时，我便感知了无家可归、流浪他处的酸辛。那酸辛来自妈妈的泪水和孤独。许多年以来，我站在人来人往的街头，目光找不到一个准确的落点，心空空的，无所依托，无所追寻，我确定这种孤独感是从娘胎里带来的，也将伴随我一生一世，如影相随。

　　结婚刚一年的妈妈分家了。除了自己的陪嫁箱，另外分得一只皮箱大小的黑柜子，柜子里一升白面，一斗黑面，一只缺了耳的小铁锅。这就是她的全部家当。

　　可她没房子，没房子就相当于没家。这个没家的女人，腹中正孕育着一个未成形的胎儿。

　　在生产队长的调解下，张铁匠借了一间房子给妈妈。年过五十的老铁匠，土改后娶了地主的遗孀，膝下一儿一女尚年幼，相对于村里其他人家每户七八个孩子的"盛况"，他家显得人丁单薄。不让打铁，所以将打铁的房子借给妈妈住。

　　白天是好打发的。生产队热火朝天的劳动，解除了妈妈的寂寞。夜晚，一盏摇曳的煤油灯，铺着草席的小土炕，冒着半死不活蓝烟的土炉子，还有一枚银针在鞋帮、鞋底上下穿梭，构成了一个年仅二十三岁的年轻女子每一个夜晚的景致。

这是一幅静止的生活画，贴在河沿台张铁匠家大院那个犄角旮旯里，一挂半年。

小屋的窗子下方，安着一小块玻璃，刚开始的几个夜晚，她坐在炕上做针线活，无意中一抬头，总是看见一双眼睛在瞅着她。她吓得一连几个夜晚都不敢睡，也不敢吹灯，和衣躺在被窝里，定定地看着油干了，油灯自己熄灭。

她思念家中腿有残疾的父亲，尚未成年的几个弟弟，思念远在他乡的丈夫，甚至有点恨他。幸福的日子总是短暂的，为什么总是聚少离多？这个一向乐天达观的女人，在那些月圆月缺的日子里，对这样的生活有点幽怨，有点伤感。

月移西厢，天色渐渐发亮。

妈妈把自己的恐惧告诉了铁匠的老婆。铁匠的老婆是见过世面的，她随妈妈来到小屋，释然大笑。"傻姑娘，那玻璃里不是你自己的眼睛吗？"

我们有家了。我落炕时触到的炕皮和用筛子筛出来的细细的炕灰，都是我们自己的。爸爸和妈妈亲手盖的房，垒的炕，妈妈的结拜姐妹菊娘娘筛出来的炕灰。

在打铁房子的斜对面，爸爸和妈妈盖了两间小小的土坯房，用黑刺围了一个小院子。

妈妈收拾停当了小小的院落和两间小小的土坯房，就去了下河滩。她背着背篼，在天黑前搂了许多大黄叶子回来，就着煤油灯微弱的灯光，抓起嫩绿的叶子，在墙壁上、炕沿上细细地擦起来，被爸爸用瓦刀抹得光光的泥土墙一会儿便被她染成了绿色，就像后来人们装修房子时用油漆刷的绿墙裙。不仅好看，还不会把衣服弄脏。

妈妈的陪嫁箱，是我们家唯一能摆出来的一件家具，用土块垒起来搁在屋中央，上面摆了一个红色的木头匣子。匣子两旁很对称地各摆了四个透明的玻璃瓶子，瓶子里塞满了妈妈做针线时剪下来的碎布头和一些花花绿绿的糖纸……

院子中间有一个高高的土台，被妈妈一遍遍地翻松，拣出草根，打棉土块，种上几垄萝卜、几行白菜，还有一丛灯盏花、一丛毛金莲，高大的向日葵当作护栏……

1979年夏天，弟弟两岁了，我们又另选了一处宅基，重新盖了更大更漂亮的房子。再后来，我们举家迁往他乡，在钢筋混凝土的包围中辗转反侧，搬了许多次家。

每到一处，父母总是把家收拾得干净整齐。可那种流浪的滋味，像一头不知名的怪兽，啃噬着全家人的心，于无声处，血流成溪。

我藏着一颗多愁善感的玻璃心，在许多次的奔波中，写下了一行又一行伤感的文字。只有我知道，那不是无病呻吟，那不是"为赋新词强说愁"，那是一个少年内心深处的痛，为了那些她深爱的人。

鸽子

一

爸爸退休后养了两只鸽子。

鸽子羽毛雪白，虹影清晰，气质娴静优雅。它们一直"咕咕"地不知疲倦地转着脑袋，像是在聆听远处的风声，又似在等待一个不安而神秘的消息。

那一年，爸爸只有四十六岁。为了让儿子顶替自己的职位，他申请提前退休。十几名工人联合写了申请，爸爸是其中最年轻的一个。公司没有批准他们的申请。

工人们坐上大轿车去总公司找领导，强烈表达"提前退休，子女顶替"的愿望。开大轿车的王叔也是申请人之一。据可靠消息，"子女顶替父母工作"的政策将是最后一年执行了。他们想搭上这趟"末班车"。

总公司批准了申请。分公司领导却很恼火，认为他们属于越级上访。

在那个秋雨绵绵的季节，爸爸们签完了提前退休的所有手续，各家的儿子们也都签好了成为一名新的油库工人的所有文件。然后，年轻的工人被安排住进了单身宿舍，十几个老工人和他们的家属被逐出了宽敞、舒适的小平房。那是油库分配给这些老工人的福利房。

一同被逐出的，还有老工人们的城市户口。他们被迫跟儿女交换户口，将户口迁至农村老家，直到多年后才迁回。

这一切都在签署协议前作为交换条件协商好了，包括之后所有的福利分配。签字时，有两个工人放下了笔，他们舍不下即将封顶的福利楼房。

爸爸犹豫的不是楼房。他苦着脸问我们，问自己：这么早退休，我干什么呢？没人回答他。也没人顾得上他。

二

爸爸十七岁当兵，两年后分配到兰州"85"油库，之后调动到永登"6726"油库。这些以代号示人的油库，告诉外人他们是保密单位。

爸爸深深地热爱他赖以生存的油库，不亚于对家庭的情感。他从不断地上班、下班中感受养家糊口的快乐，感受出大力流大汗的畅快，感受作为一个工人优越于家乡贫苦乡亲的小小的虚荣和满足。这里有他同劳动、同吃饭的工友，像亲人一样彼此熟稔。有他付出汗水甚至血水亲手修建的工房和宿舍，有他和工友们一棵一棵栽下的树，有的已经结出了甜脆的梨子。"爱库如家"这个概念，无须他人说教，已经根植于他的血液。

离开，意味着舍弃，意味着断裂。类似于根须离开土壤，毛发拔离皮肉。

三

小时候，爸爸在兰州工作，妈妈带着我和弟弟在老家务农。有一年秋天，连阴雨下了一个多月，全村人家家房子都漏雨。我们挤在小炕上，炕的上方吊了一块门板，门板上几个洗脸盆"嗒嗒"地接漏。

漏雨这类事在大人眼里是一场灾难，可在我们这些生活单调的农村娃看来，相当于看一场电影。揣着满腔的新鲜感，闻着土炕上新铺的稻草香味，睡在门扇下，在"大珠小珠落玉盘"的嘈切声中入梦，是我童年里被诗化了的记忆。

一个早上醒来，忽然就见爸爸睡在身边。微卷的黑发，白皙的额头，沉静的睡容。对于身材高大的爸爸，炕太短，妈妈在炕沿下支了一张椅子，椅子上放着爸爸的枕头。以为是梦，侧过脸来的他笑容有点遥远、虚幻、不真实。一年只探亲两次，在我眼里，爸爸是客。

爸爸是回来秋收的。车坐到古浪峡，路被雨水冲断了。他背着两铁桶桃子、苹果、衣服、棒棒糖，还有一袋从口中省下的白面和十斤清油，徒步走回家来。许多天后，我和弟弟仍含着棒棒糖的木棍儿不肯丢弃，屁股后面跟着一群艳羡的邻家孩子。而爸爸脚上的水泡直到秋收结束仍未结痂，就那么血丝呼啦地张着嘴。

四

因为忙于搬家，没人发现爸爸的焦灼。

甫一闲下来，爸爸的焦灼更加明显。他脸色枯黄，坐立难安，有一种惶惶不可终日的心虚和紧张。他不愿意提"退休"二字，他觉得是这两个该死的字生生将他逼迫成了一个老头儿。

他在家里无所事事，还不敢发火。走到街上，大家都在忙忙碌碌为生计奔波。回到油库，新换的年轻警卫不让他进入。就算进去了，能做什么呢？这里，已经没有了他的岗位。

有人劝爸爸养花。从油库家属院搬出来后，父母在永登县城外西门园租了一间民房的一半。房东姓赵。赵家院子挺大，却空着。妈妈把原来家里所有的花花草草搬来摆在房东的院子里。

刚搬来的头几天，西门园的村民都来赵家围观我家的盆花。君子兰、仙人球、波斯菊、天竺葵、月季、玫瑰、各色绣球，虽然没有名品，但都蓬勃旺盛，艳丽多姿，很是吸人眼球。邻居们的夸赞声让妈妈忘却了被驱逐的委屈，更加卖力地侍弄它们。爸爸刚开始也积极参与其中，后来发现自己多余，不几天就没了兴致。

爸爸回了一趟老家。不几天，他兴冲冲地返回，对妈妈宣布要在老家开一个卖肉的铺子。这个决定遭到了妈妈的强烈反对。她表示自己坚决不会跟着他回老家。一是要留下来给儿子做饭；二是已无法适应农村脏乱的生活环境，尤其是冬天没有暖气的境况。我们老家冬天的气温最冷时低到零下 30 摄氏度，确实让人难以接受。第三，爸爸从未做过生意，赔了本钱怎么办，我们不是那种富裕的人家。

这一次，我站妈妈这边。我们已经清晰地预见了爸爸一个人可怜兮兮地睡在冰冷的肉铺子里的情景。

爸爸准备在街头摆个棋摊。一来可以自娱，二来能赚几个菜钱（这是他对妈妈说的）。我在青龙山下找到爸爸和他的棋摊子。他正和几个棋友争得青筋暴露、面红耳赤。我大声地唤了好几声，他才如从梦中惊醒似的转过身来。看见我，高兴地站了起来，脸孔黝黑，两个膝盖把裤子顶起两个大包，腿罗弯着，原本高大的身体像是矮了许多。

五

我九岁那年，爸爸做了一个改变我一生命运的重大决定——带我去省城兰州上学。

在城市光怪陆离的转轴中，我如一只惊慌失措的小鸽雏，站都站不稳，更谈不上飞。

爸爸为我洗衣、做饭，并学会了为我梳辫子、买发卡。冬天的早晨，他早早起来为我剥橘子皮。日光灯下，他微卷的黑发在额头打着旋儿，红色的线裤上开着一个破洞。下午放学回来，他陪着我做作业，遇到不会的题，就去请教他的同事，回来再讲给我。

那时候爸爸已被调在油库警卫队工作，工作相对清闲。而他的同事们，吃过晚饭最大的消遣，是聚在我们宿舍门口，帮我解题。一帮文化不高的大老爷们儿，为一道小学四年级的应用题热烈讨论的情景，一直刻印在我脑海里。有一道题目，连高中毕业的李叔叔都做不出来，爸爸在去上厕所的路上忽然茅塞顿开，想到了一个又简单又灵活的解题步骤。为此，他得意了许多年。

好多个早晨，我俩都起迟了。他顾不上为我梳头，用粗大的手指拨拉一下，就把我抱到自行车的前梁上，风速刮往西固二小。

那时候，我觉得自己也必将会成长为一个温和、木讷的人，跟我的爸爸一样。我和我的孩子之间不必有热烈的情感交流，也不必做出惊天动地的牺牲。我们就这样一起做作业，一起迟到，一起着急，一起挨老师的批评，逐渐结成同盟。

后来，满六岁的弟弟也加入到我们的单身宿舍家庭中，开始上学。和爸爸同龄的同事工余时间都在下棋、打扑克，而爸爸匆匆下班，匆匆跑回来给我俩做饭、洗衣，正如人们常说的"既当爹又当妈"。有人笑话他心比天高，还有人笑话他供一个女孩读书，白花钱。他从不为所动。

那时，爸爸三十四五岁。

六

继一系列的尝试失败之后，爸爸托人从朋友家抓来两只鸽子，学着饲养它们。怕它俩飞回老家，剪掉了它们的翅膀。爸爸说，鸽子恋家。

雌鸽下了两只蛋，夫妻俩欢欢喜喜开始孵蛋。爸爸也很开心，期待新的家庭成员出生。

孵化十八天后，小鸽子出生了。和小鸽子一起成长的，是我的孩子。

小鸽子不会自己吃食。老鸽子吃了食物，存在嗉囊里，让小鸽子掏着吃。而小鸽子把父母的"喙"当作饭碗，饿了就去掏，饿了就去掏，常掏得老鸽子嘴边鲜血淋漓。

我把孩子送到父母身边，请他们帮忙带。爸爸外出的频率大大减少，他花很多时间和精力来照管外孙和鸽子。孩子稍微大一点，爸爸把他抱在自行车的前梁上，载着去城里买豆腐。回来的路上，孩子用手揪着吃车栏里的热豆腐吃。到家后妈妈发现，豆腐都被吃掉一半儿了。孩子还爱吃菜花。妈妈说，那几年，她见了菜花就饱了。可爸爸依然会买。

我们叫他"购物狂老头儿"。家里无论谁表示想吃什么，需要什么，不等话音落地，他已经骑着自行车去买了。

妈妈用"凡尔赛体"抱怨："你爸爸剥夺了我作为女人购物的快乐。"

七

在爸爸退休后的第二年，我办了停薪留职。

常年在乡镇工作，条件艰苦，前途无望，很是灰心丧气。

在外面几经折腾，我尝到了各种比上班更难的挫折，鼻青脸肿后，打算重新回去上班。

炎热沉闷的夏日中午，我坐在寂静的院子里等待回去上班的通知。翻着一堆过时的杂志，哼着过时的流行歌曲，品咂着心中的憋闷和空荡荡的失落感，想起刚退休时的爸爸，想起他当初的惶然、焦躁、失神和落寞。想起父母从西门园搬至五渠村，又搬至永登县城。

都说"家越搬越穷"。搬家的过程中，我们不得不一次次丢弃一些东西，我少年时代的存书基本丢完了。

忽然觉得，其实我就像爸爸当年膝盖上顶着大包的裤子，窝囊又倔强。如果九岁那年爸爸把我当作一只"潜力股"来培养，如今，我是不是让他赔得颗粒无收？

爸爸忽然决定不养鸽子、不摆棋摊，是六年以后了。

弟弟的孩子龙龙出生后，他们在永登县城买了一套商品房。弟弟在单位也分到了福利楼房。龙龙一直觉得爷爷奶奶家才是自己的家，而他的父母是来串门的亲戚。偶尔他妈妈带他去自己家，晚上他就会闹着"我要回家，我要回家"。

一家人终于不再四处找房子，搬家，不用再丢弃属于一个家庭的旧事物、旧光阴。

爸爸越来越像个退休老头儿了。他常在老同事面前夸张地炫耀自己的两个孙子，百说不厌，兴味盎然，像那两只总爱"咕咕咕咕"叫个不停的老鸽子，不管别人是否爱听那些尿布奶粉的乏味事儿，也不管外面的世界是否绚丽多姿、精彩纷呈。

除了工资卡上的数字，油库的一切都与他没有关系了。他剪了自己的翅膀，安心地待在窝里，哺育属于自己的几个蛋。

我想，鸽子在孵蛋的时候，是不会去想蛋里会孵化出什么样的小鸽子这种问题的吧？他只知道，孵蛋是他的责任。

晨起好梳妆

1984 年冬天，清晨六点钟兰州的天空，是黑而寒寂的。那年的每一个早晨，爸爸总是跟我一起起床，然后骑着自行车送我去上学。

我起来洗脸梳头，爸爸准备早饭。

我的头发又密又多，梳起来很费劲。在老家时我还没有学会自己梳头，都是妈妈梳。我妈有一双巧手，但她的脾气没有因为自己手巧而温柔一些。

根据她梳头时的动作，可以准确判断她当天的心情。

心情好时，她很仔细地、轻柔地梳理每一根发丝，梳顺了，梳透了，还要梳出不同的造型来，扎上斑斓的绸子或纱巾，打扮得我像只臭美的小鸭子，路都不敢走快，生怕一不小心会发出"嘎嘎"的叫声。这样的我，在上学的路上总是被男同学追着看，被女同学取笑。

心情不好的时候，她一边低低地诅咒着某一个人或东西，一边用力撕扯着我那些不听话的"黄毛"。实在梳不开的时候，她就势"呸呸"地啐两口口水权当是发乳，然后硬撅撅地戳两条辫子在我的两只耳朵边。也不知道用了多大的力气，以至于我脸上的皮肤整天都紧绷绷的，眼角都吊了起来，像戏里面的武生，拿起一根棍子就可以当马骑，握起拳头就可以打老虎。

如果我脸上流露出不满意她这个潦草"作品"的神情，哪怕只是稍稍地那么流露一下，她也会立马敏感地觉察到，狠狠地拽过我坐下，飞快拆散了，再重新辫一次。

　　老家上学是不按钟点的，太阳出来出发一般不会迟到。如果哪天太阳不出来，下了大雪，也可以不去。在家里看一眼生字表就可以了。

　　在妈妈狠狠梳理我的头发时，我端坐在地中央，揣度着她的心情，看着从门头窗里射进来的一缕缕的光线。它们细密，温和，明亮。

　　我把手伸进那些光线，想抓住它们，跟它们玩。妈妈远比我的老师严厉，她呵斥我坐好，我赶紧收回胳膊。

　　但我的眼睛没有收回。它们的头发怎么总是那么顺畅？它们和我一样有着别人不可知的心思吧？它们知道不知道，我的心里也装满了这样细密明亮的东西？

　　妈妈看见了我的眼泪，以为是她的粗暴弄疼了我。在我们那些清寒的、支离破碎的日子里，我的眼泪多得有些不合时宜，往往惹得她心烦意乱。她终于恼怒了，用梳子在我头皮上"咣咣"地"剁"了几下……

　　现在我要自己梳头了。兰州的女孩们不梳双股辫，梳马尾巴。我真是太喜欢这样的发型了，简单，明快，有朝气，主要是好梳。把头发梳散了，用一根橡皮筋扎在脑后就行。

　　可我那些恼人的头发啊，她们总是从我十岁的掌心里滑落下来，"叽叽喳喳"如一窝刚出巢的小鸟，不肯听从我的指挥。要么在头顶上支棱出一股，要么有几缕调皮的家伙跑出橡皮筋的包围圈。

原来"马尾巴"也不好梳呀！我叹一口气，重新来过。两条胳膊在脑后举得又酸又困。

时间不允许我重新来几遍，我怕迟到。在和河沿台截然相反的一个世界里，太阳与人们的生活的关系并不是很大。无论有没有太阳，该上学的得上学，该上班的还得上班。

手表才是圈禁人们行为和生活方式的标尺。

我在这一个标尺下感觉到了紧张、窘迫和疲倦。好几次，我们起迟了，来不及梳头发，匆匆抹点水就被爸爸抱上了自行车。

我没有告诉爸爸这种紧张、窘迫和疲倦。不是我不想说，是一个十岁的孩子还没有学会诉说。她被这样一个光怪陆离的花花世界里一桩桩一件件事物一次次催促，根本没顾上整理自己的想法，也没有想到退回去的可能性。但她会因为胳膊酸困这么个小事又傻傻地流下眼泪。

爸爸有时候会帮我一把，他用修长的散发着淡淡烟草味儿的手指，尽量温柔地、笨拙地帮我把那窝"小鸟"固定好。然后试探地，用讨好的语气跟我商量："咱们剪了吧啊？行不行？"

我不吭声。我无法想象自己剪短了头发是个什么样子。河沿台没有哪一个小姑娘会剪了自己的辫子。

实际上，我尽量促使自己融入这个城市、这个学校和那群漂亮的女孩。我学说普通话、学跳舞，穿连衣裙，希望大家能够忘记我曾经穿着红上衣、绿裤子，扎两条辫子，从河沿台来这个班里报到的样子。

但我用河沿台的标尺衡量了我的头发。可能我的内心，仍停留在河沿台吧。那些靠近、融入的，只是我的表皮罢了。

我们的班长、学习委员，都剪着短发，学习好，普通话标准，像个小老师一样让我仰望。可我，能跟她们一样吗？我的辫子上，流淌着龙滩河蒙蒙的水汽。

开始吃早饭。很简单的早饭，一般是爸爸食堂里打的馒头和咸菜。如果有小米粥，就很奢侈了。

我就着白开水吃馒头的时候，爸爸打开窗户跳了出去。他从窗户后面的小窖里拿出来几个橘子，剥了橘子皮，找个塑料袋装在我的书包里，让我带到学校去吃。

我跟爸爸来兰州上学源于他和妈妈的一次夜谈。

爸爸在兰州工作是我们的骄傲，也是我们的伤痛。家里缺失一个男人，显得势单力薄，在生产队难免遭人欺负。妈妈勉力为我们充当了这个角色，幻化为一朵长满了刺的野玫瑰，美丽、鲜艳，却又强悍、刚硬、暴躁。

爸爸的每一次探亲，对我们来说，都是节日。我在那样一个节日的夜晚，睡在他们身后，闭着眼睛听他们谈话，品尝爸爸带来的安宁和妈妈少有的温情。

他们的谈话以回忆和憧憬为主。回忆都是快乐的，憧憬又是绚丽的。彼此碰撞出的火花，在夜空里一朵朵炸开，绚烂无比，隐去了龙滩河的水声和村子里的狗吠声。一缕活泼曼妙的月光悄悄从木格棱窗子里铺进来，照在我们睡的火炕上。我们四个人泡在月光里，泡软了，泡化了，融合在了一起。窗户上的窗花，特别清晰，无比安静。

忽然就说到我了。我屏住呼吸。

妈妈说，徐老师来家访，说我学习很好，特别是拼音和造句尤其好。爸爸听了，声音陡然高了起来，他说，兰州的孩子从小就学英语呢。听说，英语跟拼音差不多。

爸爸的文化程度是小学二年级。妈妈虽然只上了三年级，但在外祖父的帮助下当过几天民办教师。因此，爸爸一直觉得自己在文化这一块不如妈妈。但他在省城工作，见识自然不比妈妈差，貌似又扯平了。他们讨论了半天，达成一致，英语应该跟拼音差不多，都是一些字母而已。

最后，爸爸忽然说："不如让丫头去兰州上学吧！"

妈妈可能已经困得不行了，她含含糊糊地答应了一声。月光把她的两团红脸蛋洗白了。

第二天，十岁的我做了一件改变自己命运的"大事"——我从学校拿回了所有的课本和作业本，一厢情愿地做好了跟爸爸去大城市上学的准备。

下午，徐老师跟我前后脚进了我家门。因为我在学校宣布："父母不让我念书了！"那个年代，农村女孩子上学的没几个。我们班，也只剩下我和小英子两个女生了。

等老师说出我的话，爸爸一脸惊讶，不知从何说起。妈妈愤怒地斥责："谁说不让你念了？"她一生要强，不愿意在她的老同学面前丢这个"重男轻女"的脸。可能她觉得自己毕竟是去过省城见过世面的新女性，怎么会不允许女儿上学？

看到他们"三头对面"戳破了我的谎言，我只好往炕沿下缩了缩身子，嗫嚅道："你们不是说要带我去兰州上学吗？"忘了我当时是看着谁的眼睛说出的这句话，但我知道自己一定扣掉了炕沿上的一块泥皮。

正在洗锅的妈妈突然飞来一脚，几乎要踢到我，被爸爸挡住了。她脸涨得通红，提着抹布朝着我大喝一声："大人们随口一说，谁答应你了！"

我低头哭了起来。徐老师也讪讪地对我说："去兰州就去兰州呗，干吗说不念了！"

妈妈似乎才意识到徐老师的存在，也可能想起来徐老师年轻时曾暗恋过她。她强迫自己压制住了火气，但她手里的碗被抹布擦得"咯吱咯吱"直叫唤。

爸爸温和地说："好了，再别哭了。既然书本都拿回来了，就这样决定吧！"不知道他在哄谁。因为妈妈也哭了。

那一夜我究竟是睡得特别踏实，还是兴奋得一夜未眠？记忆里一直搜寻不到。这段记忆像雨水渗入了大地，凭空消失了。

醒来时，我已经站到了远离老家三百多公里的兰州市西固油库大门口。

单位发了两筐橘子，我和爸爸高兴坏了。我在老家时哪里吃过这么多的橘子。现在这两筐都是我们的，是我们的呀！没别人的时候，我一次能吃下五六颗。可我不爱剥橘子皮。那尖锐的刺鼻的浓郁的汁水和芳香让我睁不开眼睛。这个任务就交给了爸爸。我吃一颗，爸爸给我再剥一颗，然后笑呵呵地嗔怪："馋丫头，行了吧？吃坏哩！"

当时我们住在爸爸的单身宿舍。爸爸为了不让这两筐橘子坏掉，在宿舍后面的一棵白杨树下挖了一个小窨，把它们存放起来。所以，每天早晨，他都会从窗户里跳出去，从那个神秘的小窖里取出五六颗橘子，再从窗户跳进来，洗洗手开始剥。他穿着淡蓝色的膝盖上有一个小破洞的线裤，盘腿坐在床上，微卷的黑发有些乱，在他光洁的额头那儿打了一个旋，白净的面庞阴在旋和白炽灯光下。

我终归在爸爸的撺掇下剪了短发。家里有一张我五年级暑假里拍的黑白照片，头发又厚又密，四六开，额头一缕头发也微卷。身上是一条连衣裙，短袜，塑料凉鞋。

我记得那是一条豆绿色的裙子，白色小翻领，是爸爸在西固百货商店大减价时淘来的宝贝，才两块五毛钱。也记得穿上那条裙子时的欣喜若狂。

只是那短发显然跟连衣裙不搭，是合水路上国营理发店的师傅，按照阿姨们的造型剪的，加上我天生冰冷倔强的眼神，显得老气横秋。

我想，如果是两条柔顺的小辫儿，或者一条高高束起的马尾辫，一定非常漂亮。

他、她和他们的孩子

水边的孩子

那时他们还很年轻，刚刚有了孩子。他回家探亲，天天跟她黏在一起，跟孩子黏在一起。他们用背篼背着孩子的衣服、床单和尿布去河里洗。她蹲在上游，一件一件地用肥皂搓了洗了，丢给他，他在旁边看她洗得红通通的双手，有些心疼，却说不出来，接过她洗好的衣服开始漂洗。他比她也就小几个月而已，却总是像个孩子。

他给她讲单位上某某的老婆怎么丑啦，怎么懒惰啦，怎么刁钻啦，她听着就有些得意。她知道，他这样讲，其实也是在肯定她呢。她去他的单位探亲，看得出来，在那么多的家属中，她是出众的，他也是骄傲的。

她也讲，主要讲孩子，刚出生的孩子。他们结婚后，一年多了不怀孕。她哭着去省城找他，他带她回家，主张分家。分开后，又带她去省城看病。抓了三副中药，那个老中医说，这些药吃了，就会怀了，但估计是个女孩。女孩就女孩吧，他们才不在乎。他们没有想那么多，吃了药等着孩子。那孩子果然就来了，而且果然是个女孩。那个看病的地方叫狗娃山，她一直记得，感觉那个老中医就是来拯救他们的神仙呀！怎么啥都算得那么准呢！

他也感叹不已，这孩子真是让人疼呀！他手里抓着一件孩子的小褂子，像玩儿似的，任其在水里游动。那是一件淡蓝花花的小褂子，上面开满了小小的乳黄色的矢车菊。他玩着玩着，就说，你看，你看，这蓝衣裳在水里多漂亮，多像女儿的眼睛。

这句话，她一直记得，重复了一辈子，给他们的女儿说了一辈子。女儿也为这句话，幸福了一辈子。

两颗果果

四年后，他们有了第二个孩子。孩子还没出生，他回家来准备侍候她坐月子。拿来的东西真是五花八门，包括要放在稀饭里的红枣和一大块羊油。

生产前，她做了一个梦，梦见在果园里转呀转，却只摘了两个苹果，再连一个也摘不到。梦里醒来，她说，咱们这一生可能只能拥有两个孩子。他迷迷糊糊地点着头又睡着了。几个孩子有什么关系呢？他没想过这个问题，这样的问题和神秘的预测，都是她的事儿，他懒得动这个脑筋。

后来，她又怀了第三胎。公社刚刚开始搞计划生育，骗她说要做些检查，就偷偷给她把环放上了，也没有问问是否有孕。结果，她流血不止，刚开始是血水，随后就变成了血块，大块的血疙瘩不停地翻腾着往外涌。她没有办法，只好把棉裤的裤脚扎住。不一会儿，棉裤里就装满了。他正好在家休探亲假，慌张地打发弟弟去叫村医。看着她脸色越来越苍白，而血像洪水一样从棉裤里往外渗，他抱着她坐在炕上，大声喊着她的名字，泪水也涌如洪水。地下站满了庄院邻舍，一起跟着哭。

医生来了。那个姓冯的村医，一进门就吼他："快放下她，你抱那么高干什么！血供不到脑子里，她会死的！"她说，她真以为自己要死了，啥都不知道了，唯一知道的是两个孩子在地下哭，也感觉到他的泪水滴落在脸上。躺平的一瞬间，她感觉脑子里又亮了一下，渐渐地明了，能听见一双儿女站在炕沿下一迭声地叫妈妈。

冯大夫给她打了止血针，又开了中药，她活下来了。当天晚上，他们的第三个孩子流了出来。她有些痛惜，常常猜测那是个男孩还是女孩。他安慰她，你不是做梦摘了两颗果子吗？这个孩子，咱们命里活该没有，别可惜了。她也就释然了。

后来，孩子们大了。他一次探家时去牛路坡拉煤，路上捡了一只鞋回家。她高兴地夸他，鞋子就是孩子（方言"鞋"和"孩"同音），看见了就要捡的，这样对咱们的孩子好。他就更像个得了红旗和奖状的孩子。她还叮嘱他，看见帽子可不能捡呀，对孩子不好。

晚上他回家来，总是按照她的叮咛，把鞋脱下来扣在门口，歇口气才进门。如此之类带着乡下神秘色彩的"过场"，他总是认真地配合着，因为她说是为了孩子们，他就遵从得有些神圣了。

英语和拼音

女儿九岁，上小学三年级，老师来家里夸孩子的聪明。老师是个民办老师，跟他们住一个村，有事没事常来。其实那老师有故事。

老师姓徐，十五岁时看上了她，请媒人去要。他的妈妈却放出话来，说她一个没娘的娃，爸爸又是个残疾人，肯定家教不好，针线不会。她把闲话听在耳朵里，就拒绝了媒人。后来，她偏偏又嫁到这个村里来，唇红齿白，针线茶饭样样出色，徐老师的妈妈见了她自然有些别扭。而徐老师本人心中说不出的酸涩，多少年，都没踏进过她的家门。

如今，她的孩子成了徐老师的学生，徐老师有了来串门和喧荒的理由。日月长了，以前的尴尬和酸涩也成了美好的回忆和调侃的内容。来了，除了说孩子，也话话当初，都当作生命里遗落的珠子，珍贵，却不易捡拾，就笑一笑，说一说，由它去吧。然后，就又说孩子，说得就有些温情和亲切在里面了。有肯定，更多的是赞扬。

秋收，他回来了。她就把徐老师夸赞女儿的话转述给他。她的原意一方面是夸孩子，更多的是向他撒娇和表功，表明她教育孩子的成功。他听着，却想到了孩子的未来。

他们说到了拼音。说徐老师说了，女儿语文学得好，尤其是拼音，几乎不出错。他说，兰州城里的娃娃都在学英语呀！那东西可不得了，学会可以跟外国人说话呢！咱们的孩子，既然拼音学得好，是不是英语也会学好呢？让她去兰州上学，学英语吧。她也无限憧憬，说，可能英语跟拼音差不多吧，应该能学好的。

两个人儿，那时候，也就不到三十岁吧，都有一双明亮的眼睛，在黑暗里闪出炯炯的光来，照亮了小小的屋子。

那孩子后来果然英语学得好。他俩无比得意，虽然都是小学二三年级的水平，却能知道拼音与英语的因果关系，嘿嘿，睡梦里都能笑醒来呀！

少年情话

"加你们的出出子！加你们的出出子！"当妈妈用标准的青海方言惟妙惟肖地模仿那个土族少年，并把"袋袋子"念作"出出子"的时候，我们每次都笑作一团，眼前幻化出那个少年狼狈的模样。他有一双大而无神的眼睛，厚厚的木讷的嘴唇，长胳膊长腿似乎碍手碍脚无处安放。

那天我们都出去玩了，妈妈一个人坐在炕上做针线。听见喊叫声，妈妈侧头从窗户里看见了手拿面袋子的十一岁小男孩。她哑然失笑。她知道那个小男孩为什么不进门来，却要站在那里没名没姓地喊叫。喊着喊着没声音了，面袋子"呼"的一下飞进了院子，"咕咚"一声落了地，原来他怕袋子被风吹跑，包了一块石头……

这个小男孩就是左邻右舍给我"训"的"尕女婿"。所谓"训"，是我们哈溪方言，即把两个不知怎么忽然联系起来的小男孩和小女孩拉在一起，说他是她的"尕女婿"，她是他的"尕媳妇"。如果看见这两个人偶然走在一起便会起哄，或者大声叫他俩的名字，一遍遍地，简直像在唱歌，直唱得当事人双方脸红脖子粗四散跑走还意犹未尽。久而久之，这两个小孩子便不敢接触了，有些甚至互相有了敌意，许多年都不理睬对方。所以那个男孩不敢进我家门。

"训"我俩最凶的是他的四个姐姐。起初我不知道还常去他家找他四姐玩。有一天下大雨，我又去他家玩，发现他的父母和姐姐们见我进来都挤眉弄眼的，而他羞得躲在另一个房间里不肯出来。我从他们的只言片语中听见了"媳妇子"之类的话，愤怒地冒雨跑出了他家。

我小小的敏感的心里像受了极大的侮辱，一头扑进家门站在妈妈面前号啕大哭："他们说我是张尕红的媳妇，我才不呢……"

当时小姨正在我家做嫁妆，妈妈和小姨被我冲进来的神态吓坏了，但她们听了我的话却笑得眼泪都出来了。妈妈大笑着替我擦干头发上的雨水，脱去湿衣服把我塞进火炕上暖融融的被窝里，安慰我说："当然不是了，我们才不会把你给他呢，别哭了！"

后来我随爸爸去外地读书。故乡的景和事，渐渐地淡化为一幅幅美丽的连环画，被少年的我写进作文，读给那城里的少男少女听。而那个小男孩，在我看来只是一个比我的童年更幼稚的笑话罢了！

七八年后，当又一次站在村口，我已经是一个让故乡人惊讶的大姑娘了。是的，相对其他伙伴来说，十五岁的我实在是太高了，高得有点让人难为情，并且穿着紧绷绷的牛仔裤和红皮鞋。我是回来参加中考的，我的户口还在哈溪。

正是麦子扬花的季节，田野里生长着丰收的希望，生长着一个少女如花的憧憬。每个黄昏，我和只比我大两岁的姑姑结伴去地里走走。她拿着针线，我拿着课本。其实我是无心读书的，那些政治、语文和英语早被我背得滚瓜烂熟，而那些该死的数学和物理我又不知从何下手，只好听之任之了。所以，更多时候，我是在想着一个十五岁的少女应该想的和不该想的心事。

可渐渐地，我发现不对劲儿了。有人总是跟着我们。不仅仅是人，还有口琴声。咿咿呀呀的口琴声，吹奏着时下流行的曲调，远远近近地跟着我们走过一块又一块麦子地、洋芋地、豌豆地。在我家靠大路的梯田崖畔上，被人用铁锨铲得光光的，然后深深地刻着我的名字。每一个字都有篮球大。而且，不是一遍，而是无数遍。我的眼睛被蜇疼了。我知道就是那个大眼睛的出过洋相的土族少年。他该有十七八岁了，辍学在家。那些绿油油的、随风摇曳的麦苗间晃动着他寂寥的身影，却始终没有走近。

从此，我无心再去田野里溜达。随后，中考开始了，又结束了，我回家了。

一晃又是十年了，回过几次老家，可从未见过他，留在我记忆中的，还是那个十一二岁的小男孩，和一双大大的失神的眼睛。

雪落村庄

　　天气从早晨就阴沉着，但空气逐渐开始湿润起来，经验丰富的农人看着天空说，要下雪了。

　　那户人家的院子是里外两进的，里院里有一片菜园。菜已全部收完，一圈儿八瓣梅却开得正艳，还有一大墩九月菊，白的、黄的、玫红的，也怒放着。这种明艳，非常适合农家小院，蕴含着蓬勃的生机和希望。

　　时令才是深秋，几畦萝卜还没来得及入窖。院子里堆着几捆青菜和几棵大白菜，要腌了来过冬的。虽然现在条件好了，经常有时令新鲜蔬菜可以吃，但酸菜还是要腌。自己吃，还要寄给远方的亲人。那是对旧光阴的追忆，是游子排遣乡愁的寄托。

　　倚墙亭亭立着几棵高直的白杨树，叶子厚而大，像爸爸的手掌，金黄温暖。风刮得树叶哗哗响。

　　雪来的时候，风就停了。这几天的雪还无法停留在一片树叶上，簌簌下落。树叶沾了水分，像被擦洗过，变得更明亮更厚重了。脉络也更加清晰明了，如农人的掌纹，密密地交错着村庄秋冬的丰饶。

　　站在屋檐下，看雪从一片两片，逐渐地多了，大了，一会儿便湿了院子。青菜、白菜和萝卜上，慢慢地积攒了一些雪，柳絮样堆积着。雪花晶莹剔透，一朵一朵都能看得清楚。初雪，真好啊！

外院停着一辆农用车，几朵雪瓣儿盘旋着，盘旋着，轻轻地落在了把手上、座椅上、车厢里。风去了远方，吹不动越来越稠密的飞雪。草棚子上也开始堆积了，雪瓣儿拥住几根小小的绿苗。那是九月收割来的青草，将草籽儿遗落在棚顶。顶上有土，籽儿吸足了秋天丰沛的雨水，扎根发芽了。它哪里知道，自己刚刚开始成长，就会迎来第一场雪呢？绿苗张开小嘴，吮吸初雪的晶莹。

雪瞬间染白了山梁，平日里嶙嶙的山梁忽然妩媚起来。苍黄的土地一俟落雪，也变黑了，像水墨画的初稿，线条柔和简单，让人充满期待。

雪落在地里未收回来的青草捆、豆捆上。捆子头戴白花，俊俏了许多。人家的屋顶白了，炊烟升起处，雪被赋予人间烟火，愈发灵动了。

巷道里忽然安静极了，一场雪消解了尘世所有的噪音。人们捅旺了炉火，开始熬奶茶、煮肉、准备晚饭。老人盘腿坐在炕上，从一个灰旧的兔皮烟袋里掏烟丝。学生娃在窗下支了炕桌，演算习题。年轻的儿媳把孩子塞进奶奶怀里，淘洗从自家地里摘来的荚豆。

今年荚豆、长寿豆和红笋价格好啊，人们赶在第一场霜冻之前已经卖完了地里的所有蔬菜。卖了多少？亩产过万元。农人个个喜笑颜开，掰着指头给我们算一年的收入，六万、八万、十二万……这一场初雪，是来报喜的贺卡，是盛开在丰收场上的礼花。

雪未下，雪峰就已经很白，

雪若下，雪峰更显得圣洁。

被当地人称为"白嘎达"的马牙雪山正在大庄村的后面。雪山上温度低，雪片应是更大、更密吧？站在巷道里，只看得见线条锋利、姿态各异的一颗颗巨大马牙，更洁白、更晶莹、更神秘。

站在这样寂静幽深的巷道里，时光倏忽倒退，让我想起四十年前某一个落雪的黄昏。村庄静默，巷道里鸡狗哑声，牛羊已归圈、农人已上炕。妈妈挑水回来，两只木桶溢出的水滴落在絮状的雪层上，滴穿了一层松软的光阴。那时的妈妈真年轻啊，围着一条翠绿的头巾，眉毛上沾着雪花，嘴角上扬，呼喊着我的乳名……

妈妈枣红色的"鸡窝窝"棉鞋，踩过巷道的薄雪，写下了两行长诗，从我家的院门口写到坡头沿，从坡头沿写到石槽槽口，又从石槽槽口写到了即将封冻的龙滩河。

这两行长诗，我穷尽一生，也没有读完。

天下村庄皆故乡。一场悄无声息的初雪，抻长了村子的时光。我是村庄喂养的句子，每一笔，每一画，每一个字母，都沾满了村庄的泥土。

我在一个飘雪的村庄闻到了故乡的味道。一场初雪，一片轻雪，给了乡愁一个支点，一个标题。

回程的路上，太阳又努着劲儿从云层里冲了出来，照得沿路的白杨树叶愈发的明亮璀璨。雪却没有停。

雪原空茫，安谧，明亮。远处田野里，一群牛，在一片金色的树林边，眯着眼睛赏雪。雪落在犄角上，落在长长的睫毛上，落在翕动的牛鼻子上，瞬间便融化了。

雪又大了，团团簇簇，像一群调皮的孩子在放学回家的路上，你追我赶，你打我闹，要扑向母亲的怀抱去，回到故乡的泥土中去。

第二辑

归心生羽翼

格桑花开云深处

格桑花，又称格桑梅朵，泛指高原上生命力最顽强的野花。也被藏族群众和生活在高原的人们具象为八瓣梅、金露梅等。在藏语中，"格桑"是"美好时光"或"幸福"的意思。

一

夏天乘车行进在天祝高原，无论在哪一条公路，沿路都能看见漫山遍野的花朵。白色、紫色的高山杜鹃，星星一样的金露梅、银露梅，海洋般颤动的马莲花。愈往大山深处，花朵离天空愈近，愈加美丽。

山里的花朵开得高傲，却孤独。

天祝藏族自治县处于青藏高原、黄土高原和内蒙古高原的交会地带，海拔在 2040—4874 米之间。气候寒凉干燥，不适宜花卉生长。较之于南方随处怒放的各色花卉，我们其实羞于提及关于鲜花的话题。

当我们乘坐火车或汽车离开自家地界，去往远方，不经意间在人家的铁路边、村庄里，或者无人居住的空旷地带，看到被我们精心侍弄在楼房阳台上、温棚里的各色花卉，居然随意地长在某个波洼里，且开出艳丽的花朵，且长成一棵树的样子，难免有些气馁。

雪山下、草原边的村庄，拥有大块的蓝天，多得数不清的云朵，但拥有的花朵，一巴掌就可以数清。

正是这样的孤独和孤单，造就了我们对每一朵花的珍爱。

高原人爱花，爱得小心翼翼，爱得惊心动魄。

二

早些年，我在乡镇工作，天天下村入户。我所到的大部分村庄，都因基础设施落后和气候干旱，显得破败、荒凉。哪怕是盛夏七八月，巷道里看到最多的，也不过是一墩又一墩连羊都不肯啃一口的冰草。

忽然在某一户人家的门口发现了一大簇鲜艳的八瓣梅、灯盏花或七月菊、九月菊，就欢喜起来。

不由从内心深处感激这户人家。仿佛他们种花不仅仅是为了取悦自己、点缀自家那一截土墙土院子，而是为了美化整个村庄，为了让我们这些来村上转悠的乡镇干部开心。

也感谢可爱的八瓣梅和她为数不多的姐妹们。她们不嫌弃大西北的气候，来我们这儿安家落户，还开得这么明亮灼目，笑得这么没心没肺。

如果门锁着，我们也愿意多在这户人家门口站一会儿，舍不得离去。不说话，看一只蜜蜂在这朵上停停，又在那朵上嗅嗅，很忙碌的样子。

贪心的蜜蜂，不能说人家不是好蜜蜂，起码人家是只勤快的蜜蜂。它们一定会为花儿开得更艳做出牺牲，这个我们管不着。

开在房前屋后的花儿，沾染了最多的烟火气，应该说最入尘吧，偏偏她的样子又最脱俗。无论是开在一捆柴火边，还是一个破旧的猪圈旁，她们都是一副不食人间烟火、笑看红尘三千尺的样子。

她迎着阳光绽开笑脸，永远看不见尘世的污泥。

你若怨她头抬得太高，必是你心里落满了灰尘，需要拂拭。

一户人家的土墙很矮，几朵八瓣梅从墙上探出头来。单瓣儿的花朵，中间嫩黄的花蕊，很羞怯地想看一下巷道里随意溜达过来的一只羊、一头猪，或者低着头不肯看她们一眼匆匆走过的一群白牦牛，还有试图改变这个村庄的几名乡镇干部。

如果门开着，我们一定会进去。乡镇干部总是有无数个入户的缘由。早些年，计划生育啦、催粮纳税啦。近些年，精准扶贫啦、危房改造啦、合作医疗啦。现在就是乡村振兴，美丽乡村建设。就跟你数不过来你家门口的八瓣梅有多少一样，我们也数不过来我们入户的原因有多少。

其实我不会告诉你，我们有时候真的打算只是看一眼你家的花儿。在你家开花的院子里坐一会儿，数一数八瓣梅的花瓣儿，比一比大红色好看还是玫红色漂亮。在填写完了那些花样翻新的报表和没完没了的系统后，喝一口清茶，歇缓一下奔忙的神经，忘却一下不断叠加的压力。

坐在或深或浅的廊下，看那些相互攀缘却各自独立的八瓣梅、七月菊，不停地扭动腰肢，在风里唱一些无声的歌谣。她们扭啊扭，唱啊唱，离尘世如此之近，又如此之远。

她们的叶子细碎，像姑娘们用来绣嫁妆的丝线。那一片片排列整齐的叶片，从不埋怨一朵离她们越来越远的花朵。衬托或者说成全一朵花的怒放，是一片叶子和许多片叶子心甘情愿的宿命。

门前开花的人家，日子一般过得都不会差。主人家必定有一位勤快的男人或女人，把日子打理得井井有条，室内外的卫生也是干干净净。院内或院外，精心侍弄了一方方地，或点萝卜，或种白菜、芫荽，再撒上一把花种子。

而在冬天，这些人家的仓库里，一定在某一个干燥干净的角落里，放着包在旧报纸中的花种子。那是他们在某一个晴朗的秋日，仔细地捋下来、鼓着嘴吹走了些许浮皮和灰土，经过一番筛选，精心收藏起来的。

我还知道，这样的人家，茶饭、馍馍也一定很好吃。厨房里，有古色古香的大灶大锅大蒸笼，灶是用白瓷砖砌的，可以用柴火也可以加煤，还有一个电动的鼓风机，烟囱砌在墙里看不见。蒸馍时，须站在高处、远处，才能看见一缕缕能撩动你乡愁的炊烟升起、飘散。

那个时候，必是暮色笼罩整个村庄，田野寂静，野花芳香，最疗伤，也最治愈。

三

八瓣梅最好养，一把弯如钩月的黑色种子，只要有土有阳光，间或下点雨，见风就长，长了就打苞，有苞就开花。花开过了即结籽。

花籽儿成熟了，被秋阳一晒，秋风一吹，在一层薄薄的硬壳里待不住了，你推我搡猛然冲出母体，重新跌落入黑黄色的土壤……第二年，不用撒种，不用施肥，更多的八瓣梅在春天雪水灌溉过的泥土里发芽、疯长、开花，周而复始。

她们多像天祝高原上被誉为"格桑花"的农家女孩子呵，不用娇生，也不用富养。无论顺境逆境，她们都生得明眸皓齿，活得简单开心。

在西大滩牧场村、松山镇达隆村、华藏寺镇韭菜沟村，我认识许多个这样的女孩。她们是卓玛、周吉或者金花、玉秀。她们都有大大的眼睛，黑黑的皮肤，略微罗弯的腿和长满老茧的与年龄不太匹配的双手。

第一次去索南旺姆家里，就喜欢上了她家的"金改"茶。后来搞清楚了，是在奶茶里添加了一味叫作"荆芥"的野生草药。索南旺姆去放羊时，顺手就采些荆芥回来，挂在廊檐下阴干，熬茶的时候加一点，不但能过滤牛奶的腥气，让茶水清爽芳香，还可以健胃。

索南旺姆的丈夫死于一场车祸。出事时，三个女儿都还是小孩子。她没有改嫁，独自披着一条毡衫，挥着一条羊毛做成的牧鞭，赶着一群羊，拄住了一个快要被风雨摇散的家。

十五年，她把羊群拄肥了，把日子拄短了，把星辰拄瘦了，把女儿拄大了，把自己拄老了。

在我坐在她家炕沿上喝一碗"金改"茶的时候，她的大女儿正坐在北京的某个图书馆里查资料，准备考研；二女儿在另一个乡镇中学初二年级的教室里为学生朗读一篇英语小故事；三女儿就在自己家乡的村委会里填写扶贫日志——她当年考取了本村的扶贫专岗，每月的工资是三千元。她有一双跟妈妈一样的大而清澈沉静的黑眼睛。每当她的眼睫毛垂下来，就像苍鹰的翅膀掠过大片格桑花海。

每一个高原的女子，就是一朵格桑花。你如果细数她的美丽，她就开在了你的心里。

一碗奶茶便能滋润干涸的日子，一个糌粑就能抚平心里的疙瘩。给她一群羊，她会还你一片富饶。给她一点爱情，她会报你一生不弃，无论风，无论雨。

四

自从开始搞新农村建设，打造乡村旅游景点，朴素的花朵们在高原忽然红火起来。

"村村通"公路修到每一户人家门口。路两侧，盛开的八瓣梅，高于那些单调的冰草和芨芨草，托举出一些诗意来。

长年的乡镇工作，让我深深觉得，农牧人骨子里其实都是诗人。

"人老了，酒还年轻啊……"这样的诗句出自村子里最老的羊倌。他经年跟在羊群屁股后面，左手拿着鞭子，右手捏着一个装酒的羊皮袋。

"你是开在我后心里的牡丹……"这句子写在那个开着卡车给牧人送饲料的尕老板的微信朋友圈。

每当下羔子时，黑黑的玉翠就会在羊圈里为待产的母羊唱一首无字的歌谣。她说，这歌可以抚慰母羊的疼痛，还可以呼唤小羊羔快点来到草原……

韭菜沟村就隐在大山褶皱深处，全村只有 37 户人家 130 口人。迎着阿尼格念雪山一直往里走，拐过一道又一道弯曲的水泥路，路两侧摇曳的八瓣梅画着彩虹似的曲线，一直把人引到村子里。每家每户的门口，都规划设计了一个方正的小花园、小菜园。或种了大朵的牡丹、芍药，或改良后花朵又大花瓣又多的玫瑰。玫瑰的芳香在青草的气息、羊粪牛粪的气味里被湮没了。

据说，韭菜沟以前长有大片大片的野韭菜，夏季会开出黄色或紫色的花朵来，气味很浓郁。现在没有了。

七月，这一片韭菜叶子似的窄小村庄最宁静，也最热闹。所有高原的花朵，都试图把这个小小的村子装点成天堂。金盏花、百合花，被称为"夫妻花"的蜀葵、毛金莲，按照人家的喜好，在各家各户门口怒放。

村里已经看不见破烂的房子了。凡是被鉴定为 C、D 级危房的，一律进行了维修或重建。因为分管这项工作，我远远地就能看出来哪家享受了"危改"政策，哪一家配备了化粪池，哪一家扩建了厨房。

水、电都通了，水泥路也修到了家门口，院子都统一打了水泥地坪，只在中间留下小花园，每家每户都换上了绿色的铁制大门。

低矮的原木色栅栏，一夜之间开在了村子里，开成了村庄竖行的白色诗句。

木栅栏的加入，让村庄一时间矜持起来。自由散漫惯了的村人和花草，一时间不会走路，不敢大声说笑了。中年媳妇们忽然觉出了自己的蓬头垢面。一边走路一边屙着羊粪蛋的高山细毛羊夹紧了尾巴。灰条、辣辣和车前子，在挺进村庄的半路上，停了下来。

但八瓣梅不受栅栏的约束，在院墙边、栅栏内外和沟渠边，任何一处有土的地方疯长起来。

没有人舍得刈除一株向往自由的八瓣梅。她们在这个小小的村子里自在地溜达着，像被宠爱的小女儿，穿着漂亮的花褂子，举着一根举全家之力买来的棒棒糖，从最东头李永远家的鸡场溜达到了最西头的张有旺家，在张有旺父子不太规则的羊圈旁连片盛开，遮挡住他们来不及清理的羊粪。

张有旺的妻子在孩子很小的时候就离开了韭菜沟。他们唯一的孩子智力低下，上不了学，但会放羊。他早出晚归，把那一群羊当成他的兄弟。每当冬季来临，大羊要出栏的时候，他都会哭闹一番，不让张有旺卖羊。

张有旺的羊圈是他自己一点一点建起来的，样子有点难看。圈起来的场院里常常堆满了羊粪，是我们环境卫生整治的重点。他总是笑呵呵地说，马上收拾，马上收拾。

他们和她们，实际上可能都不喜欢那些好看的栅栏。

八瓣梅，替村人活出了他们最想活的姿态。

日出而作，日落而息。天当被，地作庐。只要一点点泥土，一点点雨水，一点点阳光，一点点微风，他们和她们，遵守着大自然最原始的规律，把一年又一年的光阴抻得天荒地老、石烂海枯。

亿万年之后，枯了的大海，烂了的石头，以自己喜欢的方式，在大山的怀抱里重新开出不朽的花朵。

五

没有哪一种花的花期能长过八瓣梅。她们是高原最忠实的伴侣。踩着高原节气的节奏，从青涩的谷雨开到丰盈的小雪。陪着高原上仅有的一季庄稼，从第一穗青苗拱出泥土开到一粒粒雪白的麦子和青稞脱去害羞的衣裳。陪着一个白胖的小娃娃，从呱呱坠地刚刚睁开眼睛到能稳稳地坐在花荫下，看一只翩飞的蝴蝶。陪着一位初长成的姑娘，从红着脸偷看他的背影直到一顶红色的盖头蒙上青春的红晕……

第一场雪，第一次霜冻，把八瓣梅和所有的格桑花还给了广袤的不够肥沃的西北高原厚厚的黄土地。

苗宽春家的院子里有一棵很大的梨树。每年春天，洁白芬芳的梨花都会从院内开到院外，吸引得路过的人驻足观赏。

十年前，苗宽春因农机事故造成下半身瘫痪，医生判定她将终生与轮椅为伴。哭过、痛苦过后，她开始坐在轮椅上练习做家务。

院里院外，墙角旮旯，客厅厨房都被她拾掇得干干净净。火炕上的被窝都叠成了方块，苫着大花的苫单。厨房里的案板，在她生病后调低了，刚好能让坐在轮椅上的她切菜、和面。她摇着轮椅在各个房间打扫时，灵活得像八瓣梅上忙碌的蜜蜂。

丈夫应她的要求在院子里砌了一个小花园，她在园里种上了各种各色适合本地气候的花儿。我们去的时候，野百合、七月菊和八瓣梅在女主人身边竞相吐蕊。

苗宽春，多好听的名字。就像她的家乡，天宽地阔；也如她的心怀，心宽情厚。她胖胖的脸上永远挂着笑容，仿佛伤痛从不曾欺凌她。只有她自己知道，屁股因为坐得太久而溃烂，双手因为推轮椅、拿扫把、握铁锨而长满老茧。

　　她的丈夫知道苗宽春喜欢花儿，常在打工回来的路上，或者地里劳作之后，为她采上一把山里的花。端午前的香柴花，端午后的马莲花，插在她家一个高高的玻璃瓶子里，也会开放好些日子。

　　她还有一位八十岁高龄的老婆婆。闲暇时节，婆媳二人坐在院子里花荫下话家常。她坐轮椅，婆婆有两根拐杖。婆婆爱穿大花的裤子，她则穿着白衬衫、红马甲，一边大声地回应婆婆，一边忙着自己手中的活计。她和婆婆脚上鲜艳的毛线拖鞋，都是她用钩针钩出来的。

　　她家被天祝县妇联评为"最美家庭"，又被镇上评为"美丽庭院"。苗宽春愈加卖力地打扫、整理、归纳。婆婆劝她，歇会儿吧！她笑笑，不说话。她听见院子里，风吹着八瓣梅的花瓣和叶子。

　　苗宽春知道，秋天快要结束了，在一场大雪来临之前，所有的花儿，都会凋落，都结出它们的种子。

　　高原的春天来得晚，但每一朵格桑梅朵，终会如期盛开。

乡野寂静

老伊的夏季圈在石门沟一个叫"旧寺湾"的山坡上。山坡向阳，几间新盖的瓦房和五六座羊棚在阳光下熠熠发光，天蓝色的羊棚顶子跟蓝天争相辉映。

推开院门，老伊的二女儿脑仁草正在院子里给一只白山羊刷羊绒。阳光柔媚，但院子里有风。脑仁草将山羊的一只后蹄和一只前蹄缚在一起，将它侧身放倒在一片麻袋上，羊儿舒服地眯着眼睛，全身松垮，任凭脑仁草用铁刷子刷它的绒毛。天气热了，羊儿也想脱掉厚厚的冬装，轻快地跳一曲春天的芭蕾。

脑仁草的脚边一只旧洗衣盆里，放着一堆长毛，是她刚剪下来的。刷绒前须得先剪了长毛。那些价值不菲的羊绒就藏在厚厚的羊毛底下。

脑仁草今年二十岁，在玉门打工两年多了。最近阿弥（外祖父）病了，家里又要刷绒又要照顾阿弥，她带着妹妹坐火车回来帮忙了。妹妹叫更尕草，是个身体结实的假小子，两只酒窝比眼睛大。她们的姐姐叫兰草，在西北民族大学上学。"草"在藏语里是"大海"的意思。我认识她们仨的时候，她们还是四五岁拖鼻涕的小丫头，曾经为一把炒豆子打得尘土飞扬。那时候，她们住在石门寺旁边的家里，跟乡政府隔河相望，我常去她家蹭饭吃。如今她们都是大姑娘了，浑身散发着青春的气息，搅动得旧寺湾这一座孤独的院落生动旖旎。

我蹲在脑仁草身边看她刷绒毛。她坐在一只小马扎上，左手按住羊身子，右手轻柔地一下一下刷，生怕弄疼了它。她的额上有一个圆圆的疤痕隐约可见，那是小时候被石头磕破的。当她一手捂着冒血的脑袋大哭着回到家里时，只有她的阿也（外祖母）在家，正坐在廊檐下撕羊毛。阿也顺手抓起一撮羊毛贴在了脑仁草的伤口上，血立马就止住了。后来，伤口逐渐愈合，有一小绺羊毛却不想退出，固执地留恋在她的脑门上。七八岁的她玩耍时，笑容甜美，眼窝深深，头顶上一绺羊毛随风飘荡，似西方故事中神秘的精灵，会随时飞上天去。

脑仁草每刷上几下就停下来理理刷子上的绒。羊儿时而会抬起头来"咩"地长叹一声，脑仁草就在它脑门上戳一指头，让它乖乖躺下。羊都是双眼皮，白色的长睫毛随着肚皮的呼吸一闪一闪的。讲起往事，我问她，天使，你的羊毛呢？她害羞地笑了。

照卡花是三个"草"儿的妈妈，她怀里抱着另外一只羊，坐在一块旧毯子上，一条腿伸着，一条腿把羊圈住，全身沾满了羊绒，红脸蛋，粗眉毛，像唐卡画里的菩萨。她是家里的独生女，当年招赘了永登县人小伊。刚开始，小伊不会放牧，不是丢了羊，就是丢了牛，照卡花经常提着牧羊的鞭子教训他。此时，老伊斜着肩膀背着一背篼牛粪进来，这个藏族家的"木华"（女婿），已变成一个标准的藏族汉子老伊了。照卡花看他的目光柔如春水。

更尕草用牛粪点燃炉子给我们熬茶。坐摩托车上来，我带着一路风尘，有点冷了。听着炉子"呼呼"地歌唱，心里先热了。院子里不时传来羊儿"咩咩"的叫唤声。有那么一两声，像极了一个孩子嗲声嗲气地在叫"爸——"，我忍不住笑出声来，心里的疙瘩也觉得散开了一些。

浓浓的茯茶很快就熬好了，更尕草在画有龙形图案的茶碗里调了牛奶、酥油，为我们沏了茶。好香的茶，我一气喝了两碗，寒气被驱赶殆尽，浑身热乎乎的，也懒洋洋的，真想像院子里那只羊儿一样侧着身子躺下来，让太阳晒晒，被山风吹吹，被脑仁草挠挠。

生病的阿弥蹒跚着从院子里进来喝茶。他原来是个活泼的老人，见了我总逗我说，"在电视里看见你了"。自从他的老阿奶（妻子）去世后，他迅速地老了，枯了，没力气也没心情跟我们说玩笑话了。

喝了茶，我信步走出院门。

近处的山安静地凝眸东望，远处的山懒懒地躺着。山上吃草的羊不说话，山脚下默默流淌的河水，清淡而又疏朗。顺着山脊爬上去，藏青色的公路也变成了一道风景，偶尔有一辆汽车驶过，像一股风，打不破山里的寂静。一只旱獭在山崖畔揖手直立，一动不动，肃穆地和我注视着同一个方向。这一时刻，这一幕，深深地印在我的脑海里，不能抹去。

顺山而下。草原围栏的栅栏门虚掩着，我像熟门熟路的亲戚，拉开门走了进去。穿过围栏，是一溜麦田，麦苗才有寸把长，正是它一生中颜色最好看的时候。麦田中间夹着两块歇地。农人心疼地，他们一生都在侍弄它们，亲近它们，同时也在靠它们养活自己和儿孙。在他们眼里，土地有时候是衣食父母，有时却是自己的孩子。他们知道它们什么时候累了，该歇息了，就让它们歇一歇。野草野菜钻了歇地的空，在没有麦苗的歇地里撒开了欢儿，长得有点忘情忘性。早两天下了雨，更是助长了苦苦菜们，看见顶着露水的几片翠绿的叶儿，就知道埋在底下的芽儿有多么的白胖、饱满、鲜美。正是挖它们的好时机呀！

顺手拾起一根树枝撅断，那锋利的断口恰是一个小铲子。我蹲在歇地里开始挖苦苦菜。翻开湿润的黑油油的土地，苦苦菜的嫩芽儿像突然惊醒的孩子，在阳光的照射和我的注视下调皮地伸了个懒腰，跳进掌心。手掌很快就满了，我把它们一堆堆放在一起，继续往前寻找。心情激动得有点夸张，怕它们会被一阵风刮走，或被后来人捡走。

独自一人蹲在大片寂静的土地上，专心于一件与土壤、野菜、山风和淙淙流水有关的事业，有多久没体会过这种感觉了？我极力想寻找小时候挖野菜的回忆，却一片空白。

脑仁草站在坡上叫我："阿奶（婶婶、阿姨）——，吃饭了！"我用黑风衣兜着那些苦苦菜往回走，奶白色的汁水沾满了衣襟，不去管它了吧！

午饭是炒山药菜，锅盔馍。

吃过午饭，更尕草为我准备了铲子和塑料袋。脑仁草也提着一把小铲子跟在我后面。

站在地里是看不见苦苦菜的，所有的野草野菜都齐刷刷地绿着摇晃着，让你不能清晰地辨别。找寻苦苦菜的过程，和找寻真理的过程一样，需要蹲下身来，蹲得越低，越接近自然和真理的本真。

我蹲在一条地埂上，轻轻地铲下去，左手取走苦苦菜的同时，右手随即自然地把翻起的土坷垃拍平。"哗"地一下，我想起来了——这一把小小的铲子和这一个熟练的动作捅开了我脑海中封存的某个瓶子，往事如水"哗哗"地涌了过来，淹没了我的眼眶。我终于找到了所有与土地、与庄稼活有关的回忆——这是一个农人特有的动作——地总是耕耘平整、松软，才会盼得来年的丰收。

一会儿就挖了许多苦苦菜。白色的汁水浸润得一颗心逐渐柔软、潮湿。在地里蹲得久了，腿蜷曲得麻木，就势在地埂边一块大石头上躺了下来。

四野寂静，天高云淡，鹅黄色的杨树笔直地冲向蓝天，一只孤独的鹰在红色的山崖边盘旋。我禁不住潸然泪下，泪水滴落在黑色的土地上。

静静的马莲灼灼地开

车子一路盘旋而上，像一匹沉静的老马选择它的行程。上升，转弯；转弯，上升。田野层层浓绿，涌了过来，又退了开去。松柏棵棵挺拔，涌了过来，又退了开去。恍若老电影中的插曲，一句句唱起，不疾不徐，却又捏住人的心，不肯松，直叫你滴下泪来。

时值中午，四野明亮而安静，就连远处漫山铺陈的绿中偶然闪出的一条曲曲的小路，也是寂静的、悠长的，发着白光，亲切，安谧，舒适。

进得毛藏境内，才发现一地三景，可谓奇观。前几日阴雨数天，昨日才放晴，山顶上白雪皑皑，山腰雾气缠绵，山底细雨刚刚滋润过的绿草恣肆而妩媚。

路旁的绿草地盛开着大片大片的马莲花。我的震惊和欢喜从车窗内飘落在最初看见的一片马莲花丛中，想回头再看一眼，第二片又汹涌而来了。不敢再发出任何声音，虔诚地一瞬不瞬地看那一片又一片蓝色的海，不，应该是湖，她们一簇簇呈圆形，像一群舞台上的女孩在大幕拉开前摆出的姿势，仰面朝天跪卧着，白色的裙边，蓝色的裙衣，嫩黄的花蕊。

那蓝，不浓烈，却又饱满，似要从这河畔、这山间溢了出去，奔向一个有诗歌有文字的远方。那花，不艳，却又灼热，烧得整个山谷都在歌唱，唱着那种揪肠扯肚的、属于藏民族的无字歌谣。

毛藏乡政府到了。远远看去，一个小小的红屋顶的四合院，房顶上冒着淡淡的炊烟，院子里有草，也有几墩马莲，静静地开着。两鬓花白的乡长，抽着他的香烟，翻着他的《乡镇论坛》，守着他的阵地，唱着他的山歌，和者甚少。

毛藏河上是一条古老的木板桥，两边有粗粗的麻绳，缺了几块板，水不时呼啸着从空缺处拍上桥来，惊心动魄。桥下的水，是湍急的，却不聒噪，一如这广袤的山野，既有着自然的大气灵动，也带着容让和豁达。如此，走在桥上的人，心便安了。

河两岸的草齐膝深，状如孺牛的石头静卧其间。目光所到之处，都能看见淡蓝的马莲在浅笑，仍是那种浓烈的沉静的美，仍是那种乖巧的明媚的蓝。站在马莲丛里，我骤然间恍惚了，她们是我前世的相识吗？前世的我，莫不是一块湖蓝色的石头，曾陪在马莲花的身畔，冬春默默守候，夏秋相得益彰。

而如果我真是一块石头，曾卧在桥下的哪一处呢？又是哪个爱石人，捡了我，洗濯、打磨、上蜡，将我带到了人间？人，总是有太多的欲念，想要掘尽世间的一切置于私囊，殊不知，万物只有在大自然中呼吸、吐纳，方得灵气，方可天长地久。而人，又怎能久得过山间的一根草、一块石呢！

爬上山顶，整个峡谷尽收眼底。远处，白色的毛藏寺寺院的墙，白色的圆顶的佛塔，在缓缓流动的暮霭里静谧而又神秘。

山里的夜晚，就这样从容地来了。一条狗，偶尔吠两声，几个围彩条头巾的农妇，弯着腰，在炕洞门上点燃了一家人的温暖。山外红尘万丈，山里的日月依然这样恬淡、禅意；山外春风十里，山里的时光依然凝滞、稠密，亘古不变。

静呵，真的好静。我真想趴倒在某一块石头上，聆听他转世而来的心语；真想匍匐在马莲丛里，亲吻她数万年不曾改变的音容；真想赤足走在山野里，感知母乳般芬芳的泥土……

夜宿一户农家。屋子并不大，火炕却是早煨好了的，大花的床单温暖而又洁净，让人一看顿生睡意。盘腿坐在这样一张炕上，我希望自己是一只猫，蜷缩在任何一个炕旯旮里，或某一个人的腿弯里，沉沉睡去。

邻家一位大眼睛黑皮肤的大嫂来串门，和几个男客划起拳来。眼神凌厉，声音很大，卷起袖子的胳膊很卖力地出招、收招，一"庄"过下来，额上已有豆大的汗珠滴落，却怎么也不肯摘下她葱绿色的头巾。赢酒了，什么也不说，抓起盘子里的酒杯就喝，头一仰，一杯酒，脖一梗，又是一杯酒。其酒风之豪爽，喝酒速度之快，让在座的所有男士汗颜。

夜，那么黑，那么沉，躺在炕上，人如掉在不知底的湖水里，心却是瓷实的，恬静的。

主人家的女儿梅梅跟我睡在一张炕上，炕桌边有一只简易的花瓶，瓶里插着一把马莲花。她说，原本有个哥哥，给刚才划拳的大嫂家拉土时，被突然坍塌的土方压死了。他要是活着，该二十五岁了。而那位大嫂从此就把自己当作梅梅家的儿女，常来帮着干活。我忽然明白了梅梅父母那无法掩去的惆怅和孤独，也明白了大嫂的拼命和沉默。梅梅却说，没关系，哥哥没有了，还有我！

　　三巡酒过，大嫂告辞离去。我对门外脚步声"橐橐"的大嫂，对身边憨甜的梅梅，对瓶里那捧含苞待放的马莲，对毛藏河边伏卧的大大小小的石头，默默道了一声晚安。

　　毛藏的早晨，来得那么早。四点多钟，晨曦就涌进窗来……

西大滩的春天

进入四月，我发现了一群俏皮的小朋友。真的，那些草芽儿真是调皮呀，远远地看着它们，绿着，微笑着；等我奔了过去，它们又收起了那一抹儿绿意，如含羞草，把头低了。追着它们，我累了，心却开了。我说，是春天来了呀。

在西乡，等待春天，多么漫长！在西乡，坐在一块大石头上享受一个暖洋洋的春日，又是多么奢侈。

早上出发的时候，我没有预料到这春日的太阳会如此热烈。西乡海拔高，只要是晴朗的日子，阳光就离你的皮肤最近。在西沟口的商店里，同去下村的同事为我挑了一顶白色的太阳帽，长长的帽檐，后面有两个飘带，很有点欧洲古典的风情。

上泉沟、西沟口、西沟湾、小直沟……这些离不开沟沟岔岔的地名，如一把豆子，边走路边丢进嘴里，越嚼越有味道，满口溢香。你也不知道，啥时候，这些土里土气的地名已经融入你的生活。你每天跟这里的人打交道，或喧荒，或争论，或一起坐在地头上吃馍，甚至是吵架或喝酒。

你不知不觉成了他们中的一分子。他们被你骂了，或者骂了你，却与你更亲了，非要请你去家里喝一碗熬茶，吃一块五寸厚的锅块馍。就如那上泉沟的"安大累"，当年是多么气愤乡政府的干部呀，尤其是计生干部。如今，他一边在地里铺地膜，一边跟我们讲这诨名的来历——因为家里孩子多，拖累大，一年四季累得要死要活，所以村民们就叫他"安大累"了！

从安大累的地里出来，半截裤子全是土，鞋已经看不出眉眼。你终于知道，原来"泥腿子"就是这么叫出来的。

看完了老陈的鸡舍，他又用摩托车载着李副乡长去看一块他相中的准备盖养殖小区的地方，而陈站他们几个人，要去给另一个养鸡大户老连做技术指导。

四野寂静。我独自步行从村庄穿过，独自享受着山野的春天、暖阳和山风的抚弄。

随着呼呼的风声，偶有几声老鸦的叫声传来，还有地里农人吆喝牲口的声音。顺势在路边的一块大石头上坐下来。大地的气息、山风的气息、森林的气息、嫩草的气息，团团地，稠稠密密地围了过来，寂静愈发地清晰明了。

路右侧山上，松树兀自端庄着、肃穆着、绿着。向阳处，绿得明朗，挺拔。影子是短的，叠加着，无处躲藏。背阴处，绿得沉郁，却有些骄傲在里面。就连脚下的鞭麻，借了势，也蓬勃起来，要给这山野的春天努劲儿了。

面朝东北，光秃秃的山峦挡住了视线。山湾里也有些松树，在这个方向，只看见一些沉沉的冠顶。我完全可以任由飘忽的思绪想象它们的躯干和姿态。可没有。我展不开想象的翅膀，虽然这春风是如此让人心软和沉醉。思想被什么禁锢了？抑或原本就缺少一份灵动和弹性？

我的写作，在初来西乡时，曾彰显过一段时间的诗意。不久，便纯粹成了白描。有一段时间，我甚至不敢下笔，为文章的干硬和语言的贫乏，思路的狭窄和想象力的艰涩。

展眼望去，是亘古不变的蓝天、白云和四面的环山。眼下，是刚刚铺就的大片大片的白色塑料地膜。这是我们的工作之一。为了调整种植结构，在这个偏远的乡村，我们是费了许多劲儿的。所幸去年收成好，今年春雪多，地里墒情好，农人种植的积极性高于往年很多。

这个春天的到来，我比籽种不够的农民还要惶恐许多。我害怕，这春风春意也无法浸润我的笔尖。如今，坐在西沟湾的这一缕春风里，坐在地边上的一块石头上，蘸着脚下的一汪嫩绿在自己的笔记本上写下一行行的文字，却感觉文字是那样的苍白和索然无味，不够脱俗，远不如路边一棵小草儿顶出的青绿让人感动，也没有天空那一粒饱满的鸟鸣让人心动。

我有点气恼了，失落了。

一辆红色的桑塔纳轿车停在了我面前，飞扬的尘土雨点一样落下。且顾跟车主打招呼。他的妈妈和孩子在车里悄悄地看着我们。这个开着桑塔纳拉着一家老小去种地的新型农民，让我振作些许。我合上笔记本，跟他拉家常。

小滩河里，嘉四的白牦牛面对绿草低头深思。太阳下山的时候，我会跟他们一起开始反刍。我属牛，跟牛一样有着反刍的习惯。但这反刍，没有给我提供一个准确的答案。

春天就是这样让人思绪纷乱，亦悲亦喜。

回程的路上，车子飞快。我请求小杨开慢点。一路的小草芽儿们，不再跟我调皮，不再捉迷藏，它们就绿在那里，淡定地、沉着地绿着，绿在这西大滩的春天里。

西大滩：走或留都是诗篇

走近

第一次进入西大滩乡政府的院子，已是黄昏，薄薄的暮色笼罩着一个静谧的四合小院，红顶青瓦，落霞漫卷，几股淡淡的蓝烟在屋顶上袅袅飘舞——焦虑的心便安静了。

我以为我的后半生将在这里度过。

那是一排有着长长走廊的小南房，铺着橙黄色的地板砖。我住在最西头。每日清晨，阳光准时洒进那一条长长的走廊。

平房外抻出来约两米宽的全封闭式走廊，底下是一米多高的墙，外围砌着墨绿色的大块文化石，窗户往上是藏式的飞檐翘角，褚红色的琉璃瓦映衬得西大滩的天空更加蓝澈明媚，两只小兽蹲在两边屋角仰首眺望着布达拉宫的方向。

下村入户的我们，永远穿着球鞋，踏着两脚泥。春天去看秧苗是否出得整齐，点种是否合适；夏天去看长势，是否缺肥，地膜是否捅开；秋天去看果实，谁家的大谁家的小，该收了或者需要再长长；冬天去看墒情，看刚刚平整的梯田。

细雨霏霏不便下村入户的日子里，我会熬了醇香的枣儿茶，或写一段青草般的文字，或听一曲雪山般的曲儿，或跟同事们讲一件黄豆般的少时往事，或改一个茯茶般的讲话稿。

寒冷的气候，冷清的街道，稠密得如我的心思一样的雪，还有墙头上终日叽叽喳喳的麻雀。我躲在炉火的左边，熬制中药和平静的光阴，还有一篇篇直白琐碎的文字。

暖和

在乡村，我们的生活，就是晒在院子里的绿麦、房背后的草垛、柜子里的粮食，还有打工挣来的钱，再就是孩子、洋芋，明年的养殖任务、计划生育。

这里地幅辽阔，道路崎岖。一家跟一家的距离很远，需要骑着摩托车入户。越往山里进，气温越低。我用戴手套的两只手握着自己的脸颊，握住更多的寒冷和孤单。风从光着的额头上吹过，眼泪在里面酝酿情绪。

跟一个小媳妇要了一块包巾，粉红色。小时候也有这样一块包巾。这样的回忆是温热的，不会很快在风里冷却，也不用假装忘记。

晚上宿在农家。只有一铺炕，主人家有羊，煨了羊粪的火炕很热，足以驱赶白天所有的寒冷和惆怅。几个男人开始喝酒，我和女人们在一边聊天。喝醉的人们开始唱"花儿"。唱的唱，念的念，一首接一首，曲调是韵味无穷的，就是念出来，也是那样的动听和悠长。

十一腊月寒冷天，

羊吃了路边的马莲；

若要我俩的婚缘散，

冻滩上开一朵雪莲！

被热炕煨迷糊的我，在优美的旋律和伤感的词里，闭着眼睛，细细品咂，慢慢消化。

爱情在"花儿"这个曲调里，更多的是酸心和追逐。有些词，初听上去有些戏谑，有些轻薄，推人及己，却会咂摸出另一份的沉重和伤痛。痛是那样的真切，追逐是那样的无奈，思念是那样地让人心碎。"一天里想你者肝子疼，一晚夕想你者心疼。"这样的词，直白，瓷实，戳心。

回到乡政府，郑源的流行歌曲唱道："冬天最适合恋爱，因为爱情可以让人暖和。"想起那块包巾和火炕，还有温热的酒和唱词。在西大滩，谈爱情有点张扬，但暖和，却是实实在在的。

亲人

在西大滩入户，无须询问，无须敲门，推门就进。院子里或许会有"汪汪"大叫的狗，那其实就是主人家的门铃，告诉主人有人到来的讯息。

天气晴好的日子，我总是慢慢地走过每一条巷道，在每一户人家里慢慢地转一转，看看烙馍的尕媳妇，捏捏吃奶娃娃的胖脸蛋，还有在旮旯里围在一起"掀牛"的老汉，嘴角起泡却依然声嘶力竭喝骂牲口的壮汉，还有时尚得与整个村庄格格不入的女孩，清秀文静的青年。

一个老爷爷拉着架子车准备去路上铺沙子，奶奶跟在后面，叮嘱他小心点啊，小心点！爷爷见我在看，有点羞涩地笑了。

无论进到谁家，都会沏一碗茶再说话。熟悉的人家，必定会把你让到炕上。脱鞋上炕，是主人的热情，也是客人的礼貌。

熬茶，比牛肉面碗大的馍，或是又白又暄的馒头，或是卷了厚厚香豆子和清油的花卷，接下来是面条饭，完了才会炒菜或者杀鸡炖肉，这个次序从不会打乱。一道一道地上来，彰显出一个家庭的殷实和女主人的能干。冬天还会有腌制的酸菜——自己家里种的白菜，白茎、绿叶、黄芽芽儿，再放些花椒和鲜红的朝天椒，一看就馋。

还有洋芋，洗了后切成指头厚的块儿，在烙馍的厚底子铝锅里用慢火烤，大约需要半个小时就熟了。面儿烤得黄黄的，略带些焦，咬下一口，扑鼻的香，吃得人满口生津。这是我最爱吃的。如果是比较熟悉好客的人家，而我们也打算多待一会儿的话，我就会提出这个要求，像一个来坐娘家的"闺女"。

下雨天，最适合回"娘家"、睡火炕了。我总会在下雨的日子里去西沟村的刘主任家，她的丈夫和孩子都在外地工作，家里只有她一个人。我提着洗漱用品进门、脱鞋、上炕。她不盘问，也不啰唆，就洗手去做饭。我在她家的烫炕上看书、伸懒腰，抻平一个又一个心里的小疙瘩。

雨声里，门外的庄稼也在睡懒觉，翻身，伸懒腰，大口大口地喝着绿色的雨水，轻轻浅浅地笑着。一天天长大，成熟，相爱，述说着"永不分离"的誓言。

迷茫

在我笔下，多少片草原美丽绚烂？多少条道路来回往复？大多数简单明朗的日子，似一把永远弹不断的六弦琴，弹奏出快乐纯粹的音符，忽略掉一些不快的杂音，给回忆的人留下完美的印记，浸染一个人的一生。

我日复一日地忧伤起来。七月深紫色美轮美奂的香柴花，掩不住我日渐的沉郁。农家炕上喷香的各色吃食，也驱不走灰尘一样漫天弥漫的苦涩。

有一天去的一户人家正在给山羊刷羊绒。山羊四蹄朝上，用一种逆来顺受的眼神默默看着我。那是一只黑色的山羊，刷子上刷下来的却是白色的绒毛。它的眼睛半睁半闭，睫毛轻轻地颤动，肚子上的肉也偶尔轻轻地颤动一两下。羊圈里，大批的山羊在徘徊，思索，抬头观看这里的动静。灯光不够明亮，房子也是那样破旧，居然还是木格棱的窗户。这样的房子，只是留存在我的记忆里。女主人介绍说，房子跟她的丈夫同岁，快四十年了。

三个孩子站在山羊的旁边，也大张着眼睛看着我。其中两个是去外面打工的亲戚寄放在他们家里的。如今的孩子，跟这山羊有点相像，自己家顾不上，就托付到别人家了。

我心里替别人的孩子难过，同时也想念自己的孩子。自从我来到西大滩，儿子托付在父母家里，相距三百公里。

在每一个不属于自己的地方，我们看不见属于自己的光亮，注定不会有过多的回忆和热爱。

蓝天、碧草、牛羊、牧羊人，是唯美的，而唯美是孤独的，是恻恻感伤的。西大滩在我们的笔下，相机里，唯美地描摹、定格、停顿。停滞的画面脱离了母体，张着无数小嘴，唤不出声音。

实际上，整个世界上是寂静的，安宁的。不安的，只是人心。

离开

西大滩，在大学生阿牛的"说说"里，唯美而痛苦；在农经站钱站长的摄像机里，是一块未经雕琢也无需打磨的璞玉；在胖丫头小董的微博里，热爱却也急于离去。藏族青年嘉措，西大滩是他的故乡，他的父辈靠几十年的奋斗终于走出了这块偏远落后的土地，而他又来了。从县城到西大滩，一百二十公里，有一种被放逐天涯的没落。所以，他的歌声里，伤感远远大于那份来自血脉的联系。

到外面去，到外面去。嘶哑的呐喊，几乎把山野的耳膜震破。阿尼格念雪山下，山风刮得那样急切，把经轮的转动声和嗡嗡的诵经声扯拉拖拽，撒向山外。西大滩本土的青年，那些路过西大滩的人，都一次次地离开，回去，再离开。

蓝得让人无法呼吸的天空，一缕缕一块块互不缠绕的干净的白云，翠得滴答滴答流淌着绿色的草原和高山，日夜欢唱着古老爱情的小滩河，都变成了文字、诗歌和镜头。

那个叫李龙的孩子，被巴基斯坦的烈日晒得焦黑，他每年回来过春节，都要来村委会开个出境的证明。他在酒桌上一遍遍地诉说在异国他乡对西大滩的思念和内心的孤独，抖落一段段思乡的烟灰，却吸进一段段能够走出去的得意和伙伴的艳羡。尽管，我们都知道那个地方远比此处更苦焦，更偏远。

故乡和故地在记忆里存成了一张黑白分明，迷散着忧愁和思念的 CD，在此后经年的某个时分，一遍遍地响起，想起。

只愿回忆，不愿留下。

离开，成了一种展现，一种价值观，一种需要，一种高或远的姿态。

花儿不开怎么办

冬日午后的阳光真好，远处的雪山、青松，枯干的鞭麻，都神采奕奕，精神十足。

从西大滩中学后边的小山坡下去，迎面走来两个背书包的小学生——显然是兄妹俩，哥哥十岁左右，妹妹七岁左右。哥哥穿着藏蓝色的运动服，妹妹是一件玫红色的棉衣，哥哥一手牵着妹妹的手，另一只手里拽着一只半米长的白塑料袋。风把那只袋子撑得鼓鼓的。他们一定把它当作节日的气球吧！兄妹俩步履轻快。

哥哥随口唱道："祁连山上百花儿开，百花儿开……"

妹妹紧紧地拉着哥哥的手，一蹦一跳地接上："什么时候开？"

哥哥："正月里开！"

妹妹："正月里不开怎么办？"

哥哥："正月里不开二月里开！"

妹妹："二月里不开怎么办？"

哥哥："二月里不开三月里开！"

……

我被他们这种即兴的说唱吸引，饶有兴致地站住了。妹妹一

河沿雪

直问到了八月，哥哥似乎有点不耐烦了，顿了顿，换了一个调子唱："八月里不开我帮它开。"

"嗯嗯，你耍赖……"妹妹显然是故意在哥哥面前撒娇。一个女孩的童年，就算没有新衣裳，没有洋娃娃，但能有一个宠着自己惯着自己，由着自己任性撒娇的哥哥，是多么幸福啊！

我心里甜甜的，羡慕地目送他们小小的身子和歌声远去，又慢慢往河边走。

"棠棣之华，鄂不韡韡。"我和弟弟也曾有过这样美好的时光呢。我五岁，弟弟出生。妈妈揭开被子一角让我看，他红皱丑陋。不到半年，他变得又白又漂亮，全村人都喜欢抱他，亲他，他的胖嘴涎水流着收拾不住。上队的陈奶奶就追着骂那些女人们，你们再不要亲贾平娃了，看把他的涎水泡泡压烂了！

那时候我真是个称职的小姐姐呢！完全不顾自己身体瘦弱，背着他去下滩地里找妈妈奶他，有时还背着他去上队湾湾串亲戚。有一天我说，为什么我背着贾平娃走路时耳朵里像是有个铃铛在响。妈妈吓了一跳，让我再不要背他了。可我一天也没放下过他。等他长胖了，背不动了，又常常牵着他的手送他去学校，教他唱歌。他五岁时有一个行为全河沿台都知道——绝不允许别人当着我的面说脏话，理由非常充分："我姐姐都在呢，你怎么能说这样难听的话。"别人不听他的，他就会扔人家一石头。

离开了河沿台的我们，长大了，客气了，疏离了，许多美好的东西被渐渐忽略了。

小滩河上结了冰，却不是想象中的白，而是莹莹的蓝。我在河边坐了下来，安静地用心聆听。冰面下，有一位小小的人鱼公主，轻轻地摆着漂亮的鱼尾巴，仰面朝着天空的方向，朝着王子所在的方向，清亮曼妙地唱着："啦啦啦，啦啦啦，花儿花儿几月开，花儿不开怎么办……"

河滩的枯草又黄又厚，走在上面绵软而舒服。沿着河坝一直走下去，一直能听见人鱼公主的歌声。有两个孩子在河滩边放牛边玩。他们向对方掷着小石子，一个原始而质朴的游戏，笑声惊飞了围栏丝上的几只红嘴鸦儿。

我来西大滩，跟儿子相距三百公里。在他还小的时候，我在另一个乡镇工作。那时候工作强度不太大，但交通不方便，我常抱着他背着他走很长的路，为他唱歌，也听他大声地唱："风来了，雨来了，老和尚背着鼓来了！"有一次，倒背着他在街上走过，他自己大声叫卖："卖娃娃喽！卖娃娃喽！"引得满街的摊贩大笑不已。还有一次带他下村去收税，牧业村狗多，四岁的儿子一直紧紧攥着我的手碎碎念："我有妈妈呢，我不害怕，我不害怕……"

远处，两个穿藏服的老阿奶在拾粪。背着柳条编的背篼，一手抓着羊毛搓的背篼系，一手提着年代久远的粪杈子。她们慢慢地捡拾着冻成硬块块的牛粪，吆喝着山坡上吃草的羊群。一首无字的歌谣，在这个宁静的中午，随着河水缓缓地向远方流淌。

远方，每一条河流经年奔腾的信念。远方，每一只鹰日夜飞翔的希望。远方，有我抓不住的梦；远方，有我思念的人。远方，我的花儿开不开？

腊八雪

腊八节的早晨，松山的天空一点点开始升级，从孩童般的瓦蓝，到青年时期的明蓝，又慢慢地演变为中年的湛蓝，丰腴成一位雍容华贵、衣衫宽大的母亲，一挥袖子，把八百四十平方千米的雪山、草原和牛羊统统揽在了自己怀里。

松山滩最偏远的蕨麻村，积雪蹲在山上，乌鸦蹲在牛背上，成群的羊在山下啃着带冰碴的草根，咀嚼着昨天的行程路线，反刍着明天的山水春秋。山中无事，没有人，没有车，没有熙攘和喧嚣。青山相待，白云相爱，羊和羊，也只剩下了相爱。

村支书的阿妈牛阿奶欢喜地唤我："快来看，下雪了！"我和她们祖孙一起站在厨房廊檐下，廊檐不深，挡不住雪。蕨麻的天空窄窄的，一座山挡在门前，她家的羊在山坡上看了我们一眼，又低下了头。牛阿奶身材高大挺拔，六十多岁了，还有两坨可爱的"高原红"脸蛋。她包着蓝格子头巾，雪花们可能把她认作亲戚了，围着她亲热地舞蹈。

正是午时，一床棉被正在院子里晒太阳，它其实一点儿也感觉不到热，也就是趁机跑出来透透气吧！万千根没有热量的金线穿透冷冽，领着一股山风，陪我们一起看雪。

一朵雪落下，另一朵雪紧紧追了过来。更多的雪花落了下来，又飞了上去。团住，分开；分开，又团住。

蕨麻村白了。大片大片的雪，落在了牛粪墙墙上，落在了母羊的脊背上，落在了芨芨墩上，落在了牧人的毡衣上，落在了一副刚刚油漆好的棺木上。一位老人在腊八节的早晨逝去，全村老少用藏酒、无字的酒曲、青稞炒面、青绿的柏枝和白雪，为他送行。

黑马圈河村也白了。一群头顶白雪的牦牛默念着六字真言，肃立在路两旁大片苍黄的草原上。这里的夏天曾经是蓝马莲花的海洋，红香柴花的世界，黄鞭麻花的夜空，白枇杷花的故乡。腊八这一天，安静的黑马圈河草原只有一个花神，一位舞蹈着的女王。

千山暮白，万里雪盖。抖落肩头的雪片，踏进蔡大爷家的院子，一朵属于他家的雪飞身从房顶跃下，贴在了我的头发上，替他们老两口问候我们。

蔡大爷和蔡奶奶刚把羊收进圈里。他们一起从山上赶羊回来，一起喂水，一起为它们加了豆料。彼此拍打完身上的灰尘和草料，踏过门槛的时候，一起白了头。

蔡大爷脱鞋上炕，抽出旱烟袋犒劳自己。蔡奶奶开始淘洗各色豆子和粮食，要煮一锅又糊又浓的腊八粥。"腊日常年暖尚遥，今年腊日冻全消。"蔡大爷是知道杜甫的。他身后的炕上有一个简易的书架，摆着泛黄的《康熙字典》和《孙过庭书谱》，檀木笔筒里插着几支写秃了的狼毫笔。

炕沿下一只铁皮烤箱，烧得正旺。一把老茶壶雄赳赳地蹲在炉子上，像个一言九鼎的老祖宗，"噜噜"地发着牢骚。一圈一圈黑得发明的皱纹里映射出这个家庭几十年的光阴，厚重，艰辛，不易。

蔡大爷今年八十四了，脸色红润，牙齿整齐，笑起来能把房梁上的灰震下来。一把银色的胡子被他讲的笑话牵拉着跌倒爬起。他提着烟袋，眯着眼睛忆起当年："那个时候，浑身都是力气呵！要说放牛，没人比我更行当！那年正月，下着大雪，我骑着一头白牦牛去娶亲，牛角上绑着大红花……""看把你得意滴！"小他二十岁的蔡奶奶掉了几颗牙，翻了他一个白眼儿，他却笑得更大声了。

几朵在屋顶上偷听故事的雪花从烟洞里溜下来，在他的铜烟锅上融化了。少年夫妻老来伴儿，打破年龄、地域、种族界限的爱情，不正是神雕侠侣吗？他们没雕，他们骑牛，白牦牛。

回程的路上，太阳又努着劲儿从云层里冲了出来。雪原空茫，寂静，明亮。阳光斜斜地打在阿尼格念雪山上，雪山昂着头颅，弓起的脊背上驮着松山草原三万百姓和十万牛羊。一位牧羊女站在山顶上，手心里抓着雪，嘟着嘴唇，漫不经心地向偌大的松山滩吹上一口，隔一会儿，再吹上一口。一幅素净的乡愁水墨被她涂了又涂，染了又染。

两辆车结束了访贫问苦的摸底排查工作，悄悄驶离了村庄，在薄雪覆盖的公路上写下了两行长长的诗句。几只电线杆上的麻雀把尕爪爪藏在肚子底下，悄悄地摆成一行黑色的省略号。谁家的羊群从河对面回家来了，低着头只管走，一声不吭。一只黑尾巴的野狐飞速地从车前跑过，在钻过草原围栏时，回眸一笑。

雪，又开始飘了。

索南草毛的风花雪月

七月是达隆草原最美的季节，山花烂漫，草盛羊肥。女儿女婿打电话叫张阿奶："阿妈拉，来看看你的草原，你的山花，你的羊群呀！"

年近五十的女婿开着小车去城里接张阿奶。一进入松山滩地界，阿奶摇下车窗贪婪地吸了一口草原的空气，遥看着远处的阿尼格念雪山念了一句六字真言。"啊呀，这是啥？这又是哪里？"车窗外的景致让七十六岁的张阿奶惊诧不已。

"阿妈拉，这当然还是生你养你的松山滩呀！"女婿抿着嘴笑了。两栋楼房，是新盖的棚户区改造房，旁边那个大院子是敬老院。扇着膀子的"大风车"叫风力发电机，松山滩上有好几十座呢！我们达隆草原上也安装了。四十年前差点冻死你的大风现在可派上用场喽！

"松山滩上一场风，从春刮到冬。"四十年前的松山滩，天很蓝，空气很新鲜，羊却不多。因为风，因为雪，因为恶劣的气候环境和艰苦的放牧条件。

还未包产到户的一年冬天，年轻的张阿奶索南草毛被达隆牧场指派放牧二百多只的一群羊。有一天早上五点多钟，天还蒙蒙亮，她穿着沉重的老羊皮皮袍，包着厚厚的包巾，腰里系着一个羊毛织成的褡裢，褡裢里装了半块锅盔馍（那是一天的口粮）就出发了。走到天亮，发现少了一只羊。点来点去，少的是一只春羔子。它是一只调皮健壮，耳朵上有黑白两种颜色的小家伙，索南草毛叫它"花耳朵"。昨天下午收圈的时候经过场部，羊群发现了地上一堆大白菜叶子。那是场部食堂腌菜时剥下来的烂菜叶，她怕羊吃了会拉稀，就赶着羊群走过，不让它们停留。"花耳朵"落在最后，磨磨蹭蹭不回圈，想吃那些菜叶，她提着鞭子狠狠地抽它身边的地，它才极不情愿地一步三回头地出来了。这个捣蛋的家伙，一定是早晨趁人不注意，偷偷藏在了墙角角没出来，现在肯定找那些菜叶子去了。唉！索南草毛笑着摇头，一只羊都这样聪明地跟人斗争，还不是因为饿啊！

　　冬天没草，场里又买不起饲料，几百亩不多的青草地也没收下多少草料。天天赶着羊出来，附近的草场早被啃完了，达隆牧场几十个牧羊人，赶着羊群往阿尼格念雪山脚下越走越深，除了黄干的芨芨胡子，支棱着干枯身子的臭蒿子，羊实在也没啃头了。羊冬天吃不好，就怀不上羔子，怀不上羔子春天就没羊羔可收。收不下羔子，牧民一年就没吃的呀！索南草毛和半路上碰头的马家阿卡一边喧荒，一边叹气。她随手捡了一块小石头，扔到一只不合群的羯羊身上，羯羊摆了摆头快步回到群里，假装刚才是犯了会儿迷糊，不是故意的。

　　天空白蒙蒙的，雪山若隐若现，一阵狂风裹着芨芨棍和羊粪刮了过来，吹得人眼睛睁不开。刚到山脚下，巨大的雪团从天而降，狠狠地砸了下来，砸得羊群慌乱起来，四下逃散。更大的雪风来了，裹挟着飞沙走石和乱草冰块，打得索南草毛的额头生疼。羊群"咩咩"地四下躲藏，可这偌大的荒滩，哪里能避开风雪的肆虐呢？看着四散奔逃的羊群，索南草毛急哭了，她挥着鞭子大声呼喊"嗒——回！"左追一下，右赶一鞭，平时乖顺听话的羊群被风沙蒙住了双眼，乱跑乱撞；被雪片堵住了耳朵，任她喊破喉咙也不肯回头。她抹着眼泪往前跑，被一个大芨芨墩绊倒了。

马家阿卡扶起了索南草毛，对她说，再不要追羊了，人要紧呀！赶紧到城墙下躲一躲吧，这一场雪风阵势大着哩！几个羊倌都聚到松山城城墙根儿下，眼瞅着风越来越大，雪越来越厚，羊群慢慢地不见了……

后来，达隆草原发生了翻天覆地的变化。先是划分了草原，各家各户按照人口将草原划开，既有夏季草场，还有冬季草场。群众把自家的草原用围栏围了起来，好管护，也好放牧。只要雨水广，草原就会再现"天苍苍，野茫茫，风吹草低见牛羊"的壮观景象。牧民们再也不用赶着羊群到处跑，跟老天抢季节，跟别人抢草场了。紧接着，政府鼓励群众修建养殖暖棚，并给予一定补助。羊群在暖棚里不受风寒不怕雨雪天气，还能喝上干净的自来水，一个个膘肥体壮，羊羔子的成活率几乎达到了百分之百。每当接羔子的季节，牧民们再也不用蹲在露天羊圈里帮母羊接羔了。羊不冷，人也不受罪。张阿奶常常想起那死去的一群羊，如果当时有棚，那些羊就不会被冻死了！

2000年，她家有一百多只母羊，羔子能接一百只。当年的小羊羔一只能卖一百五十元，二齿子（羊羔出生三个月后牙齿长齐，称为"密齿羔羊"，密齿羔羊生长一年左右会生出两颗门板牙，当地人称"二齿子"）能卖二百七八十元。面对一摞摞崭新的

河沿雪

钞票，张阿卡和阿奶有点不知所措。包产到户后，尽管依然过着风里来雨里去的日子，但一家四口人能吃饱肚子，他们两口子已经很满足了。没想到，改革开放后的日子越来越好，家家户户在圈上盖了砖房，买了摩托车、大彩电、拉草料的五轮车，日子一天比一天透亮起来。《牧民新曲》在草原上一遍遍循环播放，欢唱牧民的富裕、安康和快乐。

张阿奶的儿子从天祝师范毕业参加了工作，结婚后在城里买了房子，要把张阿奶接到楼上去。阿奶不愿意离开草原、雪山和羊群，一天天地推托着。可是，年轻时放牧留下的一身病，腰腿疼、关节炎，天天都来问候她，让她不得安宁，她只好跟着儿子去了城里。儿子说，城里有药浴，可以治她的病。一大群羊就留给了女儿和女婿。

张阿奶的惊叹一波刚落，一波又在车窗外响起。"才几年没回来，路边怎么有这么多的房子了？"女婿说，那是天祝全县的移民点。现在的松山滩可红火了！县上把金强河的水引了过来，修了南阳山水库，和原来的石门河水库、龙潭河水库、鞍子山水库四库连通，草原上有了水，就变成了聚宝盆。从夏玛、东坪那些高海拔地区搬迁来了一万多人呢！

张阿奶手搭凉篷眯着眼睛仔细地看着，啊哟哟，你看看，这些房子修哈滴好看呗，红顶顶的，蓝顶顶的，巷道里还用水泥打掉了吗？下雨天也不害怕泥了呗！路灯都安上了嘛！树都种上了嘛！花儿开着好看呀！风也没有那么大了嘛！她听上去是在询问，实际上是在感叹。女婿知道也不用回答她，只放慢了车速，让她老人家把这一切都看个够。

"他们那么远地来了，吃啥哩？地也没有，羊牲口哪里去哩？"这一句，女婿听来了，这是个问题，需要回答。"阿妈拉，你看到房子后面那些天蓝色的棚了吧？那是政府给移民修的畜棚，里面可以养羊，也可以种蘑菇。那些蘑菇我都没听说过，前几天跟上村干部去看稀奇，有的叫香菇，有的叫花菇，还有个叫啥赤松茸，价格也好得很。你再看右手边那些新开垦的地里，长得绿油油的，叫藜麦，过几天就变成彩色的了，产量比麦子高，价格也比麦子高，还有老板专门来收购哩！""哦，好好好，那就好呀！"老人家松了一口气。在她的心目中，农民、牧民，无论走到哪里，如果没有自己的产业，怎么能活下去呢！

"那我们村上的牧人收入怎么样？"

"这两年一只当年的春羔子卖到了八百元，二齿子能卖一千多，羊毛一公斤卖到了三十元，许多人家年收入都在十万元以上，家家户户都买了小汽车，还有人在城里买了楼房。上冬季圈的时候，就可以开着小车、赶着羊群去了。"

回到自己家里，张阿奶直扑羊圈。圈里哪有羊呢？羊都在蓝天白云下自由地呼吸草原上绿色的风，大口地吞咽鲜美的牧草呢！老人家不顾路途疲劳，非要女儿带她去围栏转一转。

几百只洁白的羊儿珍珠一样撒在绿色的草原上，低着头"噌噌"啃噬大地的馈赠和岁月的丰饶。一阵微风吹来，馒头花熟悉的香味扑进了老人的心扉，几只小鸟鸣叫着从天空划过，天是那样的高远，那样的湛蓝；大块的云朵像撕开的羊毛，一绺绺，一片片，悠闲地荡来荡去。多么静谧的草原啊，多么亲切的家乡！泪水模糊了她的双眼。她情不自禁地向羊群走去，一只只抚摸它们的犄角，它们的身体。刚刚剪过羊毛的羊只利落轻盈，看见有人来也不闪避，抬起温顺的眼眸，温存地叫唤一声，又低下头寻觅草尖上的歌谣。

女儿不无夸耀地向她讲起了机械化剪毛。高山细毛羊最大的特点就是毛质特别好，毛厚而细密，织成的毛线质量好，收购价要高于其他羊毛。但每年剪毛是一件特别费时费力的事儿。每家几百只羊，仅靠一两个劳动力是完不成的。所以，每到剪毛季节，牧民们总是组团开工——十几户人家凑在一起，一户一户剪过。轮到谁家就在谁家煮肉、吃饭，剪完以后还要喝酒，就像过节一样，持续一个多月才能剪完。热闹是热闹，可人又累，又慢，有时候还会错过最好的收购价格。现在有了机械剪毛机，一家的羊毛几天时间就剪完了，既节省了人力，羊也轻松，再也不用四蹄子绑住等一天了。

"花耳朵，我的花耳朵！"阿奶深情地呼唤着奔向一只黑白花的小羊羔。那只小羊惊慌地往旁边跳了一蹦子，却没能逃脱老阿奶宽阔温暖的怀抱。她紧紧搂住了它。女儿在一旁也流泪了。她当然知道"花耳朵"的故事，也知道自己阿妈的心事，更明白阿妈并没有老糊涂。

那一天，索南草毛是抱着鞭子号哭着回家的。那一场铺天盖地的雪风直刮到了午后，她的两百多只羊全死了。冻死的羊，一只摞一只趴在雪中，头朝着阿尼格念雪山，像一座朝拜的群羊冰雕，冻结在索南草毛心中，无法融化。

回到场部，一阵"咩咩"的叫声让索南草毛心尖一颤，那是"花耳朵"吗？那真是"花耳朵"呀，它贴着墙根蹲在场部的院墙外，看见索南草毛的身影，像犯错的孩子看见了妈妈，轻轻地"咩"了一下，垂下了脑袋。索南草毛一把抱住"花耳朵"哭了起来："你还活着，你还活着呀……"

"花耳朵"成了索南草毛的命根子，甚至比她的两个孩子更黏人，她走到哪里，它跟到哪里。包产到户时，索南草毛特意把它要到了自己家。"母羊下母羊，三年五个羊。""花耳朵"真争气，她很快就繁殖了女儿、孙女儿，女儿和孙女儿又繁殖了许多只高山细毛羊，成为这个家庭增收致富的大功臣。

女儿站在一旁，用看孩子一样的眼光温柔地看着阿妈，看着那只试图逃跑的小小"花耳朵"。太阳落山了，羊儿该回圈了。阿奶接过女儿手里的鞭子，轻声地吟唱起一首无字的歌谣——那是一个在历史的长河里徜徉、浸染多年的牧羊女对青春的怀念和追忆呀！她放开嗓子喊了一声"嗻——"，感觉自己又回到了十七岁，红红的脸蛋，一头乌黑的碎辫子，身体轻盈，脚步轻快，从心底里开出的花朵绽放在云朵之上。

夕阳为阿尼格念雪山镀上了一圈金边，圣山肃穆端庄，无言地问候这颗熟悉的虔心。另一群牧归的羊，站在山梁上向远处眺望，余晖将它们的剪影贴在了天际。她朝着雪山捻动脖子上的佛珠，默默祈愿圣山永远保佑草原风调雨顺，吉祥安康。

圈门口，女婿已在食槽里添好了精加工的饲料，另一个食槽里则是晒热的自来水。羊儿吃饱了喝足了，回到棚里开始倒磨（反刍）了，阿奶还恋恋不舍地不愿意离开羊圈。女儿和女婿几乎把她拉回了屋里，让她吃饭、休息。

张阿奶盘腿坐在炕上，才静下心来打量他们的家——这个自己住了一辈子的地方，却不再是她的家了——女儿申请了危房改造，将原来的房子进行了加固维修，廊檐前续了两米宽的玻璃走廊，房间里暖和了许多，也宽敞明亮了许多。城里人用的家用电器一样不少。女儿用电饭煲给她炖的鸡汤，正散发出浓郁的香味儿。她边喝鸡汤边问女儿女婿："两个娃娃来？还在外面野着吗？"满是埋怨和不满。她的女婿低着头谦恭地回答，他俩还是不愿意回来呀！说是再不跟着羊屁股后头混了！两个孩子大专毕业后都不愿意回家，男孩在县城里经销白酒，女孩在甘南开了一家火锅店。张阿奶是早知道这些情况的，但此时此刻，她分外想念那两个小外孙。这是她带他俩长大的地方，也是他俩带给她无数欢乐回忆的家园呵！

夜里，张阿奶睡在窗户边上看月亮，在月辉星光下梳理自己的一辈子。草原的月亮比城里的月亮更大，更圆，也更安静，像一首诗，轻轻叩动记忆的心弦。星星又繁又明，像阿奶一生的渴盼和心事，总是在最黑的时候发出最耀眼的光芒。过去的那些难，那些苦，仿佛也被这月光和星光点燃了，不再痛苦，不再伤心难过，只留下美丽的焰火和璀璨的记忆篇章。

草原慢板

春来

昨夜，大羊、小羊叫了一夜。

积雪兔子一样蹲在明黄的芨芨墩后面。阳光透过芨芨，化不开冬天的丰厚。

芨芨是有胡子的，胡子下面藏满了雪。"假如你愿意，你也留些胡须吧，能在冬天为你遮挡风雪的入侵。"我听见芨芨草这样告诉身边同样枯黄的冰草，还有药老。

"干冬湿年，石头上长田。"所有车轮走过的地方，都在告诉我们，去年的雨水，滋养了多年干涸的松山草原。旺盛的黄草在冬天里干燥得如一团团时刻准备要随风起舞的火苗，绷紧了人们的心弦。

好雪。羊儿闻到了雪的晶莹，咩咩地叫着，想要挣脱温棚的羁绊，走向外面清新的草原和蠢蠢欲动的春的气息。

达隆村，松山最辽阔的草原，户与户之间相隔几公里，人与人之间却亲密无间。我们的车子到阿切（嫂子）家里的时候，已经有好几部车子停在那里等候了。这几年，牛羊肉、毛价格都好，牧民们开着小轿车奔驰在辽阔的草原上。

夕阳下，高山细毛羊们排着队向远处眺望，一幅黑色的剪影画贴在蓝天上。天愈发蓝，草原愈发地静。

阿爸和阿妈给小羊羔们断奶，从小棚里一个个地转移到大棚里。小羊活泼好动，精力旺盛，十几个羊羔羔，他俩足足忙了一整天。

一夜，羊们都在叫唤。大母羊奶胀，小羔羔想念妈妈。

中午，一只小羊羔死了。它的一只腰胆子在出圈门时被挤了出来，挂在身体外面。这样的情况已经是第二次发生了。阿爸心疼得当时就犯了胃病，长吁短叹，掰着手指细数死去的羊羔和大羊，摇头叹息。阿妈把他像羊一样放在炕上，帮他揉胃。

还有一只小羊肚子胀成了小锅，阿爸把它抱进屋子，灌大黄水和苏打片，还打了一针青霉素。小羊轻轻地呻吟着，听得人揪心。

"春乏关，鬼门关"，阿妈趴在供桌前磕长头，细碎的小辫子披散在肩头，在跳跃的灯光下，明明暗暗。

青草

那些青草被割了回来，立在隔壁院子里，飒飒作响。

燕麦矮点，绿麦比它们高出许多。高的竖在南墙下，小捆子一个亲昵地紧挨着另一个，头顶上还戴着一个共同的大"帽子"。最边上的小捆子怕雨淋着自己，使劲儿把头往帽子下钻，屁股仍在外面也浑然不知。燕麦捆士兵一样一个跟着一个整齐地排在院子中间晒太阳，头顶着饱满的燕麦籽儿，叽叽喳喳地议论着这个新院子，还有松山草原秋日的静谧。

阿爸说，绿麦高，但秆儿粗，老。燕麦个子小，量少，但嫩，羊爱吃。燕麦听了这话，就更加飒飒地抖了起来，把一曲《草裙舞》演绎得籽如雨下。我怕那籽儿在院子里生根发芽，会惊动来年草原上迟到的春风、春雨，赶忙呵斥它们停下。

青草种上后，阿爸天天担心。不下雨，他怕它们出不来。要是下大雨呢，他又担心冰雹会打折嫩苗苗。只要有亲戚去石家塘，他都会带话给人家，去了看看我的青草！恍若那是他远嫁的女儿，扯心扯肝。带回来的消息时好时坏。有时说青草们长得好呀，有时却又说，青草们根本就没长着，还是那个老样子。把阿爸煎熬得嘴上的皮都干了。

中秋之后，收割青草的日子终于到了。阿爸阿妈背着月饼去石家塘割青草。月饼有脸盆大，里面卷了香豆子、红曲、姜黄，还有甜甜的玫瑰酱。

隔壁院子里没住人，我们把青草们安顿在那里，任它们把最后的绿色恣肆在那空荡的天地里。

安静的院落，小狗"黑豹"懒洋洋地趴在大门边，羊羔羔温柔地呼唤着妈妈，母羊咀嚼着青草……当我置身于这个小院子时，日子是静止的，又是悠长的。我也是羊圈里的一只羊呀，慢慢地咀嚼青草，咀嚼百味杂陈的生活，咀嚼平静、安宁的日子。

初冬

农历八月雪后的草原下雪了，草原冷了，雪后的天，晴得透亮而明媚。

道路两旁的白杨半绿半黄，水渠里铺满了厚厚的落叶，透着尚未圆满的成熟。一片片刚刚脱离了母体的叶子，悠悠扬扬，思考着什么，观望着什么，一面是秋的华丽，一面是冬的萧瑟。还有一片叶子挂在树枝上，兀自绿着，冷清着，孤傲地看着天，像年轻时的我，不合群，也不知道该拿自己怎么办。

叶子落在草丛里，草儿们突然显得厚重了，似是有了可以踢踏的舞台，挺直了腰杆，想把夏天未完的风姿重新舞蹈一番。金刚钻，草的名字，比芨芨矮些，有着亮如钻石的芒，炫耀了整个夏天。山顶上，草坡上，湾湾里，全是它们的影子，高调而傲慢。入秋后，霜杀了它们的锐气和锋芒，成熟了，有了家居的味道，安静地站着，与脚下一层黄黄的落叶悄悄絮语，浑不管季节的轮回交替。

初冬的草原，是一幅画，油画，着色浓烈。远景是落雪后的毛毛山，山下是收割后还没有拉走的绿麦，四五个把儿为一垛，再用一把做一个小巧的帽子戴着，在画里优雅地站着，把身后的豆捆子比了下去。豆捆子又黑又矮，简直有碍观瞻，但它丑到了极致，使这幅画有了更深的韵味和鲜活的生命力——一个豆捆子，能打下来多少公斤白生生、香喷喷的豌豆呀！想想，就使人两颊生津了！

"又下了一只羊羔子！"阿妈报告的这一个消息喜忧参半。喜的是又添了一只小羊羔，忧的是这只小羊羔站不起来。

这只小羊羔，降央卓玛取名为"小奴"，据阿妈和阿爸分析，是因为她的妈妈太年轻。"还不到二齿呀！"阿妈感叹着。年轻的母羊很漂亮，腿长长的，毛卷卷的，头部曲线非常优美。产下小奴后，母羊居然不懂得舔舐，小羊羔挣扎了半天也站不起来。

降央卓玛给活着的六只小羊都取了名字，分别是鲁鲁、花花、小珑、小玲、拉毛和这只刚刚出生几个小时的小奴。而它们妈妈的名字，都是阿爸阿妈随口叫的，揪耳朵、黑脸蛋、大个子、豁豁嘴……

阿妈用一张报纸把血渍未干的小奴包起来，抱到屋里炉子边。一进入温暖的房间，小奴看上去精神了许多。它趴在一个纤维袋子上轻轻地颤抖着，如这个清冷的冬天里一枚单薄的落叶。

一只站不起来的羊，一只无法跪倒在妈妈面前的羊羔，怎么能吃到奶呢！阿爸强行把小奴揪起来，抓着它的尾巴，鼓励它站立。小奴跟了妈妈，也是长腿，身形漂亮。可惜它一点儿力气都没有，刚站稳就跌倒了。它长长的后腿朝后撇着，细细的胯骨支棱着一朵又一朵花儿一样的小卷卷毛。

降央卓玛看着小奴一次次地摔跤，心疼得直吸冷气，把自己的指头伸给小奴，小奴吮得津津有味。而此时小奴的妈妈已经从羊棚里跑了出来，在前院四处寻找孩子，发出哀怨的叫声。

第二天，天晴了。阿妈打开羊圈所有的窗户和门晾晒。阿爸赶着羊群出圈，小珑和小玲已经可以随群了，憨头憨脑地在草原上跑来跑去，把一幅浅淡的草原油画搅动得风生水起。

玛瑙心

阿爸第三次将才昂的铺盖扔出了大门。

第一次，是炎热的七月，才昂高考落榜，阿爸想让他去天祝县城水泥厂当临时工。才昂不去，要留在家里放牛、挤奶、种青稞。阿爸气得山羊胡子撅上了天，将他的铺盖扔出去逼他走。才昂没走。

第二次，才昂又说要科学养牛养羊，冬天给牛养搭个暖棚，不赶去脑山里放牧了。阿爸气得金边毡帽都扔了："老祖宗几辈子都是这样冬季圈窝夏季圈窝轮流放牧，到了你尕娃头上就改得了吗？"又把才昂的铺盖卷扔出了围栏。

这一次，才昂跟阿爸要钱，非要去买塑料膜，坚持给牛、羊冬羔子搭棚，说阿爸你去看看人家松山牧场和抓喜滩都是这样做的，暖棚养牛、羊，体质强健，到春天青黄不接的时候才能顺利度过"春乏关"，而且产羔率高、存活率高。

阿爸又把他的铺盖扔了："滚出石门沟，再不要回来，想从老子手里要钱胡来，从老鹰嘴里抢肉哩！"

这一次，才昂真走了，不过他没有背那一卷倒霉的铺盖卷儿。

才昂走到石门河边，望着呜咽的秋水，呆呆地坐着，禁不住流下泪来。天黑了，阿妈来了，这善良而苦命的藏族阿妈，取下她脖子上那串红红的玛瑙，褪下手腕上一对晶亮的绿玉镯，交给儿子，吻着才昂的额头："草原和雪山会保佑你的，我的儿子！"

才昂跪在沙滩里，抬起头，看见了一轮深情的中秋月。

棚膜买回来了，暖棚搭起来了，所有的山羊羔子、牛犊子，待产的母牛都进了棚。冬天过去了，一场春雪夺去了草原上许多牛羊孱弱的生命，而才昂暖棚里的牛羊却茁壮地蹦跳着。阿爸赶着大牛从脑山里回来时，惊呆了。

石门沟沸腾了。人们纷纷跑来看才昂的暖棚，阿卡阿奶们（叔叔婶婶）都羡慕地跟才昂的阿爸说："阿欧（哥哥），你的儿子，是咱草原上的一只雄鹰啊！"

人群中，阿妈的眼泪流下来，滴在脖子上一串红得透亮的玛瑙上，那玛瑙石是阿爸新买的。阿爸没有问原来的玛瑙和玉镯，只抓着阿妈干裂得像老树皮一样的手，在人群里找着儿子的身影，嘴里喃喃地说："等秋天卖几头牛，再给你买对儿玉镯。"

"不，给才昂买辆摩托车吧，他去县城方便些。"阿妈摩挲着红玛瑙回答他。

敬你一碗青稞酒

一

　　天祝，被称为英雄之地，雪域高原。伸手就能够着天空和太阳，离佛的心跳最近，与神的对话最多。

　　一片白云做被，一曲藏歌催眠。这是夏季牧场一个牧人的日常。

　　而在漫长的冬季，雪山、草原风雪弥漫，高山、草甸潮湿寒冷。在与严酷的大自然的长期搏斗中，华锐（华锐是一个古老的部落，亦是属地称谓，意为"英雄之地"，其属地以当今天祝藏族自治县为主）人民养成了喝酒的习惯和习俗。适量饮酒，既能驱寒取暖，又能强健体魄。

　　放牧前，咕上一口，用来抵御帐篷外的寒风。睡觉前，咂上两盅，麻醉寒冷和疲惫带给每一块骨头、每一根神经的疼痛。

　　开心时，呼朋唤友来喝酒，大声猜拳，深情吟唱，用一根根直立的黑发和布满红血丝的眼球来分享彼此的喜悦。难过时，抱头喝闷酒，还是要吟唱，和着眼泪，泪水浓稠，悲伤顺着"呜呜"低泣的血管和沉默不语的汗腺渗入大地。

　　一碗青稞藏酒，在岁月的长河中伴随着天祝人翻过一座座雪峰，蹚过一条条激流，也伴随我们祈祷风调雨顺，庆贺丰收喜悦，挥洒人性光芒。

历代华锐文人墨客，更是将饮酒作为一种文化基调渗透到了自己的生活中。他们常常置酒相聚，推杯换盏，畅叙人生豪情，吟哦自创佳作，将高原的博大、神奇和古朴融入诗文、书画、酒曲、歌谣，将好酒善饮、以酒会友的美好情趣和乐观向上的人文精神留给世人。

二

据史书记载，天祝早在清代以前就用高原青稞酿制藏酒。乾隆年间，位于藏传佛教名刹华藏寺旁的"华藏烧坊"闻名遐迩。烧坊旁有一眼药水神泉，用神泉之水酿造的青稞藏酒闻名甘、青、蒙等地区，一度成为敬奉皇室的上乘贡品。

20世纪90年代初，当代华锐人重新获得失传已久的藏酒烧制秘方，在原华藏烧坊的基础上建起了天祝藏酒厂。

"酒是粮食的精华。"这是天祝藏酒厂厂长的口头禅。据说这句口头禅流传很广。这个老头儿像刚抽穗的青稞一样朴实，像饱满的青稞一样谦逊，像炒熟的青稞一样灿烂可爱。他每天一大清早就要抿上一口自家车间里产出的青稞酒，像早年间准备出门的牧人。他带领人马搜集整理藏民族传统酿酒技术，然后经过反复实验，掌握了古老而独特的藏曲发酵技术。

藏香型白酒以产于高原的优质青稞为主，其他谷物为辅，采用"华藏烧坊"秘制窖泥发酵，将藏民族古老独特的传统藏曲发酵与现代发酵工艺相结合精酿而成，经长期贮存、柔和、升华，具有藏香纯正、甘冽爽口、柔绵醇和、余味悠长的独特风格。

三

有一年，天祝县为发扬光大酒文化，秉承"歌唱天祝、颂扬家乡、记录时代"的理念，举办了"藏酒杯·歌唱天祝"词曲征文活动。活动共收到词曲100多首，择优在《天祝报》上陆续发表了40余首。这些歌曲，大部分为讴歌华锐大地美丽神奇的自然风光和浓郁的民俗风情，还有几首专为芬芳馥郁的藏酒而作。或激情飞扬，或深情委婉，或朴实无华，或明快欢畅。一时间，写天祝、唱天祝，成了华锐各族各界文艺人才、教师、干部和广大群众的新潮流。

为了查资料，我时不时会把这本小册子翻出来。年代感和民俗风情极强的封面，雪山、草原、白牦牛，长袖、华丽的腰带，典型的华锐藏族意象。内容呢，阿尼嘎卓、拉姆南措、马牙雪山、乌鞘岭……天祝人民世世代代唱之不竭、歌之不休的图腾。

喝藏酒，唱藏歌，歌声不断酒不断。

其中有一首名为《藏酒魂·藏酒情》的歌中唱道："雪山的圣水，撩动起燃烧的激情。千年的神泉，流淌着大地的醇香……藏酒魂，藏酒情，华锐的骄傲，草原的祝福！"

古老的华锐藏歌、酒曲、土族安召的灵魂，在这本小册子里嘈嘈切切。青稞酒的芬芳透过纸背，在每首曲子的旋律里发出行板的回响。

每个天祝人，都用自己的方式，谱写着对这片土地的热爱。

四

清风煮肉，明月下酒。在小城，我们会用各种理由聚在一起。

发表了一首诗歌，获了一个奖，谱了一首曲子，完成了一篇省级杂志的约稿。

粗粝的阳光，在海拔 2500 米的高原，试图变得温柔一些。而来自那眼神秘泉眼的酒液，试图让我们温暖一些，抱得更紧一些。

男人们大块吃肉大碗喝酒大声猜拳，眉如鹰翅眼如深湖，激情四溢胸怀草原，在高原的冬夜里声嘶力竭地歌唱女人。

女人们追逐时尚抹杀爱情，腰如蜜蜂胸怀丘壑，在高原的狂风里端着银杯，阻挡时光的雕刻，拒绝烟火的熏染。

我们的血管里流淌着卡洼掌主峰融化的雪水，毛发里飘荡着古古拉牧场青草的气息，皮肤上烙印着石羊河和黄河旋转的波纹。

我们谈诗歌谈音乐，谈唐卡谈百合，谈金钱谈提拔，谈谁跟谁离了，谁跟谁爱了。谈昨夜把谁喝吐了。

我们明艳如香柴花，圣洁如枇杷花，酣眠在一枚松果坠落的树荫下，醉卧在一场"锅庄"舞的狂欢后，篝火渐温的灰烬里。

也有时候，诗人们喝醉酒打了起来。

他们互相赞美为"伟大的诗人"，又嘲弄对方的某一行诗句"狗屁不通"。打完之后，他们扶正酒瓶子，穿上抵御夜风的外套，勾肩搭背、称兄道弟，一起送女士回家。

在团结路上唱着自编的歌谣，跟随诗人扎西尼玛跳起一段几乎要扭断脖子的鹰舞……

青稞酒，收割了我们的孤独。

五

藏文化中"三"是个特殊的数字。

敬酒必得三碗，藏语称"旦智森巴"；磕头必得磕够三个；转"锅拉"或玛尼堆得够三圈。藏歌的歌词多为三段三句式。如果唱山，就是山顶、山腰、山根三段；唱天空便是日、月、星三段。

2004年夏天，宣传部要出版一本名为《天祝》的画册，需要拍摄一套完整的藏族婚礼图片。多方打听后，却发现随着社会发展和文化变迁，古老传统的婚俗习惯早已被简化或者汉化了，礼仪细节鲜为人知，繁琐的仪式更是不被年轻人接受，甚至遭到摒弃。所以，要想拍一套完整的古老藏族婚俗，只能"演"。

在秀美的抓喜秀龙大草原，我梳着一头碎辫子，穿着华丽的藏式礼服，在一位藏族老者的引导下，按照"提亲—订婚—讲彩礼—戴头—转锅拉—送亲—途中接待—门口迎新—婚礼—摆嫁妆—待贺客"等程序，认真地演绎了一场传统的藏式婚礼，为天祝的非物质文化留下了宝贵的影像资料。

天祝藏族自治县博物馆里，至今仍在用那一套图片，向前来参观的人们展示华锐藏式婚礼的多姿多彩，及其深厚文化底蕴和鲜明地方特色。

高昂、热烈的歌声不断，酒香在草原上飘散，白色的哈达在风中飘动，镁光灯不停闪烁，欢呼声惊起一群群看热闹的麻雀。

> 吉祥的月亮铺银路，
>
> 本地的众神来迎接，
>
> 尊贵的客人欢迎你。

那一天，我端着银杯，给所有人敬酒。三杯，三杯，复三杯。

雪山醉了，草原醉了，代乾河醉了。送亲的阿欧醉了，娶亲的阿奶醉了，摄影师醉了。鞭麻醉了，香柴醉了，高大美丽的马鹿也醉了。星星醉了，月亮醉了，代乾河畔的我，也醉了。

六

生活在天祝，有人觉得自己是草原的雄鹰，有人觉得自己是佛座下的莲花。

而我，只是天祝大地上一只打着记号的高山细毛羊。

我用羊的方式，一遍遍不厌其烦地咀嚼、反刍这片土地，描摹青草尖上的每一滴露珠、每一年姗姗来迟的春色和每一瓣提前到来的雪花。

在舔舐伤口的许多个夜晚，我怀揣一只羊皮口袋，口袋里装满原浆青稞藏酒，骑一匹老马，穿行在夏玛草原、松山草原和柏林牧场腹地，蹚过小滩河、金强河清浅不一的激流，徘徊在二道墩水库、鞍子山水库和柏林水库边缘，跟不安的流云、如眉的月牙儿、撕扯的狂风和惊慌的雪花交杯、对饮。

我们把星辰送给晚归的羊群，把草籽送给洒满阳光的山坡，把眼泪送给旷野中的一棵树，把孤独送给雪山背后渐飞渐远的苍鹰。

就这样，我们在藏酒的芬芳里，一次次地醉去，又一次次地醒来，一次次地重新爱上自己的故乡——这个被上天祝福的地方。

我用滚烫的液体和诗句，治愈了高原的风花雪月。它们终将跟我一起，扎根这片土地，至死不渝。

步行去"天堂"

2005 年冬天，我被派往天堂镇保干村，指导村上的"先进性"教育工作。

我在朱岔街上下车。

之前，朱岔是一个单独的乡，在"撤乡并镇"中划入了规模较大的天堂镇。我所要去的保干村原来属于朱岔乡。

每一个乡政府所在地，都会自然地形成一条小街，标配是小学校、小饭馆、小卖部和裁缝店。这个畜牧站为什么没跟着乡政府搬至天堂镇街区，我猜可能是因为那边的办公用房还没有建好。

我之前在天堂镇政府参加了全镇"先进性"教育动员大会，回家的时候，把一些资料带给了畜牧站闫站长。车停在畜牧站门口，抬脚就进到了空荡荡的院子。

跟我印象中的乡镇畜牧站一模一样——冷清、荒凉，门窗油漆剥落。边上有一间房顶上正在冒烟，走近了一听有人在说话。

敲门进去，小马和她的妈妈同时抬起头来。那是两张极其相像的脸，黝黑的皮肤，眼睛又大又亮，睫毛闪动的时候，眼波水一样荡漾开来。

不满二十岁的小马，在畜牧站打零工，她的妈妈是来看望她的。听我说了来意，母女俩立刻为我沏茶、端馍馍。我说我晕车，啥也吃不下。小马"轰隆"一下拉开抽屉，拿出来一支葡萄糖。

我很惊讶她哪里来的葡萄糖。

小马狡黠地眨着眼睛说："放心好了，不是兽医用的。"水一样的眼波在里面荡来荡去，一副对我的小心思了然于胸的样子。

我"嘿嘿"地笑着喝下了葡萄糖。

歇缓了一阵儿，我准备动身去保干村。

小马和她的妈妈都说："太远了，你去不了的。"我详细地问她俩，有多远，应该怎么去。

她俩连比带画，说过了一条河，然后在大山里走上好久好久，再走过一个村子，才能到达。说到最后，她们都用同情的眼光瞧着我，说："太远啦，太远啦！"

小马开始擀面。这个房间既是她的宿舍，也是畜牧站的食堂。她动作麻利，一条独辫子甩来甩去。

我边看她干活，边打电话给天堂镇政府办公室。办公室秘书问清了我所在的位置说："保干村确实很远，你不如先到镇上来，再想办法。"

我决定徒步去保干村。动员会开完第三天了，我还没有到达村上，心里有点着急。

小马再三劝我放弃这个打算。"都是山路，你没走惯着，路又远又不好走！"她的黑眼珠恳切地瞅着我，劝我。

"明天去吧！明天去吧！"小马的妈妈也恳切地瞅着我，劝我。

"我今晚住哪里呢？"我环顾四周，想。小马又立刻看穿了我，热情地指了指腰里一串"仓啷"作响的钥匙说："空房间多呢。不行就住闫站长的房间，干净些。"

我执意不肯。"我常走路呢，天黑前到村上就可以。你告诉我怎么走。"

小马送我出来，指给我看炭天公路边的一条小路，那正是通往保干村的路。小马穿着一件红花棉袄，配着她红红的脸蛋和被风扬起的额前刘海儿，是一幅很美的乡村图画。

下午四点，我进了她们所说的大科什旦沟。这条沟直指大山深处。沟里有路，路边有一条不太宽的河。河面半边结了冰，半边还淌着淙淙的流水。

一看见河水，听见河水的歌唱，我一下子来了精神，感觉通心通肺的清爽、舒适，脚底下也轻盈有力。

走了大约一里路，拐过一个弯，听见身后传来摩托车声。我停下，往旁边退了退。一个戴着大红头盔、穿宝石蓝防寒服的人骑着红色的摩托车过来了。因为路面有冰，他骑行的速度非常慢。摩托车的轰鸣在山谷中回荡，声音很大。

纯粹是抱着一丝侥幸心理，我扬起手做了个挡车的手势。摩托车停下来了，隔着头盔看不清骑手的长相，也无从判断他的善恶，隐约能看见一双眼睛充满了对陌生人的警惕和审视。

"你是去大科什旦吗？"

"是。"

"你会经过保干村吗？"

"会。"

"那你载我一段行吗？"

"行。"

我问了三句，他回答了三个字。没顾得上思虑，我开心地跨上了这辆陌生人的摩托车。多年的乡镇工作，我是坐惯了摩托车的。

拐过山弯，路面上不见冰了，车速也快了起来。路两边未消的雪和红色的桦树渐次映入眼帘，把冬日的萧索装扮出几分妩媚。

走了几里路，开阔平坦的山坡陡然间插入冷峻的山峰，把窄窄的山路紧逼其间，让人难以喘息。山谷忽然陷入一种巨大的安静。除了我和这一车一人，山中别无生物。

原始的森林，陡峭的悬崖，古寂的山路。我听见大山的呼吸急促地压迫过来，一声一声直逼我的耳膜。

我轻轻地揪住他厚厚的防寒服的一角。假如他是个坏人，我该怎么办？心提到嗓子眼里。不知道具体在怕什么，总感觉这样的环境会发生些什么可怕的事儿。

正在这时，他说话了："你下来吧！"是当地群众的方言，瓮声瓮气地从头盔底下传过来。

"啊！"实际上当地人的方言软糯好听，一点儿也不生硬。可这突然的一句话，简单的几个字，还是吓得我头皮一下就炸了。不知道在这狭窄的阴风惨惨的峡谷里，他让我下来做什么，我呆呆地愣在后座上，不知所措。

摩托车已经熄了火，他用两只脚撑着地面。

看我不动，他又说："前面是冰滩，车滑得很，你下来走过去。"

我一看果然是。但胸腔里还是如鼓在擂。我喘着气，艰难地搬动自己沉重的身体，笨拙地离开了摩托车。

我站在车后面，眼睁睁看他慢慢驶过冰面转弯而去，看不见了。我又想："可能他是不愿载我了。这样也好，不用再提心吊胆了。"

一片原始森林突兀地闯进眼帘，高耸的山峰挡住了刚才还明亮的光线。天忽然阴暗、寒冷，我禁不住打了个寒战。"剩下的路途还有多远呢？天黑前我能走到吗？路上，还会有什么不可预测的危险呢？"

我快快地挪动僵硬的腿脚，跟着转过了那个弯。

我看见了什么？一片凸出来的山体后，太阳重新从某一个夹缝中照了过来，天开地阔。摩托车斜斜停放着，车手面朝我来的方向引颈张望，笨重的皮裤在阳光下闪着波光……

……

在保干村魏书记家院子里，我终于看见了摩托车手的"真面目"。

彼时，他摘下头盔，跟魏书记握手。一张非常年轻俊秀的脸庞，两个脸蛋红红的，像被水洗过的山楂果。眼睛不大，眼神安静而且笑意盈盈。一头乌黑浓密的头发被汗水洗得湿亮，紧紧贴在额头，显出农家子弟特有的憨厚和敦实。

我心里一下子涌上一股热浪，他不正是我从小到大就熟稔，就喜欢的那种男孩吗？腼腆、安静、少言。他就是五岁以前的贾平娃，是当兵以前的三舅，是一起看豆子地的五子哥……

我惊讶地，甚至是欢喜地看着他，他回报我以坦然温和的目光。而我又能说些什么呢？隔着那一层钢化头盔膜，我带着钢筋水泥样冰冷的世故和猜疑坐在他的车上，他的身后。我惭愧。

我请他跟我一起留下来喝一碗热茶再走——尽管这不是我的家。

魏书记管他叫"来娃"，这个名字我也喜欢，像故乡的新雪，在舌尖上清淡甘甜。可惜我没有机会这样呼唤他的乳名。

他撩起额前的黑发，重新戴上头盔，调转车头飞驰而去，动作流畅如行走的白云，如流动的春水。我目送他离去，挥别的时候，仿佛把我的青春也送走了，不免黯然神伤。

保干村支部书记姓魏，是个乡村兽医，年龄跟我相仿。他看天色将晚，就用摩托车载着我去村主任家。村主任子女都在外地，家中只有夫妻两人，方便我住宿。

巧的是，村主任居然跟我同姓。整洁的院落，精致而紧凑的齐头砖房，擦拭得光可照人而且"呼呼"作响的烤箱，干净的火炕，让我仿佛回到了河沿台的家。

魏书记和贾主任还在地下说话，讨论他们的工作。我脱了厚重的棉衣和鞋，也没有征得女主人的同意，爬上炕，拉开一床被子，像一个久别故土的女子来坐娘家一样，盘着腿偎在了被子里。炕的温度迅速温暖了我快要冻僵的双脚。

我的举动，惹得地下站着的魏书记、贾主任和他的妻子愣了一会儿，都大声笑起来。

苍松故里有人家

这里曾经苍松遍野，松涛阵阵。

这里曾经人迹罕至，是奇山、怪石、密林的故乡，是獐、鹿、黄羊、野鸡的天下。23.8万亩的森林中，云杉、圆柏、落叶松、针叶松傲然挺立，吐纳自如。

为逃避兵匪战争和瘟疫饥饿，大量青海等地的人们，携宗带子逃入深山，解开了原始森林的绿色纽襻，破译了苍松故里的灵魂密码。他们逐水而居，筑起篱笆，搭起草棚，点燃炊烟……

从此，藏族、汉族、土家族等的人民，隐匿在苍翠的林海里，青山相待，白云相爱，牛羊相伴。

白云生处有人家。

雪山脚下有人家。

苍茫松林有人家。

离开天祝县朵什镇的时候，我拉着箱子沿曹西公路步行了半小时。路两旁长满了树，阳面杨树居多，阴面是松树。

前几日刚下过雪，路两侧有冰。偶有车辆小心驶过。拉杆箱滚过冰层发出"隆隆"的声响。走了一段，回过头去看朵什镇，这个原名为"松林"的地方——群山环绕，怀抱着一大片苍劲的原始森林。

透亮的蓝，皑皑的白，沉沉的绿。

三种纯粹、干净的原色，是这个高原小镇的亮色，也是底色。不管世事如何变迁，不管经济如何发展，千百年来，这"三原色"，亘古不变。

生活在这里的人，用雪水擦洗天空和心灵，用青草喂养牛羊和未来，用热气腾腾的生活保护"三原色"依然纯粹如初。

管淮川的家，住在曹西公路边直岔村的一个向阳山坡上。他是典型的农村"精明人"代表。八成新的蓝制服帽子，一身干净得体的中山装，面容清癯疏朗，一副"任世事如何变迁，我自风轻云淡"的淡定样儿，与其他农村老汉大相径庭，是《平凡的世界》里金俊山式的人物——家里家外一把好手，光阴和生计安排得井井有条，小日子过得幸福且滋润。儿子会开挖掘机，一年四季在外务工；儿媳在县城供孩子上学；他们老两口，种了4亩长寿豆，13亩藜麦，还养着60多只绵羊。凭我的经验，他这一组数字是保守的。但就按这个保守数算算，他家的收入也过了十万元。他却一再表示："没那么多，没那么多。"我逗他，您放心说说自家的好光阴，我们不是来借钱的。他矜持地笑了一下，眉毛底下全是得意和自豪。

直岔村的郭世珍老人，今年73岁，老伴儿是曾经的村书记，今年77岁，一家6口人，当年种植当归6亩，蚕豆5亩，30多只羊。80平方米新建的新农村房屋里，窗明几净，地暖烧得热烘烘。奶奶热情地让我们坐在她家的新沙发上，很快端来了几个烤得黄葱葱的"烧锅子"。无人能抵御那原始纯朴的麦香味儿，我们毫不客气地掰开吃起来。"烧锅子"配茯茶，是天祝的美食绝配，也是农村人家待客的标配。不一会儿，两个"烧锅子"就不见了。我有点心疼地念叨，吃了两个了。奶奶听见了，拉着我的手说，姑娘，别管吃了几个，爱吃就再吃。现在的社会，难道会缺吃少喝吗？

我在她家门口拍了一张照片，阳光打在我脸上，打在红铁门上新系的绸被面子上，打在还崭新的对联上："福照家门万事兴，喜居宝地千年旺。"我生长的地方，我生儿育女的地方，我为之奋斗为之流血流泪的地方，我即将在此老去并准备长眠的地方，我热爱的家乡，即为"宝地"。

从雪山上下来，我们信步进入一户人家。晚霞飘过，将温柔和远古的气息涂抹在这一个宽敞、简单的农家院里。院门口堆放着一堆冒烟的干羊粪，羊粪下埋着鳌子，鳌子里正是这几天我们百吃不厌的"烧锅子"。这种古老的制作方式，已经许久没见过了。大家围拢看那几个黑亮的鳌子，猜测它的年龄，鳌子却咧开嘴笑了。马奶奶从鳌子嘴里取出一个"烧锅子"的同时，夕阳"噗"的一声跌落在雪山后面，香味溢满整个院子。

"爷爷，你家几口人？"81岁的马占彪老人耳朵有点背，我大声跟他寒暄。

"三口。"爷爷嘴里剩下不多几颗牙，却格外长，想必其他牙齿脱落已经很久了。

屋里炉火正旺，爷爷让儿子倒茶给我们。奶奶已经拿着几个热腾腾的黑面"烧锅子"进来了。边吃"烧锅子"，我边跟爷爷聊天，边环顾这个不算富裕的家庭。

79岁的王振莲老人，不仅烤制出了美味的"烧锅子"，屋里更是整洁得令人咋舌——炕上的被褥、柜上的摆设、廊檐下的家具，无不整整齐齐、有模有样、纤尘不染。你无法相信，这出自一个如此年长的农家老人之手。

得知爷爷今年住了一次院，我问了一下报销情况。爷爷开心地说，报得多呢，现在政策好。我又问："爷爷，共产党好不好？"

"好好好。"马爷爷连续三个"好"字，白胡子跟他一起欢喜地点头。

"为什么好呀？因为报销的钱多吗？"

"与钱没有关系。"爷爷说："啥都好，干啥都方便。要不是现在政策好，我们早没了。"

有一首藏歌唱道："看白云才看清了我自己……"这朴实的回答，让我觉得，马爷爷就是一片能映照我们内心的白云。

走进窑洞湾村三道石峡组，恍然进入了陶渊明的桃花源。"阡陌交通，鸡犬相闻……黄发垂髫，并怡然自乐。"无人惊诧我们的到来，无论男女、无论老少皆笑眯眯地打招呼说："来了吗？"仿佛我们是全村的亲戚，仿佛我们早已熟识并相约欢聚于此时。

天蓝而通透，阳光明亮。鸡不叫，狗不吠，村口一排肥大的黄牛正撅着屁股在吃料。

张文寿 85 岁的母亲站在自己家门口晒太阳。她穿着碎花的小棉袄，手里的拐杖油黑发亮。有人对着她举起相机，她坦然自若地笑了，如一朵傲经风霜的菊花，盛开在石峡的缝隙里，接受着阳光和风雪的打磨。

张文寿在外漂泊多年，促使他回来的正是日益年迈的母亲。回乡创业，他赶上了好时机。藜麦 70 亩、洋芋 40 亩，还有中药材、大田蔬菜。政府有补助、有订单，种起来有底气，卖起来有收益。

光洋芋就卖了十万元呢。张文寿憨厚的笑容，掩饰不住自豪。他把手压在屁股底下，喧起自己丢掉的半截小腿，像是丢了一个钢镚儿一样平淡。喧起自己带领村上的闲散劳动力，下种子、拔草、收割、挖洋芋，发工资给他们，也像捡拾了一个钢镚儿一样简单快乐。院子里棚底下，一袋一袋摆放整齐、收拾干净的藜麦，将是他明年创业的基金。

"你有啥打算？"

"我想着，冬天再养些猪。不然冬天太闲了。"他已经四十八岁了，有一张年轻的脸，更有一颗年轻的心。两条腿搭在炕沿上，一晃一晃的，像个孩子。两只明亮的黑眼睛望着屋顶，有点害羞，也是在憧憬未来。

他的哥哥进屋来，很腼腆地为大家沏茶、拾馍馍。弟兄俩都浓眉大眼、模样周正、身材溜直，是农人中标准的美男版本。

返程的车上，忽然想到《人生》中的刘巧珍，她憨憨地跟高加林说："你们家的老母猪下了十二个猪娃，一个被老母猪压死了……"张文寿的那股憨劲儿，跟刘巧珍特别相像。

一个人的人生中，或多或少都会有磨难、有遗憾、有委屈，但怎样对待这种磨难和遗憾，却决定一个人人生道路的走向。对生活执着、热情，对磨难不妥协、不低头，是张文寿的选择。祝福这个坚韧、勤劳、善良的男人，在自己选择的人生道路上走得更远、更好。

第三辑

闲吟有风来

人间清明

春风吹来清明。

气清景明，万物皆显。所谓显，是露，是表现，清明一定不会让你失望。草芽芽顶破板结了一个冬天的土地，嫩叶叶在尚未完全转绿的枝丫间绽出娇黄的苞蕾。人们在逐渐暖和的气温里换上春装便鞋，踏青插柳，祭祖扫墓。这是人们心目中的清明。

细雨纷纷，杜牧的清明是秀山门外，南方春天特有的"泼火雨"，晕染得诗人"欲断魂"。可是，倜傥的杜十三，雄姿英发的"小杜"，天才横溢的杜紫微，怎么可能一味沉浸在凄迷纷乱中。诗人眼眸流转，看见了骑牛握笛的牧童，看见了隐约可见的粉色花瓣，他抹一把满脸的雨水，捧一颗天真烂漫的童心，笑问孩童，实则是在询问自己的内心啊！杏花村，是诗人的杏花村，是天下人的杏花村，是中国人人文浪漫、诗意田园的坐标！

寒食禁火，祭扫新坟，是晋文公和介子推的清明。两个人以各自的方式，留下关于中国文人、气节和清明的传说。

清明前后，种瓜点豆，这是南方农人的清明。农历三月，我国长江以南大部分地区春回大地，大地生机勃勃，瓜苗豆种跃跃欲试，水牛哞哞踏入松软的土地，白鸭子的红掌缓缓拨开青绿的江水……

草枯鹰疾，雪尽蹄轻，这是乌鞘岭的清明——我的清明。万物沉默，大地尚未醒来，雪山尚未完全褪去白衣。高低起伏的丘陵上，草还是黄的、枯的。一只鹰，石头一样倏忽而至，又箭镞一样射向高远的天空——天空不似冬天那么明亮，带着一点春潮涌来的混沌。

背阴处，成片成片金黄的芨芨垂着谦卑的头颅，草根被尚未化去的春雪覆盖着。风愈疾，马牙雪山发出巨大的呼啸，阿尼格念雪山遥相呼应。白牦牛披着长长的毛发，面对众山，肃然而立。羊的胡子缠绕在芨芨墩的胡子上，冰凉的嘴唇从蓬松的雪粒丛中探寻出一点点青草的气息、春的气息。

安静，是金强河的表象。河流底下，汹涌着雪山对春天的渴望。大块的冰裂开来，相互碰撞出春雷的巨大声响。

那时候，我还在西乡工作。清明前后，坐公交车从十八里铺进入弯弯绕绕的乌鞘岭脚下。一座横卧的山峰吸引了我的视线，她躺得那样舒展，是劳作了一年的母亲，被冬日禁锢了一个冬天后迎接春天的姿态。她仰卧在苍天之下，黑发堆顶，手臂伸展。汽车盘旋上升至乌鞘岭，回首再望，母亲笑意吟吟——此去便是春天，无惧亦无忧。

高原春迟。立春之后，一场又一场期盼了许久的大雪才姗姗而至。白雪、青松、旧年的落叶、刚探头的草芽儿，构成一幅别样的高原春景图。千里山野，一片洁白、干净和明丽。万里祁连，呈现出驰蜡象、舞银蛇的壮观景象。

春雪，终究掩藏不住关于春的秘密。路边的迎春花枝条，悄悄打了花苞，马上就能开了。街边的草坪，经过几番春雪的滋养，更绿、更鲜美了。办公室的窗子外，有一棵高大的白杨树。

也许，等我再一次抬头的时候，嫩黄的芽儿已布满她的每一个枝丫。也许，在某一个早晨，一片油绿绿的叶儿，像小孩子清脆的笑声，忽然绽开，然后是十片、百片、千片，在风中吟唱出春暖花开、人情温暖的格调来。

圣洁的山花

　　六月仲夏，风清冽而甘甜。阿尼格念雪山融化了自己，任似水柔情灌溉广袤的松山滩大草原。那个叫作"黑马圈河"的山谷安静地敞开胸怀，托出一秋、一冬、一春积蕴的美好。漫山遍野的花都开了，淡蓝的马莲、郁紫的香柴、洁白的枇杷、金银相间的鞭麻……

　　选一个雨后的清晨，圈窝子里的炊烟刚刚点燃蓝天，花瓣上的露珠刚刚擦亮早起的星星，白牦牛刚刚打开白色的睫毛，沿着松山古城的城墙悄悄走过，走进一个斑斓的世界……

　　不是所有的蔚蓝，都能连绵为花海。黑马圈河的马莲花在河对岸嫣然不语。河水不大，石头底部长了鲜绿的青苔，河水把青苔吻了又吻，青苔少女般的笑容在河水里荡过来，又荡过去。过河的人儿，影子也在水里漂荡，却被河水轻轻揉碎了。亿万个披着蓝纱的女子，逆风奔了过来，你躲不开一条长长的山谷里蓝色花海的拥抱。马莲花，蓝色的火焰，燃烧着鹅黄的心事，每一朵，都写满一个人的名字。你躺在它身边，它深深地叹了一口气。蓝色的马莲花，你怀揣着怎样的秘密？一串含苞待放的恋情，还是一汪水泡般浅淡的辛酸？

　　香柴花开了。那个带信来的人，有着忧郁的眼眸。清晨的露珠从他眉间悄然滴下。"那样的紫,定是在等你。"一袭优雅浓郁的紫袍,从阿尼格念雪山脚下,施施然飘落满坑满谷、满山满洼,谁能挡住她华丽无声的入侵?仙子的紫青宝剑,劈开山谷,冲破牧场,托举出万千新生的柔软。一朵紫花,在羊唇的初吻里醒来;一万朵紫花,从白云的呓语里醒来;千万朵紫花,在山谷的腹沟里姿态安美。空旷迷人的山谷,未曾在黑马圈河以外的任何地方蘸过一点油彩,就这么肆意地染紫了山坡。世间最美的姿态,不是含苞待放,不是高傲盛开……看花人醉倒在谷底,找不到来时的路。

一个早起的牧人,怀抱一把干香柴和一捆干枇杷枝,熬一壶奶茶。塞进炉膛的瞬间,枇杷枝散发出醇厚的香味,浸透了牧场的骨骼,芬芳了牧人烟火的一生。帐篷外,白牦牛的眼底安放着一株绽放的山枇杷花。繁繁复复的花儿,每一层花瓣里都有一个疼痛的灵魂,为这片草原勾边。素白的花儿,火苗样的花蕊,安静地点燃了山谷。黑马圈河的枇杷花,丝绸般的面容,却枝干粗粝。黑夜里,佛的手指拂过,这是一棵草的孤傲,还是一棵树的卑微?而花,只顾开它的,美它的,谢它的。

天上有多少星星,地下就有多少朵金露梅和银露梅。藏语中的"苏噜梅朵",我喜欢叫它们鞭麻花。山坡上、草地中、灌木丛边缘,倔强而乐观地开放着。明艳娇嫩的小黄花或白花,是尘世间有光热的火把,有温度的星星,照亮羊群回家的路。红褐色的细枝儿,托着羽毛样的叶片,你挤着我,我挨着你,此夏相依偎,白首不分离。一金一银,一黄一白,它们有着同生共死的承诺。那诺言落在身边清亮的溪水里,汩汩地流向天荒地老。无言的承诺最重,值得用一生去守望;轻易吐露的誓言,是鞭麻花瓣上的露珠,被白牦牛的尾巴扫去了。

蓝色的玲兰、小如七星瓢虫的点地梅、芳香浸鼻的馒头花、妖媚大气的野牡丹、坚韧耐旱的黄刺蓬……目光留恋之处，处处都是圣洁的容颜。山谷深处，一个男人弓着腰慢慢远去，要到天边去，追着月亮而去。

如果可以，我愿把最宁静的韶华埋在这里；如果可以，我要为这条山谷命名——忘忧谷。

西大滩秋意

我来的时候，正是深秋，西大滩。

伴着我来的，是你最美的秋景，西大滩。

许久没见如此蓝的天，如此静的地，如此美的秋，西大滩。

从天祝县城出发去往西大滩，要过两县七乡一十八村。班车的速度，恰好适合我在窗边静静地欣赏这怡人的秋。

首先是树。满眼的树，有黄的，有绿的。却黄得不同，绿得也不同。黄有明黄、深黄、鹅黄，却都黄得喜悦，黄得明快；绿就不同了，无论是浅绿还是深绿，都绿得有点深沉，有点冬日即将到来的感伤。小叶杨最抢眼，笔直的树干，棵棵挺立，自信地站在路边，金黄的树叶妖娆且大气，充满了成熟的风姿和魅力。还有柳，已然黄了，像染了黄色发卷的女子，不苍凉，不冷凄，带了点异国情调，别有一番风韵。路旁是大片的天然森林，深绿常青的松树，高贵、肃穆，不言不语，既是保护我们家园的生态林，也是我们的卫兵。

过了小滩河的桥，大片大片的马莲滩呈现在眼前。你无法想象那么大的一片开阔地，全是马莲，而且全是金黄的马莲，在微微的秋风里，悄悄地生长，安静地等待！曲曲弯弯的小滩河，美丽的小滩河，多么动听的名字啊！地名是大滩，河却是小滩河。是谁这么有创意，这么富有人情味，这么懂得大自然的内敛和谦让，为这条小河命了名？

　　站在小滩河边，踩在柔软的草地上，心便一点点与西大滩与小滩河贴近了。来来回回地走在小滩河边，下午四点多钟的太阳照得人身心俱暖，不舍离去。远处即是阿尼格念雪山，在阳光下晶莹剔透，熠熠生辉。近处的山也披了秋装，芨芨草、野蒿、鞭麻墩都枯黄了。山上星星地有吃草的羊儿，在啃吃草根和枯叶。细细地看，像是一动不动，可能也像我一样被这美丽的秋景迷住了吧！半山腰里星罗地布着几户人家，辟了一块相对平整的场地，正在打碾。一个农人牵了他的马来小滩河饮水，黑色的马，有着修长整洁的鬃毛，秋日的阳光照得马儿浑身乌黑发亮，神采奕奕。我回过头去的一瞬间，它抬头远眺，似天马来自西方。

　　往回走，耳边忽然没有了小滩河的流水声，怅然若失。西大滩的秋季不会长，即将到来的是漫长的冬天。

　　这样的季节里，我能做的，就是每天顺着小滩河走一走，看一看，嗅一嗅，所幸的是，这样美丽的秋天，我们每年都会拥有。

雪舞西乡

雪，下得那么慢，那么漫不经心，那么没心没肺。

从天空刚出发的时候，也不知她们是怎么想的。

在房顶那么高的地方，就开始犹豫了，究竟是下呢，还是不下呢？团过来，团过去，把如烟的水袖在半空里抖落得恣意而随性。

在一人高的地方，这一群害羞的女孩儿，你推推我，我搡搡你，叽叽喳喳地闹着，差怯着，像临上舞台时那个劲儿，挤眼的、皱眉的，你拍我一巴掌，我轻轻叱你一声。大幕一拉开，立马安静了，严肃了，有序地舞动出自己最美的姿态，上场了。

雪片忽然就大了。舞台上的女孩子们全退场了，一群剽悍的小伙子上来了，舞姿开始变得狂放、有力、利落。应该是我所熟悉的藏族舞蹈吧！长发的藏族青年，赤裸着上身，鲜艳的缎带，金边或毛边的舞蹈服，毛茸茸的宽宽的下摆，舞动出一波一波草原上绿色的风。红色翘尖的藏式舞蹈靴，踢踏得舞台都燃烧起来了。

雪花又密了。男孩女孩都涌向了舞台，演绎着山风、羊群、酥油灯、碎辫子、牧场，传说、传奇。当然，少不了爱情、斗争，还有孩子……

群舞过后，雪又小了，又慢了。似是懂了我的心了，踩着云步，悄悄地，窃笑着，在我的腰线处缠绕，停顿，最后缓缓地落在地上，山际上。

　　薄薄的一层雪。毕竟是春天了，雪存不住。那寒冷，毕竟也没有那么凛冽了。我在这样的雪里，随了她们的舞步，无畏无惧了。

梅花烽火台

从松山镇政府出发，左拐去往毛毛山的方向，途经天祝藏族自治县规模最大的易地扶贫搬迁移民点德吉新村，路两边的景致陡然间不同起来。大片的草原将居民区决然放弃，展示出一种不食人间烟火的孤绝、宽广和美丽。沿草原围栏一直往里，毛毛山的雪线渐次分明，纷繁烟火的人间逐渐远去、淡去，龙潭河水的"淙淙"声，风吹开草尖的"沙沙"声，鸟儿忽上云霄又落入水边时翅膀颤动的声响，一层层、一波波地涌来，轻巧，高远，将涉进草原腹地的心灵一点点包裹。

旺盛的芨芨草从围栏里涌了过来，又被从南边远道而来的风俏皮地推了回去。芨芨墩底下有野蒿子、蒲公英、蕨麻和灰条，还有车前子擎着水红色的小花，看见巨大的脚掌惊慌地往后退去。一只喜鹊站在围栏桩上，白肚子、黑尾巴，淡漠地看了一眼入侵草原的不速之客，拍拍翅膀，一丝黑线划过明蓝的天空。

一只旱獭在前面蹦跳，眼眸深深，前腿短短，它忧郁地摘下一朵金色的蒲公英，插在了一个耸立的小土堆上，继续慢慢往前而去。我跟着它在河边停了下来。冬日的龙潭河，河面已封存了一夏的絮语，酝酿着一曲关于春天的交响乐。

过了河，舒缓的山坡上，几只羊低头啃噬着芨芨草苍老胡须里尘封的往事。已是中午，阳光迫近草地，雾霭缓缓从大地上升腾开来，一寸寸濡染了山坡，羊在雾中，山在雾中，我也在雾中，欲仙欲迷。

上至高处，一片更加广阔的天地铺呈开来。远处，蓝色的天宇下纵横着连绵的山梁，原本连为一体的山被昨夜一场雪划分了清晰的界线。雪薄薄的，随着山风的心意，点缀得山脉明朗又肃然，平添了一份韵味。近处，风还在戏弄雪花，那雪是旧的，却还白净如初。这是一片无人涉足的领地。

一座破损的烽火台映入眼帘。这座烽火台用黄土夯筑，地基较大，一层层往上夯筑，每隔十五至三十厘米为一层，中间夹圆木，为增加硬度，黄土中一定用米汤浇拌过，望楼中放柴粪、燃具，值守人休息的地方一应俱全。当然，现在呈现在我们面前的只剩下一座秃秃的土墩了。它与三十公里外著名的松山古城遗址，还有松山境内另外几个烽火台遥相呼应、彼此凝视、默默守望。虽然破旧，内中的木头腐朽开裂，土墙更是脱落了许多，却依然能清晰地看出来，这座烽火台有别于常见的其他烽火台，其外形呈圆形，每一个椭圆之间等距离分开，酷似六片绽开的梅花瓣儿。

我靠着它坐下，聆听历史的雄风吹开夯土的声音，感受这座独特的烽火台高贵的寂寞和千年的沉思。

据史料记载，烽火台从商周至明代一直建造并不断改进，西北地区多为汉代以来建造，多独立建筑，一般选在山顶或开阔地带的山岗上，五至十里一个，多呈正方形，长宽各七八米，高十来米，向上收缩呈菱形、梯形或梅花形，上面有瞭望楼。但这是一座寂寞的烽火台，远没有松山古城那样夺目和出名，无人考证，也无人歌咏。经年相伴的，除了蓝天、草原、山风和鸟鸣，再就是广袤的草原上热烈的山花、洁白的羊群。

可以想象，当年那一场著名的"松山战役"，这一个烽火台一定也发挥了相当的作用。战争结束，古城和达云将军名扬四海，唯独烽火台寂寂无声。可这又能怎样呢？作为烽火台，它已完成了自己的使命，在烽火点燃的那一瞬间，在战争打响的那一瞬间，它是重要的，是华丽的，是无与伦比的，这就够了。它不需要虚名，也不需要赞扬和吹捧。它像一朵孤傲的花，盛开在一片同样寂寥的草原上，记住了历史，又选择忘却。

那一场战争之后，是否还发生过许多场小的没有记载的战争呢？这些战争一定也曾点燃过这座梅花烽火台吧？一次次被点燃，一次次被赋予使命和责任，又一次次默默无声地沉静。一座烽火台，它如果有语言，那该是怎样的狼烟滚滚，动魄惊心！我摸着烽火台一层层的土层，聆听它的心声。山风呼呼，将如烟往事一一吹来，而懵懂如我，又能明白几分？

从山里回来，翻看一些文字，和友人谈起那座梅瓣的烽火台，却惊讶地得知，烽火台居然是有文字记载的。20世纪30年代，位于内蒙古额济纳旗、甘肃省金塔县境内的居延烽火台遗址群内，曾发现了数万件反映汉代边塞屯戍情况的简牍。传递讯息、通达情报——古代没有手机，守望人只能用文字。雅致的竹简、敦儒的汉字、苍凉独立的烽火台，"居延木简"因此得名，多么悲壮而又唯美，历史造就绝妙的搭配！

那么，我身边的这座梅花烽火台，它也一定是有过文字记载的。

无论是竹简、锦帛或是羊皮书，一定以什么方式承写过松山和关于这片土地的消息。无论政治、军事、经济或科学文化，一定回响着金戈铁马的猎猎风声，起伏着深厚广博的历史钩沉。无论是算术，或是药方，天干地支，一定也流淌着额济纳河的血脉，渗透着华锐文化的独特风骨。

这些有形的历史，它们如今在哪里？它们在诉说着什么？这些书写着大地疼痛的文字，疼痛了一众人的心。

琼花碎玉扎隆沟

今年五月初去的北山扎隆沟。天气还凉，且正下雨，山中冰雪未化，草芽儿才探头，苔藓小而黄，瀑布也瘦弱，像营养不良的小女孩，因寒冷而怯着、皱着，但眉目婉转间，仍能看出其成长之后的美貌。一直惦念着，等草长莺飞，一定再去看一眼扎隆沟那些形态各异的瀑布。

七月最后一天的早晨九点，我们已经站在了扎隆沟自然风景区沟口。好冷呀！我迎山拾级而上，意欲追赶太阳。近几日山外正是橙色高温预警期，但山中的寒凉还是让人猝不及防。这片风景区尚未经大量的人工开发，除了已经破损的石条路和几个旧旧的亭子，不见雕琢的痕迹。

"观其势，羽衣狂舞；听其声，排箫齐鸣。"游人尚少，沟内的寂静被巨大的水声充塞。阳光打进右手边的树林，清亮的溪水在树林和石条路之间蜿蜒而上。转过"闻涛亭"，踩过一条窄窄的小木桥，沟里大大小小有名无名的瀑布呈纵队罗列铺排。

扎隆沟是一根银线，十多条瀑布便是这线上串着的水花飞溅的明珠。

瀑布，在地质学上叫跌水。还以为跌水是土话，原来这才是专业术语，一点儿也不土。跌落之水，有种被动的悲壮和略微的疼痛感。而扎隆沟里的这些瀑布，却是主动的、快乐的。春回雪山，冰雪消融，她们一路欢声笑语从雪山奔腾而来，遇崖跳崖，遇坎过坎。遇到一处平静的水潭，则沉淀心事、积蓄力量，再蓄势一跳。对，我所看见的瀑布，不是跌落下来的，而是跳下来的。且因跳跃姿态不同、旋转舞姿不同、起承转合不同，而得名各异。

三跌瀑布。宽七米、落差六米多的三跌水，流经了三次山崖的断层。山不断，水如何跌？水不来，山如何秀？第一层，湍急而莽撞，是我们的青年时代；第二层，平静而稳重，是中年人的内敛与克制；第三层，水清清意浅浅，人至暮年，通透豁达。绿树藏莺莺正啼，啼叫中醒来的，正是岸上各种各样的绿草。这个季节，已经没有几朵花可寻，却也不算晚——我们是来看水中的绿、寻绿中的水。

银练瀑布。涛若银练，素车白马。万千颗银色的颗粒，从绿缎的边缘纷纷迸射而下，沿着万年巨石粗糙的表面轻盈洒落。风起处，一匹柔美洁白的银练飘了又飘，荡了又荡。又似千千万万条银色的链子被谁提在手里，轻轻地搅动着，若有若无地在你身上打了一下，又捂着嘴偷笑着，跑开了。万千颗水珠儿蒸腾出一层冷冽迷蒙的银纱，晶莹却朦胧，剔透却柔美。轻巧巧地落下，慢悠悠地汇聚。潭寒水澈，泪滴难远寄。下游，少一个会水的信使，缺一个拆信封的人。

月牙瀑布。月牙弯弯一帘水。开口处平直而开阔，中间处忽然收拢归来，把一袭冰凉的月色倾倒而下，又复原为一帘珍珠似的水波。如果我有一个女儿，她的小名一定要叫月牙儿。这是多年前的月亮下，一个年轻准妈妈的心思。为这段瀑布命名的人，一定是偷听了我的创意。月牙儿，月牙儿。确实是过于柔软，过于文艺了。"玉户帘中卷不去，捣衣砧上拂还来。"这月光，最是恼人，也最是抓人心。在这泓溪水里洗洗手吧，就算是牵着这个小女儿的手，送了一程，又一程。

绿翠瀑布。有时候，直抒也不失大胆之美。"苔藓隐其内，翡翠露其外"，这么绿，这么翠，说的正是银色的水珠下怎么也掩不住的青苔呀！一个个圆圆的鲜嫩的青苔，经过山泉的浸润，绿得耀眼又润泽。"翠"这个字，本意即为绿色，单纯得很，却被小翠、翠花这样的名字带出了更多的味道。而前面冠上"翡"字，又一下子高贵典雅起来。实际上在古代，翡翠是一种生活在南方的鸟，雄性谓"翡"，雌性谓"翠"。后来却被一种硬玉抢了名儿，与鸟无关了，与高昂的价格和无价的品位有关了。翡翠瀑，为我远游，去向何方？传我心意，醉在哪里？

莲花瀑布。万千朵洁白的莲花在一块宽八米、高七米的岩石间上下翻飞。水托着莲，莲傍着水，珠珠串串，洁白圆润。雪一样的莲瓣儿，重重叠叠，繁繁复复，写不尽琼楼玉宇里暗藏的心事。蜂窝似的莲蓬，仿佛青涩而满怀秘密的青春。阳光打进花蕊，金色的小心思，流泻出一寸离肠，一声"无期"。从此只愿，琼花碎玉，溅着我的衣袖，溅不着你的白发。

药水泉瀑布。扎隆沟一串明珠里最亮最耀眼的一颗。这条最大的瀑布，我上次没有看见。当时雨越来越大，沟内气温急降，我在莲花瀑布那儿被迫返回。此次到达药水泉瀑布时，正是上午十点，阳光正毫无保留地照射在这一片呈隆起状的山体上。苔藓绿得光芒四射，水练白得诗意盎然。那隆起的山体，像弥勒佛能容天下一切的大肚子，无数条水练、无数团青苔在这个落差 40 米的大肚子中蓬勃地生长着、喷涌着、挥洒着。自信、坦然、洒脱。它汇聚了所有瀑布的洁白、碧绿，有着断层和山的气魄、水的柔情，忽然之间，使人心胸开阔，忘却了之前所有的小儿女情怀。甘青两省，名为"药水"的泉水有许多，我所在的天祝县境外也有名为大药水、小药水的泉水。

相传，汉后将军赵充国在河湟屯兵，过北山叹其美景，遂解甲脱盔，乐而忘返，忆江南不如北山。整个北山苍翠松叠、山花烂漫、溪水潺潺，是寻幽探奇、避暑纳凉的好去处。其中以浪什当沟和扎隆沟两条沟的风景最是引人。无论是瀑布，还是跌水，都是在河流存在的时段内一种暂时性的特征，它最终会消失。我偏爱扎隆沟，钟情于它的瀑布，喜欢听瀑布跌落时那巨大的回声，听溪流如诉如歌的低吟，也喜欢一只不知名的鸟儿在水声的间歇里唱出的歌谣。这歌谣，使寂静更静，使远方更远，使我们更加丰富、轻盈。

扬扬张掖

1954 年，考古学家在张掖市山丹县城南发现的距今约四千多年的四坝滩遗址，属新石器时代末期的马家窑文化类型，同时发现了近千年前创立张掖的先辈的青铜像，其背部刻有篆体字：扬扬张掖。

——题记

一

"阿兰拉格达"，彩色的山丘。这个裕固族语言单词，在诵念时需要轻轻开启舌尖，慢慢发音，再款款吐出。世代依这座七彩丹霞山群居住的裕固族人民，用这样一个回味悠长的词语表达着对这山岳的热爱和眷恋。站在最高点，举目眺望，长久地凝视，长久地静默，长久地相思。

她奇在七彩。我们看见过的丹霞地貌，大多是赭红色，红色的砂砾岩，接近佛的颜色。但这一片土地，她是彩虹女神的化身吗？抑或是谁家调皮的孩子打翻了国画大师的颜料罐？红、黄、橙、绿、白、青灰、灰黑、灰白等多种鲜艳的色彩，染红了高台，染绿了肃南，绚丽了甘州境内无数的沟、无数的山丘，装点了三十万家庭的窗户和窗子里每一个多姿多彩的童话梦。

她险在冷峻。斑驳的色彩下，一座座大山、小峰不阴柔、不俗艳，反而是阳刚的、雄浑的。擎天的石柱、高耸的麦垛、匍匐的恐龙、昂首的金龟、打坐的僧侣、微启的大扇贝，层理交错、四壁如削、奇峰突起，峻岭横生。是逐日的夸父，还是射日的后羿，饱饮了张掖黄酒，携一身神功，提一把鬼斧，在这里砍呀、斫呀，劈开了上天的秘密，留下了磅礴大气的天地杰作？只有荒蛮最配她。

她灵在自然。无需雕琢，不用打磨，千年的流水，万年的光阴，铸造了她的容颜，她的气质，灵妙天朴，自在舒展。朝左看，她是艳丽的，似染晨霞的脸蛋，似披彩纱的少女；朝右看，她又是素淡的，是带着乡愁的中国水墨，是《石蕖宝笈》里的枯荷。朝前看，她是跳动的音符，是层次分明的色块，摆动着一片片黛青、暗褐、丹红的裙裾，袒露自己；朝远方看，她又是变化的，神秘如水中的洛神，晴有晴的明媚，雨有雨的迷离；春有春的生动，冬有冬的沉淀。

她秀在幽静。我曾两上七彩丹霞地质公园，每一次踏入沟中，循谷而入，天阔云低，安静、幽深从两侧的山峦中无声袭来，不见喧嚣，没有纷扰。坑谷幽静，千仞肃然，人移景变，幽洞通天。驻足的人，莫不忘却红尘的烦扰；休憩的心，无不浸染原野的安静。神秘的茅屋里，有多少传奇会歌唱？烟岚雾霭中，有多少秘密未解开？层层叠叠的沙砾中，有多少故事被风化？

盘踞山顶，诗眼怠倦。就让我化作山里的一片云霞吧，看这彩山在四季更替中如何涂抹自己；让我做山脚下的一块石子吧，饥吞雪渴饮露，天地为衾被，万象为宾客；或者，就让我裁一片这七彩丹霞，做一件长长的舞衣吧，跳哪支舞？当然应该是最原始的《婆罗门曲》，而不是那段传入宫廷后被改制的《霓裳羽衣曲》。那里面，添杂了过多的东西，太沉重、太喧嚷，不适合我，也不适合这一片土地。

二

甘州，这一把"塞上锁钥"，她是金色的，开启了古丝绸之路的锁头；她又是绿色的橄榄枝，打开了中原通往西亚、东欧各国经济文化交流和友好往来的关隘。

五千年前，一群黑水国人——已不是茹毛饮血的原始人——他们在这里种桑、织麻、放马，用石纺轮制作衣服，烧出彩色的陶器，在陶器上画上自己喜欢的人，提水时她伴我去，洗脸时我抚弄她的发丝。你是我的黑陶罐，我是你的黄泥巴；你是我篱笆墙上盛开的扁豆花，我是你葡萄架下无香的一杯清茶。我们死去，朴拙皮实的陶器会替我们活下去。

一千六百年前，沮渠蒙逊在张掖建立北凉国。张掖依着黑河水，种着乌江米，享受着来自西域的恭维，弹着《秦汉伎》，谱着《西凉州呗》，在石窟里凿出衣着时尚的外籍美女。我爱的那个人儿，她不正是菩萨的样子吗？春意阑珊，手起凿落，菩萨笑着笑着，就从虚无缥缈中回到了烟火的人间，落在了洁净的尘埃里。秋雨蒙蒙，佛心中有众生，我心中有佛。

萧萧秋风起，悠悠行万里。隋大业五年（609年），炀帝——中国历史上唯一西巡的封建王朝皇帝，集美学家、诗人和散文家于一身的"不很高明的政治家"，在张掖会见了西域二十七个国家的君王和使臣，打通了丝绸之路第三道，召开了中国历史上第一个"万国博览会"。

盛唐，一个让无数文人骚客无比向往的年代——玄奘去印度取经，途经张掖；陈子昂写下了《上谏武后疏》；李白写下了《幽州胡马客歌》；王维写下了"大漠孤烟直，长河落日圆"。《婆罗门曲》《甘州破》《八声甘州》《甘州曲》直达天庭，响彻云霄，诵唱至今。那些坐在豪华宫殿里看舞听曲的人，云屏香暖、翠销酒酣，他们是否在揣度，风沙弥漫、荒凉偏僻的河西，靠狩猎、游牧的民族，是靠怎样的魅力吸引了这些文人大家来此驻足、吟唱？这一片神奇的土地，又如何能创造出这样灿若繁星的皇皇巨著？

北宋时期，李元昊修建大佛寺。西夏文化与当地文化无缝衔接，建成了塞上名刹，佛国胜境，成就了历史文化名城坐标。

元朝时期，马可·波罗，这个高鼻深目的意大利男人，被大佛寺精美宏伟的建筑和张掖的繁华所吸引，留居一年之久。

康熙六年（1667年），江南戏剧理论家李渔偕同家庭社戏班来甘州，上演了昆剧。之后，甘州诗人马羲瑞的著名昆腔剧本《天山雪传奇》问世。四十二出的《天山雪》，比孔尚仁的《桃花扇》早问世七年。甘州，怎么能不自豪？

今天的甘泉书院、市区图书馆，有古籍善本《通志堂经解》、《永乐大典》遗珍、《四库全书》，也有新时代的文学刊物《甘泉》《焉支山》《黑河水》《枣林》和《牧笛》。

每一个朝代，张掖都在丝绸古道上留下了足印、韵味和味道。那是文化的步履、文字的芬馥。这书香墨香，飘荡了五千年，经由祁连山，经由黑河水，经由丝绸路，飘到了全中国，飘到了全世界。

三

从我的故乡华锐雪域高原出发，去往金张掖甘州城，需要骑一匹快马，黑色的高头大马。需穿上厚重的大氅，身负宝剑，长发高束，在清冷的戈壁滩独自打马，穿过银武威凉州城，穿过戈壁石，穿过明长城，穿过苍茫而空旷的历史烽燧。

凉州冷，华锐高原更冷。乌鞘岭翻飞的雪片穿峡而来，奠定了这一场出行清冷孤寒的基调。那么，甘州，是否甘之如饴呢？

四十年前，二叔只有十六岁。他因肚子饿扒上了一辆西去的火车，在山丹军马场当了一名工人。山丹军马场三场一连，这个地址我从小就会背，因为我们隔个半年三月的，会收到来自那里的家信。

二十年前，小姑一家四口，拉着我给的一台旧电视机、一只高低柜和几双布鞋搬迁到了临泽县五泉公社，还有一千元贷款，那是他们全部的财产。

回首更疑天路近，恍然身在白云中。我的家人，从乌鞘岭出发，走上了那条神奇而苍凉的千年官道。朔风阵阵，飞雪数点。等待他们的会是什么？"往西走，往西走。西边有果子吃。"这是哄娃娃的话，也在勉励大人走出穷窝窝。

张掖，以她固有的包容性和全民性，接纳了我的家人。山丹、临泽，以她的热情好客、忠厚淳朴让亲人们在这里生养将息，繁衍子孙。

2016年国庆节，我们驱车去往小姑在临泽的家里。一进入张掖境内，就能深刻地感知到其地势平坦、土壤肥沃、物产丰饶，既有西北常见的雪山、草原、碧水、沙漠组成的荒漠绿洲景象，又有我们高原气候下不会生长的瓜果蔬菜，林木稻谷，还有多民族聚居的浓厚文化氛围。既有南国风韵，又有塞上风情，相映成趣，别具一格。

年长我三岁的小姑姑，松开了紧锁的眉头，白净的脸上绽开少女的笑容。她不再为一包洗衣粉而苦恼，也不会为一件新衣服而落泪。她的孩子们说着当地的方言，哼唱着《河西宝卷》，历数着张掖境内名胜古迹和历史文物，自豪之情溢于言表。从住窝棚到七间崭新的封闭式新房，从架子车到如今的小汽车；随手就可采摘的枸杞、小枣；地里长着的玉米、甜叶，树上结有苹果梨、沙枣。姑父说："这个地方不哄人，搬来第一年，我的娃娃就吃到了不要钱的果子！从那时起，我就不打算离开这里了。"

感恩这片热土，给他们的赤手空拳以厚实的黑土地；谢忱这片膏壤，给他们的一无所有以尊严，让他们能够继续以一个农民应有的姿态，接近山川草木，触摸甘甜大地，回报深情故土！

云中安远驿

穿过乌鞘岭长长的隧道，抬头的瞬间，一大片缠缠绕绕的白云便迫不及待地捧着哈达奔了过来。

安远，源于汉，宋朝时被称为"安远砦"。砦，同"寨"，想来是有一个气势宏大的山寨驻扎在乌鞘岭这个险要的隘口。至明代，方为驿站。

从乌鞘岭上施施下来，左拐进入村道，即南泥湾村。南泥湾，这样的村名在天祝县有好几个，是"烂泥湾"转化而来。可以想象当年这里定是"晴天一身土，雨天一身泥"的尴尬境地，后登记造册，"烂泥湾"不好登上大雅之堂，方取谐音为南泥湾。

今天的南泥湾，水泥路迎着312国道，像哈达一样飘进每一条巷道，飘至每一户门口。路两旁大片大片金黄的油菜花吮吸着天地之精华，竞相吐蕊。每走一段路，就会有一棵合抱的老柳树，树下有黄牛，为南泥湾村平添了几分田园牧歌的诗情画意。

村庄很静。村口有镇政府今年新修的木栈道。拾级而上，极目远眺，近处，油菜花染黄的南泥湾、云雾缭绕的雷公山和尖山都尽收眼底；远处，大片大片的油菜、藜麦、青笋等正在拔节生长。

雨后初霁，一层层轻纱样饱含着水分的云带，徘徊缠绕在雷公山尖，忽上忽下，忽浓忽淡，忽明忽暗，一直看不清雷公山的真面目，宛如蓬莱仙境。

沿雷公山西去，到三沟台以北，方发现这里是一处盆地。四周群山环绕，云雾缭绕，如鱼儿在盆内游水嬉戏，怪不得安远历来就有"金盆养鱼"之美称。

坐在镇政府新建的水库边，一匹马在山腰"咴咴"嘶鸣着，几座帐篷扎在野花丛中，煮沸了山中的慢时光。

背靠雷公山，再一次把目光投向远方，却被气势博大的乌鞘岭挡了回来。映入眼帘的，依然是一条条、一块块金黄的油菜，红色的藜麦、红笋，今年试种的荚豆、娃娃菜等大田蔬菜。而错落有致的村庄、屋舍反而成了这一幅山水生态图中的动态点缀。

乌鞘岭，这一道天然屏障，横立当空，护佑着安远的牛羊，也护佑着安远的人民。"雨不打安远"，这个美丽的神话传说，随着大块大块缠绵的云朵儿，在安远驿的上空久久不肯散去。

据说，在雷公山和尖山的通道边，有两个月牙形的小池，两池间隔约十米，人称"鸳鸯池"。若遇上雨水丰沛的年景，池水清澈，如月牙、明镜镶嵌在碧绿的草原上，池边各色山花齐放、蜂飞蝶戏、牛羊撒欢。有人说，如果在一个月圆之夜，用鸳鸯池中的水洗了脸、许了愿，定能与相爱之人白首不分离。

下次去安远，一定要找到这个传说中的鸳鸯池，手捧一把鲜红的百合花，饱饮一口池中水，许下一个庄重的心愿……

小科什旦：鸟鸣抻长乡愁

四面环山，满山青绿。五月的小科什旦村，像一块碧绿的玉碗镶嵌在朱岔峡口。峡里长满了红色的桦树。

桦树皮薄而韧，撕下来写一首诗，放入顺峡而过的河水，就能在下游与沧浪的大通河交融。大通河边有桃树，过几日，花就开了，总有一瓣桃花会乘坐写着诗句的桦树小船到达远方。

小科什旦村还呈现着原始村落的本色。没有裸露的土地，地里长满了这个季节应有的颜色。地里多是当归，药苗有一拃长了，没有覆地膜，土地最本真的贫瘠或者肥沃一览无余。有的苗子被山野的风吹红了脸蛋，泛着健康的褐色。苗间有未锄干净的杂草，还有未拍碎的土坷垃，我想找一把锄头或者铲子，蹲在地边，像旧日的农人一样挥汗劳作一番。

"滴溜滴溜"，这样的声音，像风中的铃铛，像孩子牙牙学语声。放眼张望，却寻不见一只鸟儿。正午的村庄愈加安静。

循着鸟鸣，走过小科什旦村的巷道，拢共看见了五个人。三个坐在村口的小卖部里，看着我这个外乡人。其中一个皮肤黝黑，头发卷曲，让我误以为是外宾，多瞅了几眼。还有两个站在自家门前的菜地边，评说一块小葱的长势。一个对一个说，你的地怎么这么鼓劲啊！

户户门前有菜地，有小葱，有芫荽，有小青菜，还有几垄刚刚探头的萝卜秧子。一户家门口扯着一根长绳，绳上晾晒着同色同款的小衣服，屋里一定睡着一对同心同脸的双胞胎吧！

一条小溪把村庄分为两半。溪西有一片柳树林。柳树下一只短腿的土狗在练习狮子的步伐。一头奶黄色的小牛，显然出生没几天，毛色光润，眼神清明，吮饱了奶水，尚不知草里有诗歌，溪中有仙女。低头觅句的老黄牛把三十年前的一个句子咀嚼复反刍，却无意表达。属牛的人，也像这头溪边的黄牛一样，喜欢追忆往事，咀嚼过去。

再往溪边去，水的声音大了起来。溪中水不多，雪山融化的是不老的情怀，也是奔向远方的力量。

"滴溜滴溜"，乐声又起。无论你走到哪里，这湿润小巧的声音无所不在，前引路，后追随。

白杨树掩映着村庄。白杨树后有房屋，房屋里面有人家。门前有菜地，后院有鸡圈。打鸣的公鸡，呱蛋的母鸡，狗吠，牛犊子偶尔"哞哞"地唤几声妈妈。这样的村庄，怕是会唤醒所有人的乡愁吧？

西北乡村的模样大同小异，乡愁也是一样的吧？有山、有树、有黄牛、有狗和鸡，还有门口的菜和野花，就有故乡。

我在小科什旦村闻到了故乡的味，摸到了故乡的脉。

乡愁是水性的。没有水的乡愁干巴巴的。这条不知名的小溪把唤醒的乡愁浸泡得丰润而饱满，也像那鸟鸣，看不见摸不着，却如一朵蒲公英举着小手，轻轻扫了扫你的心房。丰宁厚重的乡愁，在这看不见的鸟鸣里薄了、脆了，在这清澈的溪水里透亮了、澄明了……

上至高处，整个村庄在鸟鸣里愈加清晰而明朗。很小的村庄，仿佛盛开的一朵雏菊。

村口一个平坦开阔的山坡上，建有一座白塔。塔南，山连着山，树连着树，仿佛永远走不出这大山去。往西南方向望去，山峦繁复而绵密，山坡是褐色的，夹杂着一片一片浅淡的紫色。我知道，那是尚未盛开的香柴花，在酝酿一场盛大的花事、心事和诗事。

大个子的家在半山坡上。车开至半坡，需要倒进去，才至他家大门。门口有三棵大黄，宽大的叶子沉绿，根茎粗壮，玫红色拳头大的花苞，像蘸饱了墨汁的毛笔，正欲抒写主人夫妇的故事。

大个子是典型的藏族汉子，身高一米九，黑皮肤大眼睛，眼神亮得如冬天的晨星。笑声爽朗，语言风趣幽默，表彰自己"从十八岁到四十八一直爱着一个人"。而"那个人"挂着一脸笑容，出来进去忙着给大家炒菜做饭，不理会他的嬉皮。

寻常人家的小院落，历史可以追溯到四十年前，东房想必是老人在世时修建的，木格棱窗户，转轴双扇木门，廊檐下挂着的各种农具，作为库房和纪念留存。北房一定是大个子当兵回来娶妻生子后的杰作了。封闭式回廊，白瓷砖，轰轰作响的藏式烤箱炉。这个家里，没有浓重的炕烟味儿，也没有刻意的布置，我猜，他们是村庄的"候鸟"。

但院子中间的小花圃收拾得干净利落，荷包花正在盛开，芍药含苞欲放，大丽花叶深茎肥，不像是无人照料的样子。

有客人自雪龙村来。问：雪龙在哪里？答：翻过眼前的这座山，再翻过一座山，再翻过一座山，进入一条沟，那就是雪龙了。满炕哈哈大笑中，客人掏出来一味野菜，尺把长的秆儿，茎叶细嫩，梢头结了像青稞一样的果实。大家都说没见过。客人介绍说，此菜山里人呼为"长够粮食"。却不知这"长够"为哪两个字，也不知其意。谓老一辈传下来的，寒冷的地方都不生长。

想必雪龙村要比小科什旦村热上许多。

烟雨吐鲁沟

去了两次吐鲁沟，两次都下雨。

风过林带，多少絮语在桦树林中窃窃耳语；雾锁吐鲁，多少秘不可宣的美丽在山谷里发酵、生长。雨幕中的山谷，深邃，端庄，典雅中蕴含着一丝妩媚，粗犷中映射出自然的质朴之美。

吐鲁是古代蒙语，意为"大，好"。被誉为"神话般的绿色山谷"的吐鲁沟，位于兰州市西北 160 千米处的永登县连城境内，属祁连山脉东麓。沟内有一片迷人的草原游览区，称为沟掌草原，却属于武威市天祝藏族自治县赛拉隆乡吐鲁沟村。

从连城出发，沿大通河西行约半小时，跨过大通河桥，即至吐鲁沟国家级森林公园景区。

大通河从青海巴尕当曲穿峡钻岩而来，下游流经连城，最后汇入湟水。在吐鲁沟这一段，地势低平，河面广阔，河水宁静舒缓。

吐鲁沟内有两条沟，俗称大、小吐鲁沟。大沟长约 14.7 千米，有 24 处千姿百态的奇特地貌景点，以峰、峦、崖、石、瀑为主。小沟长约 7 千米，有 12 处景点，以 1600 多种树木花草和数十种珍稀动物为主，但地势较陡，罕有人至。

进入大吐鲁沟，一股安静的凉意瞬间扑面而来，炎夏的暑气消失殆尽。一面是淙淙的河水，河边古木参天，林海茫茫；一面是悬崖峭壁，怪石林立，俨然一条大自然亲手砍斫的绿色画廊。

一座山峰以骆驼的姿态静立在沟口。细雨中，它昂首长嘶，抖动绿色的长毛，飞溅起万千颗珍珠，却载不动这山谷的幽深和美丽。"骆驼峰"，这直白的名字，怕是唤醒了它关于前生的记忆。

起风了，谷里游人稀少。小路起伏不定，像波浪托起一叶扁舟，忽然跃上浪尖，翠杆碧尖从鬓边掠过；忽然跌入谷底，溪水中的卵石触手清凉。

一座山隐去，另一座山慨然冒出头来；一顶峰低了下去，另一座又紧接着扬起头来。

路两旁数百种高大的古木，茫茫浩浩，散发着原始的气息。秀美挺拔的桦树，最夺人的眼，又高又直的主干是五言绝句，一句顶一句，没有拖泥带水；旁逸的分枝洒脱轻盈得像一行行散文诗；红色的树皮包裹着桦树层层赭红的心事；外面的几层，却又俏皮地绽裂开来，像是要故意破坏这种端庄和肃穆，等待有人来撕下，用毛笔书写一首清灵的小情诗。

进得谷中，雨渐渐大了，雨滴急密地浇灌着树木，发出"沙沙"的天籁之音。大片大片奇花异树在细雨里轻轻地摇，慢慢地唱。你来你的，我绿我的；你走你的，我依然绿我的。

一片轻纱般的薄雾缓缓地移过来，罩在"天窗眼"之侧。"洞天石扉，訇然中开。"青天，在我低头含羞的一刹那，你目光如电，究竟窥破了什么？而我，在抬头的一瞬间，又能从你清澈的眸子里解读些什么？

我祈祷，天地大荒，尘世间所有的痛苦，都有可解的密码；

我祈祷，爱恨情仇，世间所有幸福，仰天地之福，皆可瓜瓞绵绵。

雨幕中，"灯杆石"有点忧郁。一座钟灵毓秀的奇山，高而峻，青色的老皮，黄玉般的包浆，高入云霄的山顶上燃烧着绿色的火苗，一场又一场雨，细雨、狂雨、暴雨，只能使它燃烧得更旺、更明亮。那曾是点亮过连城烽烟的灯盏呵，也曾是温暖了永登、天祝两县群众的火苗。而今，它安静得有点寂寞，有点怀旧。有人说，它应该是一架神笔峰！用这如椽大笔来抒写吐鲁沟的美、吐鲁沟的静、吐鲁沟的清凉，想必别有一番韵致吧？

大珠嘈嘈，小珠切切。石崖上，大大小小的水色珍珠自山顶倾泻而下，顺着白玉般的山体欢快地跳跃着，歌唱着，述说着。两边牵绕羁绊的绿植，伸出长长的手臂，发出姐姐一样的呼喊，想要拉住它们，却又鼓励它们纵情释放自然的率真。

来了，我们来了，美丽沉静的吐鲁河，我们自雪山而来，自草原而来，要汇入你的怀抱，奔向更大的胸怀去。

藏龙洞、金刚峰、弥勒石，在雨雾里仙姿栩栩，形态憨直朴拙。通天门、练功台、青蟾观，被雨丝切割为若干个微缩的影像，烙在每一位过客大脑的胶片上。

"藏龙卧虎半月天"，这个著名的景点，在雨雾中更增添了几分神韵，几分神秘。是谁凿下这逼真的奇景？是谁将这神话般的绿色山谷造就？

电瓶车在一处高地停了下来。转首回望，连绵的雾纱包裹住了叠嶂起伏的峰峦，苍翠沉郁的原始森林和奇珍林木若隐若现，饱满的鸟鸣穿透层层纱衣，穿透如梦似幻的仙境，在一抹最浓郁的绿荫处飞上重重云层。云层里有雨滴下来，洗得鸟鸣愈加地清亮婉转。

"飒飒"的风声在问，"沙沙"的雨声又起。

上得岭来，一大片广袤的草原徐徐展开。这就是掌沟草原。

几个圈窝里飘荡着淡蓝的炊烟。雨，浸湿了盛放的香柴花、鞭麻花，使那紫的更浓，黄的更媚。多么熟悉的草原风情，牛粪墙，篱笆门，啃草的羊群，假寐的牛群。这块"飞地"，像一块魔法师送来的魔毯，展开多彩的怀抱，迎接归来的少年。

进得一户牧民家中，炉火正旺，大花的金丝绒床单在大炕上热情相邀。我脱掉湿透的鞋子上了炕，把冰冷的脚伸进了被子底下。好暖和呀！待喝了酥油奶茶，吃了新鲜的野蘑菇，雨也停了。

天色尚早，弃了电瓶车，慢慢往山下走。走走那些木栈道，喝一口甘冽的山泉，听一听淙淙的水声，逛一逛自然的画廊吧！

据说，山谷深处栖息着麝、跑鹿、蓝马鸡、猞猁、石羊，哪一只与我有缘，会在远处深情地送我一程？还有星叶草、紫斑牡丹等珍稀植物，能否让我深情地看上一眼？就一眼。

我慢慢地走着，低头寻觅、侧耳倾听。

两只小狗不知从何时跟了上来。一只白卷毛，一只黑卷毛。我在"七夕桥"上歇息，它们蹲在我脚边，安静地趴着，眼珠不错地盯着我看，像是老朋友相见，似是不忍让我在这狭长、幽深的山谷里独行。

我加快脚步，它俩也"丢丢"地快速跑起来。小白的脖颈里居然隐藏着一只小铃铛，叮叮作响，与山谷的回声、溪水的呜咽融合在一起。

葱茏紫桦图

　　一脚踏进湿润绵柔、树品繁多、花草遍地的赛拉隆乡，以为身处南方。同行的赛拉隆乡党委书记刘忠便自豪地告诉我们，在赛拉隆，除了常见的红桦和白桦外，还有少见的紫桦树。

　　吐鲁沟里没有紫桦，另一条沟——皮袋湾里的一条山谷却是以紫桦命名的。

　　皮袋湾，紫桦图。一个大俗，一个大雅。一个是装着青稞炒面的牛皮袋子，在沟口被小心地扎住了，反映出物资匮乏年代人们对衣食住行的希冀和珍视。另一个呢？图，图画？还是图腾？当地人讲，以前这里有大片的紫桦树，现在不多见了。沟里面有一片桦树林，在冬天泛着紫光。我窃笑，莫不是红桦树被寒冽的西北风冻紫了脸蛋儿？这个图，曾经是图画——行走在满谷的紫桦林中，难道不是如诗如画吗？

　　没有紫桦的紫桦图，幽深、安静。

　　紫桦图的山高大、峰险峻，姿态万千。有跳跃的金蟾，从月亮上叼来一棵青松；有小眼睛的刺猬，匍匐在几丈高的绿草丛中；有张口怒吼的雄狮，唤醒了沉静的山谷；有低头饮水的犀牛，目光朝向的应该是吐鲁沟的方向；巨大的馒头，踏实地蹲坐在村委会的门口；一只壁虎，悠闲地趴在山头，瞭望着远方。一位打坐的僧侣，合起双掌，聆听自然的交响乐——鸟鸣、水咽、风语，还有百虫的欢唱。

一枚酷似天元通宝的铜钱，镶嵌在半山腰里，远看却又像是俏皮的二师兄的猪鼻子。我最喜欢的是那一对儿紧紧相拥的旱獭峰，刚刚在水里玩了个够出来，雄的昂首冲天看着月亮，雌的眯着眼睛，将嘴巴贴在爱人的脖颈里，嗅闻他的气息。

紫桦图有水。有水的地方就有灵性，有希望。浑浊的河水急急地与我们挥手告别，要去向另一个地方，大声告诉我们，昨天山里下过暴雨。从悬崖上跳落下来的，城里人称"瀑布"，山里人称"跌水"，跌落下来的水呵，积聚了山的野性和水的力量。

紫桦图开满了各种野花。妖冶的野牡丹大若碗底，玫红的水晶晶却又小如拇指。白色的野山茶芳香沁鼻，黄色的格桑花灿似晨星。野刺玫呢，居然比人还要高大，花朵也饱满。一路跟随我们进谷的小白花，像极了花店中的满天星，枝干端正，叶片硕大，名曰"接骨草"。

紫桦图里有人家。人家家里有烟火。一群牛、一群羊，几户炊烟，几个面容棱角分明的牧人，不忆往事，不慕繁华。

暮色里

天已黄昏。踏着夜色走进寺院，恐是踩痛了薄暮初睡的神经，在跨门槛的时候，它轻轻拽了一下灰色的裙角，拍拍脚背，告诉我，夜色里根本没有秘密。

我在门槛后，稍稍做了一个停顿，努力找寻往昔的记忆。记忆很浅，禁不起打捞，如捧在手里的一片月光，倏忽间，已散落为院子里一地碎银。

一只小小的巴掌大的纸鸢，挂在门廊后的蛛网上，在晚风里摇曳生姿。紫衣的喇嘛，纳罕地驻足在纸鸢面前，长袍的一角拖在地上，盖住了前尘往事里一些真相。

蛛儿在哪里？抬足的一瞬间，想起一个和蛛儿有关的故事，一个关于珍惜的寓言。

树影斑驳，地砖沉沉。拾级而上，一层，一层，走起来有点犹豫。这里，究竟与这空空的心境有几分吻合？与外面那些虚无的繁华和热闹有几分关联？是否，不该扰了这份清静？

灯影亦沉沉。低矮的屋子里，沉淀着夏日的浮躁。心，亦静了，凉了。

大经堂安静地看着我朝西而来。门关着，来了多次均如此。敞开的门前，心或许会关闭；关闭的门前，心却悄悄打开。我心宁如水。

向左，转经筒肃然而待。伸出的手，抖落院外尘世的风和土。轻轻转动经筒，悄悄许下一个小小的心愿。无论在哪里，愿，都是一样的。灵与不灵，从未在意，只在许下的那一时刻，虔诚。

一只只经筒，都转起来了。一直往前走，不停地转动经筒上细若手指的转轴。听着经筒"隆隆"地响起来，月色暗淡，滤过一些往事，有些薄，有些淡。

几声清脆的铃铛声响起，蒙尘的心被擦拭，陡然清亮了一些。借着暮色细看，却是经筒上几只沉沉的铃铛，撞出了如此美妙之音。

据说，转经筒时不能走回头路。往前走去，仍听见"铃铃"的铃声。那是身后的人，也转动了经筒。

谁说没人步你后尘？只是，那选择，同样孤寂。

围着大经堂转了三圈。一为愿，二为听那清脆美妙的铃声。暮色更沉了，离开的时候，门廊后的纸鸢已不在了。它在等我的前生还是后世？需要几千年的轮回？一个槛外之人，在哪里等待，才更合适？

迎着风走下去，夜已深。

第四辑

尽载灯火归

旧光阴

过去农村人家过日子，都叫"过光阴"。把钱也叫"光阴"，没了钱，就说没"光阴"了。有钱没钱的日子，光阴仍然从指缝间水一样流了去，却没有淌远，就在村外转悠，转着转着就被谁家白头发的奶奶封存起来了。

封存的光阴一天天地摞成了历史，摞成了记忆。这历史却不腐朽。无论谁翻出来看看，都新鲜如春天园子里的韭菜。

村里人家买菜，都是一大捆一大捆地买了来，堆放在库房里，然后开始慢慢地吃。买面，也是一次十几袋。磨面，就更不用说了，淘洗了十几麻袋的麦子，用三轮车"突突"地拉到磨坊里，然后拉回来十几袋子上好的麦面，还有二等的，还有麸子，又是高高的一三轮车"突突"地再开回来，分门别类地存放起来，开始一天又一天的光阴。

地里挖了土豆，成堆地运送到窖里，有时候，土豆都堆到窖口了，才密密地封了窖门，准备过冬。压冬菜的大白菜，更是用架子车去买了来，然后在院子里支起一个大案板，用大盆子洗了，在案子上切了，腌在一个两个人才能合拢的大缸里，用整片的菜叶子苫好，去河坝里找两块合适的大石头，洗干净了压在菜上面，把缸挪动到一个既晒不着又冻不掉的地方放好，等过上一段时间就可以吃酸菜了。

村里光阴的外在表现形式，就是多，就是大，显出对光阴的尊重和敬畏，不敢懈怠。

在村里喧荒，就听见说，某某人租了别人的房子，合同签了十年。十年，对于我们来说，何其漫长。这中间会有多少变故和故事发生？村里人不这样想。他们过光阴，不以天计，也不以月计，是以更加悠长的、厚重的年来计划、谋算。就如杨过和小龙女的爱情，是以十年、二十年，甚至一生的等待来完美收官。好漫长的光阴，又怎么值得一分一秒的计算？不算，过就是了，岁月长长在。

岁月长长在。农家的对联是这样写的，吃喝拉撒也是这样安排的，没有人质疑过，某一天他会消失在这个地球上。或者，就算知道自己世事不多，也会为子孙后代打算。那屋后的山，那庄前的河，是多少万年前就有的，还要为多少多少万年后的子孙留着。那草原，还要生长和繁衍多少的牛羊；那土地尽管贫瘠，还要养活多少的儿女。哪里能算得清，光阴吗。

村子里有叔侄两个，年岁相仿，从小一起长大，在一个被窝里睡，喝一碗拌汤，吃一块土豆，形同兄弟。后来，各自成家立业，有了老婆娃娃。但每天晚饭后，做侄子的都会来到叔叔家中，坐在炕上，相对着抽烟。一人一杆黄铜做的旱烟锅子，抽一会儿，磕出烟灰来，再慢慢地装好了，点燃，再抽，相对无言。有时候叔叔会在自己的烟锅里装好烟丝，递给侄儿让他抽自己的，并用眼神示意，那是好烟丝，侄儿欣然接过。有时候侄儿从外面进来，拿过叔叔的烟袋，从自己的口袋里掏出烟丝一把一把地填，塞得满满的，放在炕桌底下，叔叔也不问什么。只在某一时刻，会冷不丁地说一句，你家光阴也不宽裕。侄儿若有若无地给出一个表情，吐出一个烟圈，把眼前的光阴牢牢地锁定。

就这样，相对坐上大半个夜晚，侄子磕了自己的烟灰，放进羊皮做的烟袋里，一圈圈地缠紧了，塞进腰里，腰里有一条看不出颜色的绸系腰，也不知系了多少年了。下炕，穿上鞋子，对叔叔说，我走了啊，明天再喧吧。叔叔点头，目送他出去。其实，俩人啥都没喧，可又觉得啥都喧了，比村里任何人都了解对方，也清楚对方，珍惜对方。第二天晚上，复如此。

光阴就这样过着。后来他们都老了，很老了，许多个相同的白日和夜晚，都在他们的铜烟锅里点燃，却没有一寸寸地烧掉，而是在他们的相对无语里停滞了——村子还是那个村子，人还是那些人，地还是那几块地，路还是那条路，只见人来，不见人去。

光阴一点点地渗透着，揉搓着，打磨着，农家的日子越来越长，越来越慢；光阴越来越厚实，越来越丰饶。

等待

外祖父去世的时候，正是播种季节。大舅说，每当他赶着牛背着犁从鱼儿梁回家时，仿佛还看见外祖父坐在房顶上，眺望着公路上来来往往的车辆，等待离家外出的妈妈和三舅。

经大舅和妈妈的再三细述，我仿佛也常看见一位头戴瓜皮小帽的老人，面容清瘦，穿着干净的黑色大襟棉袄，脚上穿一双黑色圆口布鞋，白布袜子的袜腰上绣着黄色矢车菊，胸前挂着银色的小胡梳，胡梳的柄被两根细细的羊皮绳吊起来，末端系着一红一绿两颗黄豆大的玛瑙。每到天气暖和的时候，他总要挂着两根拐杖，艰难地爬上房顶。

外祖父年轻时因误诊残了腿。外祖母去世时，正值中年的他已完全丧失了行走的能力。外祖母留给他五个未成年的孩子和一个未满月的婴儿。妈妈说，外祖母是个美丽贤惠的女人，可在她去世前的一个月里，她一直不停地咒骂着外祖父，不让他靠近半步，她的怨恨从号啕大哭中一缕缕散发出来，充满了对子女的牵挂，击打着外祖父的心。外祖母死于产后风。

那些艰难的日子我无法一一描述，但外祖父拉扯着他的六个儿女总算熬过来了。妈妈和舅舅们都结婚生子了。而外祖父终年坐在东屋炕上固守着一个黑得发亮的炕柜。那里面装着写有儿孙们生辰八字的小家谱，也放满了外祖父用小楷毛笔工工整整抄写的十几本宝卷。其中《红萝卜卷》《包爷三下阴曹地府》被外人借阅、传唱，已破烂不堪了。当然，母亲和几个舅舅、小姨也在外祖父的悉心指导下对大段大段的唱词和道白烂熟于心。甚至于我，也会在每一段结束时，熟练地接一句"莲花落"。黑炕柜因常年放一些儿女们买来的花糖、水果等食品，在每次打开时总散发出一股令人垂涎的香味。

我是享受这种香味和香味之源时间最长的一个，因为我是外祖父七个家孙六个外孙中最大的。同样，我还享受过外祖父的爱抚甚至是溺爱。

但后来，外祖父脾气一点点变得古怪起来，让人难以接近更难以捉摸。孙儿们不敢靠近他的黑炕柜和他的拐杖。他的沉默日甚一日，如荒草一样缠绕在屋梁上，使这个屋梁下的人都倍感沉闷和压抑。

一个寒风凛冽的腊月，我们收到了外祖父的信。那个腊月妈妈是愉快的，因为她辛苦了一年，喂了两头猪，卖了八百多块钱，相当于爸爸近一年的工资。同时收获的还有三四十只鸡和十几只兔子，妈妈准备破天荒地给我们过个丰盛的年。就在这愉快的心情下，我拆开了外祖父的信。信仍然是用小楷毛笔写的，但不是楷书，而是略显凌乱的草书。外祖父说："女儿，春节你婆家小妹出嫁，你们全家是否回来贺喜？"

妈妈的泪滴在信纸上，洇湿了"父字"这个落款。外祖父没有提他的病他的思念他的等待，可妈妈知道那是呼唤的讯息。

那个腊月，外祖父几乎一直是在房顶上度过的。外祖父的院子坐落在尖山台孔家庄的最下梢，村子呈坡状。所以，每天晌午，当孔家庄的老老少少喝完山药拌汤，抄着手弓着腰，准备找一个暖和的南墙根晒太阳时，就看见外祖父拄着拐杖，用左手的短杖挑开东屋的门帘，右手的长拐在地下一点便挪出门槛站在院子里了。冬日的阳光照得他稍稍有点眩晕，他眯着眼，看了看瓦蓝的天和村头枯黄的树梢，然后，把目光投向北屋。北屋的房檐上搭着他自己做的梯子。

在那些艰难的岁月里，外祖父虽无法下地种田，却在家里做驴鞍子、木榔头、木锨甚至木漏勺。他在做木工活的同时，还简单地做一些铁匠活，修修那些坏了的火铲或者打制一把火钳。还有好多次，我看见外祖父在为小舅舅的裤子补补丁，膝盖上两个方方的，屁股上两个则圆圆的，针脚稀疏却整齐，像田垄上一个大步走路的人留下的脚印。

外祖父走向他的梯子，习惯性地晃了晃，以检查它是否一如昨天般牢靠，然后把两根拐杖放在一起，往上送几级梯阶，用拐角钩在梯级上，这才伸手攀住梯子，抬起左脚踩在梯子的第一级，再拉动毫无知觉的另一条腿。他上这个梯子时并不显得有多艰难，可见这是他每天的"必修课"。当他就这样拐杖一截人一截地爬至梯子顶部时，他的眼神显出了些许焦灼。他还没有在那个固定的位置坐下来，目光就已经开始过了河，过了上圈滩，最后停落在前进村的峨博垭豁了。天祝县城每天来哈溪的两趟班车都要经过这个垭豁。

看看还没有车经过，外祖父如释重负。他这才找到那张蒲团似的棉垫子，拾起来抖净上面的灰尘，把拐杖放在腿边，理理衣襟，拿出银胡梳，慢条斯理地梳起胡子来。早上的班车是十点，中午的班车是两点。他按捺住急切的目光，梳理着胡子，也梳理着自己的心情。

起风了，冬日的风无情地卷起巷道里的尘土，在房顶上打着旋儿，眯着眼仍抵挡不住污浊物的侵袭，眼泪顺着眼角的皱纹流下来，和满脸的尘土和在一起，瞬间就变成大花脸了。外祖父试图用瓜皮帽抵挡一阵，可那是枉然的。风越大了，天空似乎被黄泥抹了一层，看不见本来面目，几只哀鸣的乌鸦惊慌地从外祖父头上飞过……

"爷爷，快下来吧！"大舅的长子一如惊慌的乌鸦，喊着叫着从梯子上爬上来，一手拿着拐杖，一手架起外祖父，拉他下梯子。外祖父恋恋不舍地最后看了一眼垭豁，在孙子的帮助下挪到梯子边。他背过身子，一级一级摸索而下。有时，狂风干扰了他准确地着落，使他的脚悬空，他只好重新试探，寻找落脚点。

三舅回来时开着草绿色的吉普车。那时的他已是一个年轻英俊的连级军官，他从平凉出发在永登接了我妈妈——他的大姐，星夜赶到了孔家庄。他们一起陪伴外祖父走完人生最后一段路。孔家庄的人围着吉普车，有人记起了外祖母刚去世时，三舅懵懂无知的样子，也有人说起三舅高中时穿别人的鞋回家来，书包里装着厚厚一沓写毛笔字的草纸，还有人唏嘘不已地想起妈妈抱着未满一岁的我顺河坝上来，连夜为外祖父赶制过冬的"鸡窝窝"，又顶着满头的星星赶回去参加生产队集体劳动，修梯田。

我关于童年最清晰的记忆，一是偷了外祖父的鸡蛋装在裤兜里，结果上炕时压破了，蛋清蛋黄顺着一条绿格子的裤腿往下流，外祖父装作没看见；二是因为那时常年生活在外祖父身边，而被孔家庄的小伙伴称为"张咪咪"。

牧马人

那个年月，冬天寒冷与否记得不是很清楚。印象中与冬天有关的，是房顶上的雪，和扫雪的人。

四叔、五叔、六叔在房顶扫雪，二婶在廊檐底下洗衣服。六叔捏了一个雪团，猛不丁扔到了二婶脖子里。二婶吃了一惊，待看清是年少的小叔子，便嬉笑着，尖叫着，爹着两只冒着热气的手在院子里奔走。手上堆满五彩的肥皂泡泡，在凛冽的空气中"啪啪"炸裂。二婶央求我妈帮她掏出雪团。尔后，她迅速捏了一个更大的雪团，扔向房顶上的三个小叔子——"战争"开始了！

除了爷爷奶奶，全家十几口人参与了这场白色的"战争"。房顶上的人虽占据了有利地形，架不住院子里人多势众。几个姑姑不断地向二婶输送白色的"炮弹"，二婶准确的投掷引来一片喝彩声。据说她是生产队"铁姑娘"队的队长，会打半自动步枪呢！

嬉闹声惊动了整个河沿台，一群黑背的喜鹊自我家院后飞起，飞向对面的磨脐山。磨脐山下有黄金。这个传说让这座山看起来金光灿灿。

二

走时，二叔孤身一人。归来，手里牵着年轻活泼的二婶，背上背着两个憨墩墩的弟弟。

当他的女人带领一家人在院子里打雪仗，欢笑声将头顶的乌云撕开一个口子，阳光"哗啦"一声泼到贾家院子里时，二叔一边给二婶捏雪团增援，一边大声吆喝房顶上的五叔和六叔，让他们提防。

爷爷在角落里安静地待了一会儿，起身回屋了。他脱鞋、上炕，提起茶壶倒了一碗浓酽的茯茶，吹了吹浮起来的几根茶叶梗。揭窗被奶奶用一根兔儿条支了起来，一些积雪从房顶上"簌簌"地顺廊檐溜下来，被小旋风截走了。

二叔天生饭量大。一碗饭舀到碗里，转身边吃边往外走，还没走到厨房门口，碗已经空了，重新回来舀一碗。如此三碗过后，饿气才被压住了。这才正儿八经舀一碗，调上麸子醋、油泼辣子，品尝饭汤的香味，品评面条的粗细，如此这般，至少还得三碗。吃食堂的时候，按人头分来的那些汤汤水水，根本不够二叔一人吃。

十六岁的二叔扒上了一辆西去的火车。

他空着肚子，身无分文，甚至没有一件行李，蜷缩在火车上躲避列车员的盘问。他的目的地是新疆。听说，建设兵团招人，可以放开肚子吃个饱饭。

一个大叔观察了他一天。半夜，人们都睡着后，他捅了捅瘫软的二叔，递给他一个馒头，问他："想不想当工人？"

二叔飞快地吞咽馒头。一天一夜，他就靠喝水龙头里的水充饥。当那个馍从天而降时，他几乎没有来得及思索和感激。他啃了几口，又趴在水池子上灌了几口凉水，在脖子上抹了几把，才回答大叔："能吃饱饭吗？"这其实不是回答，也是一个提问。但他的问题让大叔很满意。

"能吃饱，还发工资。"大叔看上了这个身材高大、长相憨厚的青年，把他带到了山丹军马场。

二叔不知道西汉骠骑将军霍去病，更不知道世界第一军马场的威名。饿不着肚子，是他唯一的愿望。山丹军马场满足了他。

第一顿，他喝了七碗苞谷面糊糊，加五个苞谷面干粮。战友们围着他看稀奇。一夜之间，他能吃的名声传遍了军马三场。

军马三场随后用更快的速度更改了他的名声。

三

山丹军马场三场一连——这个地址我从小就会背。

隔个半年三月的，家里就会收到来自那里的信。二叔在军马场当了工人，穿上了不佩戴肩章的草绿色军装，央人写信给家里报平安（二叔不识字）。信中特意强调，军马场吃饭不要钱，还能吃饱。

有一次，爷爷让我念信——二叔寄回来的。爷爷觉得我已读书识字，再不需要去找村里其他人念信了。

尊敬的父亲大人、母亲大人：

　　见字如面。

　　儿在军马场一切都好。媳及两个孙子身体也很好。队
里给我们给了一间房子。今年的牧草长势非常好，我还在
训马队……

　　那年我小学四年级，正是羞怯的少女敏感期。我不好意思在那
么多人面前读出这些在我看来饱含情感的文字。我自己逐字看完后，
把那一页信纸轻飘飘地放在炕桌上，对眼巴巴的爷爷奶奶说："二叔
说，他们一家都挺好。"

　　爷爷和奶奶在炕上正襟危坐，郑重其事地等待我念信。不料，
我说完这一句便不再开口。

　　爷爷提着烟锅袋，大张着嘴看着我，追问信中还说了什么。我
说："再没有了。"爷爷看着那些那一行行的字，不相信地问："不是
还有好多行吗？"我说："都一样！"

　　爷爷无奈，嘱咐我回信。我写了一封干巴巴的只有四行字的
家书。

　　爷爷摇着头，对我妈说，你这个丫头，白白供着念书哩，连个
信都不会念，也不会写。会写的人能写三页！

　　我妈又羞又气，狠狠在我额头上戳了一指头。

　　爷爷又说："听说老王家挖金子挣了七万，不行就同意了这门亲
事吧？他家在我跟前说过好几次了。"那时，我还不满十岁。

　　爷爷最终还是请了隔壁张大大（伯伯）来家里，坐在炕上念信。
张大大比我爸大一岁，个子却跟我一样高。据说他会讲《三国》和

《列传》。

张大大念信是真念，一个字都不落，连标点符号都念得清清楚楚。他抑扬顿挫、唾沫横飞，羞得我一口气跑到了下滩地。为自己的笨拙，也为他的抒情。

四

二叔留在了军马场，从割草开始干起。

两年时间，他学会了喂马、遛马、驯马和放马。逐渐地，他成了牧马人中的佼佼者，多烈的马儿，到了他手里，都会被驯服。他性格暴躁刚烈，对马儿却温柔和气。

有一年，连里进来了一匹黑马，性子烈得像火，几个驯马员都试过了，边都靠不上。连长就说，交给贾二。

二叔领命来到马厩，嘴里"咴咴"地学着马叫声，慢慢地靠近黑马。马拴在槽边，槽里的豆饼一口都没吃。二叔先解开了拴马的绳子，试探着去抚摸它浓密的鬃毛。黑马低下头闻了闻二叔的裤子，居然没有踢他。

二叔笑呵呵地抱住马儿的脖子，对着马耳朵说了几句悄悄话。黑马安静下来，任由他牵着缰绳走出马厩。围观的战友纷纷往后退去，生怕黑马发火踢到自己。

走至宽敞处，二叔突然纵身跃起，跨在了马背上。黑马愣了一下，极不情愿地甩头、尥蹶子，二叔死死抓住缰绳和鬃毛，两条腿紧紧夹住马肚子，以免自己被甩下来。

黑马怒了，它冲开人群，风一样冲向草场。二叔趴在马背上，一直保持着自己的姿势。待马跑累了，他才慢慢直起上身，努力使自己坐稳，坐直。一旦坐起身来，他腿上狠狠使劲，夹了一下马肚子。马儿吃疼，四蹄腾起，仰天长嘶一声，驮着二叔绝尘而去……自始至终，二叔没有离开黑马的脊梁。

一战成名。黑马在那一段时间成了二叔的专用坐骑，也帮他坐稳了在山丹军马三场的地位。

二叔在军马场得到了重视和重用，一度负责出口军马的训练、挑选和送行。有一年，他寄给我们一张黑白照片，是在北京的飞机场。一批他亲手调教的军马要送往巴基斯坦和尼泊尔，他送它们上了飞机。

送走军马后，二叔在北京的照相馆拍了那张照片。剑眉星目的二叔，笔挺地站在一张有飞机的背景图前，露出一口整齐的牙齿，裤子膝盖上打着两块方正的补丁。这张照片，夹在他的信里寄到了河沿台。

河沿台轰动了。

河沿台传说，二叔出国了。连我们都信了。我们羡慕地把那张照片一再传看，猜想外国的月亮是方的还是圆的。

五

二叔受伤了。

那时候他还没有结婚。因为黑马，他一次又一次接受更加艰巨的任务。终于有一次，他被一匹烈马甩下来，缰绳缠绕在手腕上，飞奔的马把他拖了将近五里地。

天高云淡，绿草如茵。山丹军马场位于祁连山冷龙岭北麓焉支山下的大马营草原，地跨甘青两省，毗邻三州六县，总面积329万亩。二叔哪里想到，他会以这样一种方式，跟这片广袤的大草原亲密接触。

战友们围追堵截拦下那匹发疯的马时，二叔黄土满面，皮开肉绽，鲜血染红了草原。

在医院治疗了一段时间后，二叔被场部送回了河沿台，让他在家里休养。

二叔从卫生所换完药回来，总要在崔家坡洼那棵大树下歇一歇，看一会儿树上的鸟，跟放驴的小子们打一会儿嘴仗。免不了，要讲一番他在军马场的赫赫"战功"。

脸蛋儿红红的崔家二姑娘，住在坡头沿对面。那棵树是她父亲为她的小弟栽的许愿树，长得枝繁叶茂。

二姑娘喜欢把一条油亮的长辫子盘在头顶上，别一根简单的木簪子。二叔玩上一阵儿，走了。二姑娘轻盈地从坡上跑下来，拿一根芨芨棍量他的脚印……

二叔还是走了，没有等到二姑娘做完一双布鞋，更没有等来一场姻缘的缔约。

奶奶无微不至的照顾，弟弟妹妹们的呵护温情，唤醒了他对家的依恋，他徜徉在这种浓浓的家庭氛围里，沉浸在家的味道里。

二叔想留在河沿台种地。十八岁，他毕竟还是个孩子，眷恋家，眷恋妈妈和兄妹，眷恋熟悉的巷道，眷恋清晨院子中间蹦跳的麻雀、村头树上那个有蛋的鸟窝和开满蓝色矢车菊的下滩地。

吃不饱饭的现实如一场裹挟着冷蛋子的大雨，浇灭了二叔的罗曼蒂克，打痛了他被亲情泡脆泡软的神经。

这一次，他带着壮士一去不复返的悲壮和决绝。

六

十五岁那年夏天，我第一次来到山丹军马场。

父亲带着我和贾平娃找到山丹军马三场一连时，天已黄昏。暮色里，一个陌生的世界铺排在我们面前。辽阔无边的草原，远处沉沉的山脉，大片大片即将成熟的青稞，几排简陋的小房子在草原边冒着淡淡的炊烟。房子边有一口井。

一群土洋结合的妇女围在井台上淘米、洗菜、担水，井台一圈的青草被践踏得面目全非。

一个愣头愣脑的小子手插在裤兜里站在泥泞的小路旁打量我们。父亲向他打听，谁谁谁家住哪儿？他却转身飞奔而去。

小子随后又来了，怯怯地惊奇地藏在二叔身后。二叔大个子、大眼睛、大巴掌、大脚板、大嗓门，他呵呵地笑着，问候他的哥哥和他的侄女、侄儿——我们这才知道，那小子便是我们的堂弟，二叔的长子。

进到二叔家里，二婶也是笑盈盈的。我竭力在记忆里找寻那年打雪仗时年轻、活泼、好看的二婶。

距离全家人打雪仗的冬天已经五年了。

五年前，正是二叔第二次离河沿台的第十个年头。

他带着二婶和两个堂弟，一家人精神焕发，衣着鲜艳，提着大包小包走进村来，大有衣锦还乡的感觉。

我们被他们的光环压迫着，不敢近前。村子里其他人家的小孩，趴在庄门缝上朝里看。看他们的穿着，觉得洋气；听他们陌生的方言，觉得新奇；吃着他们带来的小吃，觉得沾了洋光。陌生和距离带给我们冲击感很强的敬畏与崇拜。

我和贾平娃在军马场二叔家积木似的小院子、小房子里，看见了一些熟悉的物什。

二婶围过的那条三色的绒线围巾已破旧成一条抹布。当年，它曾让村里的姑娘媳妇艳羡不已，有两个借回去让定亲的对象看，要求在彩礼中加上这样一条围巾。两个堂弟穿过的金黄色的绒毛大衣，人造绒毛已脱落殆尽，似一只即将断命的老猫窝在角落里，失去了往昔的风采。

贾平娃在一顶斑驳的皮帽子跟前驻足良久。他悄悄跟我说，当年，他是多么羡慕两个堂弟的皮帽子呀。黑亮的漆皮，翻卷出来的黑黄相间的毛边，还有挺阔的帽檐，让他和河沿台一帮小子的眼珠都快掉出来了！

这些物什，因岁月的打磨失去了光彩，实属自然。但在十几岁的我和弟弟眼里，不仅仅是物什失去了光彩，相跟着这些物什的主人也失去了光彩。

幼稚的我们嘲笑自己当年的幼稚，也暗暗诧异于他们生活的艰苦。尽管，他们置办了当时还不多见的洗衣机和彩色电视机。但明显地，他们的生活比我们要艰难许多，远不是我们所想象和艳羡的那样。

二婶自从那年回老家后，再没有添过一件新衣，两个堂弟穿着快要露出肚脐的线衣，面对我们带来的水果和点心毫不收敛馋相。军马的需求量日益减少，军马场日益衰败，工人们已处于自给自足的状态，靠种植青稞来养活自己和家属。

二叔和父亲终日坐在一起说话，说得最多的就是河沿台，还有那个年月的饥荒。

而我在那个地方，最大的心愿是看一看军马。我听见他们回忆往事时，总是不屑一顾。过去的事儿，那些鸡毛蒜皮的小事儿还值得一提再提吗？那时，我还不懂得一个人心里的创痛，需要用一生去治愈。

七

那一张有飞机背景的照片，"阿富汗、巴基斯坦"这样的新鲜的字眼，使我从小就对二叔从事的行当充满了好奇和心动。牧马、驯马、战马……

有一年夏天的每个中午，我们和爸爸边吃饭边收听《平凡的世界》广播连续剧。路遥借金波的口讲道：

> 日出的时候，出牧的马群像一团团彩云向茫茫的草原上奔去，日落的时候，又从地平线那边涌涌地漫过来。马的嘶鸣声打破了草原上梦境一般的寂寥。这时候，人的心就不由得激动起来。……马群越来越近，绛红色的草原上像卷起了一团狂风。你感到脚下的土地都被马蹄敲得颤动起来。隆隆的马蹄声伴随着马的警号般的嘶鸣；马鬃像燃烧的火焰似的飞扬……

我渴望见到这些神奇的军马！二叔，这个高大威猛的汉子，也符合我想象中牧马人的风采！

二叔却摇头叹息不止，如今的那些军马，没看头喽！现在军马少得可怜，哪里称得上是军马场呢？

又是一个黄昏，担水的二婶打发堂弟来叫我，快来看军马呀！军马都来井台饮水了。我飞奔而去。两百多匹清一色枣红的小军马，在夕阳的余晖里低头饮水，长长的鬃毛在风中飞扬，毛色油亮，散发着金子般的光芒。马儿们"咴咴"地嘶鸣着，欢呼着……远处天空下，一线雪山也闪耀着金色光芒，还有金色的草原，被马蹄声踩踏得发抖的地平线……

回到家里，我将自己看到的壮观景象激动地向二叔诉说。二叔怜爱地看着我，仍是摇头："十年前你要是能来看看那些军马，真正的军马……"

八

2004 年春节，我陪父亲去看望业已年老的二叔二婶。

只住了一夜，二叔就撵我们走。房子仍旧是原来那院积木一样的小平房，狭窄、寒冷。二叔早已被诊断为心脏二间瓣膜关闭不严，做手术需要几万元。他不舍得用准备给儿子们婆媳妇的钱，忍着病痛的折磨，坚持不去医院，实在难受了就去场部医院要点去痛片止止痛。

一下子涌来许多亲人，两间小屋更挤了。我们两三个人挤在一张床上，还有人在沙发上坐了一夜。第二天吃完早饭，二叔就说，你们走吧，你们走吧！

我时常不敢打电话给二叔。我在记忆里追忆着照片上的二叔。那时的他是那样器宇轩昂，信心百倍。

十五岁那年的山丹之行，让我一生难忘。尽管我们感觉到他们的日子过得并不宽裕，但他们倾其所有，招待了我们。

二婶给我换洗衣服，找出了一件粉色的上衣和一条铁锈红的裤子，二婶说，那是她的嫁妆，一直压在箱子底下舍不得穿。那时候我才开始抽身条儿，高是高了，细得跟麻秆儿似的，衣服套在我身上简直像唱戏的，就差甩着水袖"咿咿呀呀"地开唱了。二婶看着我笑弯了腰，她呼唤二叔："快看你的丫头来！快看你的丫头来！"

二叔光着脚从里屋奔出来，看着我的样子眯着眼睛"嘀嘀嘀"地笑起来。那一瞬间，我看见二叔眼睛明亮，眉目生动，神采飞扬。而他看我的眼神，宠爱，怜惜，慈爱。

这一情景，一直留存在我的记忆里。"你的丫头"，这个称呼暖化了我自卑敏感的外壳，温暖着我孤单惆怅的青春。当我不被人在乎不被人疼爱时，总会想起，在那个遥远的偏远的军马场，那里有我的亲人，他们曾是那样地喜爱着我，把我当作亲生的女儿，让我觉得，我也是珍贵的。

九

2018年10月，噩耗传来，二叔走了。长期的心脏病折磨，让他早早走完了自己并不满意的一生。66岁，他还不老呀！我英武威风、铁血柔情的二叔啊！

我们到达的第二天，离家十五载的大弟方驱车赶来。

我想起那年，他和弟弟穿着过年的新衣服，明蓝色的四兜军便服稍微有点大，折痕犹在，箱子里的苹果味儿犹在。他俩一人一边拽着门帘子，齐声唱："活该，活该，坏了活该！"

当大家簇拥着大弟进入家门时，二婶半天反应不过来。她顶着一头白发，翻箱倒柜地给大家找丧事要用的东西，仿佛丈夫并没有逝世，只是要去住院或出远门一趟。

二弟高声哭喊："妈，你看这是谁？"

二婶愣住了。她眯着眼睛看了一会儿，奔过来说："是老大吗？是利娃吗？"随即放声大哭起来。"我的儿呀！十五年了，你到哪里去了？"

大弟"扑通"一声跪在灵前，哽咽道："爸爸，我回来了！儿子回来了！"

母子三人拥抱着，撕扯着，哭喊着……灵前的三根白蜡烛被焉支山下的风吹得摇摇晃晃，但自始至终没有熄灭。

二叔的棺椁做好了，油漆得花花绿绿，煞是喜庆豪华。当地人介绍说：小的是棺，睡亡人的；大的叫椁，用来套在棺的外面。这才是正宗的"棺椁"，你们以前见的，只能称为"棺材"。

我想，二叔能看见吗？能感觉到吗？我独自一人靠在那副华丽的棺椁边，哭得肝肠寸断。我好悔呀，怎么就没来多看看二叔，陪他说说话呢？我是他的丫头呀！我居然连他的活面都没有见到，什么都没有为他做过。我想起他的大眼睛、大身板，他"嗬嗬嗬"低沉的笑声，他在北京拍的黑白照片……悔之晚矣！

夜里守灵，我和大弟并排跪着。我们不断地把黄色的烧纸放进火盆里点燃，仿佛只有这样，才能告慰二叔，才能安慰自己。

"这十五年，你为什么不回来？"

"没挣到钱。"大弟怎么也不肯进屋去休息一下。他从车上下来就跪在灵前，一直哭泣、磕头、烧纸。

他拆开一包捆扎的烧纸，把几张呈扇形搓开，就着盆里的火苗点燃。火苗急速地吞下粗糙的黄纸，吐出几只黑色的蝴蝶。

黑蝴蝶围着我们起起落落。

"二叔一定很想你。"我接过他手里剩余的烧纸，也学着他的样子搓开，点燃。

"我知道，我也想爸爸，想家。"火光下，大弟的脸明明灭灭，比下午刚来时生动了许多。

"我就是想多挣些钱拿回来，让爸爸看看。"一碗臊子面，大弟几口就吞咽下去了。

为什么生为人子，都想赢得父亲的夸赞？为什么生为人父，总是对自己的孩子不够满意？我想起《追风筝的人》中的阿米尔，穷尽一生，就是为了讨得父亲的一次真心夸赞，让他骄傲一次。为了这个，他不惜背叛好友，背负着沉重的"十字架"过了二十多年。

我想，二叔应该早就在心里原谅大弟了吧？在他去世前的这些年，每逢年节，都不愿意接听我们的拜年电话。大弟的不归，让他也在一次次地谴责自己吧？

十

父亲兄弟七人，像一座北斗星。而今，缺了一颗。

离开军马场的那天，天气特别晴朗。才是十月，海拔3500多米的焉支山下已寒风凛冽。收割后的青稞地里，一拃高的茬子泛着金黄温暖的光芒。几十匹黑马、黄马正在地里觅食，风吹起长长的马鬃，它们悠闲而安宁，根本不为风的寒冷所动。大块的白云，那么白，那么明亮，仿佛这世上根本没有什么悲伤的事儿发生过。

我走过一块块深秋的田野，想着二叔曾在这片土地上生活、工作了五十多年。他对这些土地、青稞、马，该有多么熟悉、多么眷恋啊！如今，他永远地归于这片土地了。他将跟它们一起，养育一片麦子，一块油菜，还有他放心不下的妻儿……

忽然，一匹黑马从天边飞奔而来，在离我最近的一块地里停下，四蹄腾空长嘶一声。二叔，那是你吗？

哭泣的二胡

阿炳的故事家喻户晓，我二舅的故事鲜为人知。尽管他们都命运坎坷，尽管他们都在用一把二胡倾诉内心的痛苦和抗争。只有那一把二胡，呜呜咽咽，用同样的声音在苍茫的夜里，一遍遍讲述……

张家是大户。外祖父是这个大户里唯一一个能舞文弄墨的文人和能人。可惜这么一个人，青年残疾，中年丧妻，无力养活六个孩子，更谈不上供他们上学。因此，以妈妈为首的外祖父的六个儿女，除了三舅高中毕业当了兵，妈妈断断续续地读了几年小学外，其他人基本上可以说是文盲。二舅只进过一天校门，第二天便继续去劳动了。他自嘲自己不是读书的料，是揰牛尾巴的命。

1960年，全国都在饿肚子，二舅出生在这样一个不受欢迎的年景，自然也没受到多大的重视。他九岁时，小舅舅出生，外祖母得了"产后风"，在月子里去世。他们成了没娘娃（方言，没娘的孩子）。彼时，我妈妈十五岁，大舅十三岁，小姨十一岁，三舅七岁。此后，他们兄弟姐妹在残疾的外祖父的指挥下，艰难度日。尖山台的青稞面喂养了他们，双龙河水滋养了他们。

妈妈愁二舅个子小，家里又困难，找不上媳妇，对他最为关切。而他也一直拿大姐当自己的妈妈，言听计从，一直听到了六十岁。

他的第一个对象，是小湾沟陈家的姑娘。说成后一拖就是三年。对那个姑娘的印象我已经很模糊了，却清晰地记得她的父亲，一个瘦长条脸的男人，骑在他家的墙头上，对站在大门外的我说，回去告诉你妈，我给你们缝了皮袍的工钱还没算呢，你舅舅家的彩礼就顶了吧！

之后，二舅的婚事被搁置了。陈家只是白用了三年二舅的力气，并不真心许配自家的姑娘。大舅恨他的不争气，更恨损失的那笔彩礼，经常用一些刻薄的话骂他。大多数时候，他就住在我们家里。

二舅一字不识，却精通各种乐器，尤其擅长拉二胡。我们哈溪话叫"胡胡子"。许多个漫长而又冷清的夜晚，我家的火炕上常常是妈妈做针线，二舅拉胡胡子，我和弟弟边听边玩。二舅有一次带来一个被他称作是"洋琴"的乐器，尺把长，一边有几个凸出来的琴键，配有五根琴弦。他一边在琴键上按，一边用一根修剪过的鸡毛弹拨，声音欢快、动听。现在想来，其兼有琵琶和马头琴的音色。迄今为止我再也没见过这种乐器。

一曲终了，妈妈问他："最近怎么不拉胡胡子了？"他笑着，眼睛看着洋琴说："那个东西不敢拉了。前几天晚上拉着拉着，我觉得有人在哭着哩。一停，哭声没有了，一拉，又哭开了。我想，是胡胡子哭着哩。"妈妈黯然，淡淡地说，不拉也好。

后来，妈妈对尚不懂人事的我说，那不是胡胡子哭着哩，那是你二舅哭着哩！我问，他自己不知道吗？妈妈说，那是你二舅的心在哭呀！

河沿台有一户姓唐的人家。他家有四个女儿一个儿子，其中二女儿叫唐露露，自小就是个"病胚子"，一直在那个高墙大院里，很少出来玩和劳动。听说她有肺病，终年气喘吁吁，每天早晨起来，她的两个妹妹都要把一个鸡蛋打在碗里，撒上白糖，用筷子顺时针搅一百下，再用滚烫的开水冲了让她喝。还听说她有肾炎，腿常肿着。早先许配了一户田姓人氏，后来嫌弃她的病，退婚了。

二舅在河沿台住得久了，对村里的人比我还熟悉。他央求妈妈帮他"问"唐露露。妈妈说了她的病，他说，我打听清楚了，我这么个人和家庭，还嫌弃人家什么！

大舅连夜赶来制止，那么个"病胚子"，活不长呀！二舅却固执起来："今天娶了明天埋，我也认了！"这桩婚事就容易得多了。唐家人提出来，他家儿子年龄小，要二舅上门为他们劳动几年。从此，他变成了河沿台人。我却很少看见他了，再也听不到他拉胡胡子、弹洋琴了。

有一次在放学的路上，看见他跟两个小姨子打闹，那两个跟我年龄差不多的女孩子一路疯跑，笑得脸蛋红通通的。二舅从地里追过来，也是笑嘻嘻的。眼看着追上了，他们更是尖叫、躲避，无比热闹。二舅把那两个女孩抓住了，把她俩的辫子绾在一起，然后用青燕麦把她俩绑起来，笑着呵斥说，看你俩再欺负我不了？！我呆呆地看了许久，怅然若失，唐家姐妹不仅仅是听到了二舅的音乐呀。

三年后，二舅正式娶唐露露回了自己的家，住在尖山台张家的老院子里。真是奇怪，自从唐露露成了我二舅母，她的病好像不治而愈了，不再气喘，也不再病恹恹的，精神头十足。一年后他们的长子出生。第二年他们和大家庭分开，在旁边盖了几间土房子，有了自己的小空间，过得很清贫。

我们去看外祖父，却总爱在那个清贫的小房子里吃饭、睡觉。因为那个土房房总是暖和的、干净的。无论谁住在他们家，二舅母总是会慢慢地掏出腰里的钥匙，慢慢地打开炕上的陪嫁箱子，取出干净的被子和单人的褥子，让你睡在一个既不会太热也不会太冷的地方。炕下的生铁炉子也总是被她擦拭得干干净净，茶壶光可鉴人，饭菜可口爽脆。

　　二舅又拉胡胡子了，再没听他说过胡胡子在哭。

　　2007年冬天，二舅的二儿子参军去了西藏。走兵的那天，二舅母和我去天祝县武装部院子里送行。许多人都哭了，二舅母却说，参军这么光荣的事，哭什么。院子里这么多穿军装的娃娃，我看着我的正刚最心疼（方言，好看、可爱）！

　　哪里知道，这竟成了他们母子最后一面。

　　第二年夏天，二舅母到县城来找我陪她看病，二舅在家照顾人参果大棚。我在车站接到二舅母，她比去年更瘦弱了，脸色蜡黄，人比纸薄。一下午查下来，肝、胆、肾、心、胃等等，没有一样指标合格。医生说，去大医院看看吧，我们没办法了。我没听懂医生的暗示。我压根儿没想到死亡的来临。

　　晚上，二舅母跟我睡在一起。她几乎一夜未眠。气上不来，躺下就难受，吭哧吭哧地折腾了一晚上。我被她吓住了，天一亮就带她坐车去武威市医院。市医院的医生在一番检查后当即宣布，由于多年的肾病，她已经是严重的肾衰竭，鉴于她的身体机能都不行了，可能连透析都做不了。

　　看到急急赶来的二舅脸色平静如常，我也安心多了。等我第二次去医院看望他们时，二舅正在给同一病房里的女人讲解"肾衰竭"是怎么一回事儿。他说，肾就是我们山里人说的"背腰子"。背腰子是人身体里最重要的一个器官，就像一个筛子，所有吃上的喝上的，全要从这个筛子里过一遍，好的让身体吸收，不好的就屙了尿了。现在，你和我媳妇的背腰子坏了，相当于筛子底烂了，不能筛了，好的坏的全进到身体里，就把其他器官破坏了。那个女人惊讶地问，那这个筛子底还能修好吗？他笑着说，修不好了。二舅母也在一边笑着听着，没说话。

二舅在医院走廊里对我说，人们都说你二舅母娶过来就死哩。结果她活到现在，还为我生了这么心疼的两个娃娃，一个还参了军，就算是现在死了，也值了。那时武威的天还热着，却有穿堂风刮过来，凉飕飕的。

一个月后，医院认为二舅母已经没有住下去的意义了。他们收拾着出院了。我跟着去了一趟尖山台他们的家。篱笆门依旧，院子里廊檐水冲出的窝窝儿照旧。夜里睡在干净的单人褥子上，我跟他们喧了很久。

二舅母说，她想洗头发。二舅笑嘻嘻地说，明天，我把你抱在架子车上，先用水龙头冲，然后用老扫帚刷，保证把你全身都洗得干干净净！说得我和二舅母全笑起来。

不久，二舅母就去世了。就在最后一个夜晚，二舅对说不出话的她说："你就不行了，老衣（人去世后穿的寿衣）也缝好着哩，娃娃们我一定操心好，你就放心地去吧！"他烧了一大锅热水，给她擦洗了身子，帮她穿好了崭新的内衣、内裤，握着她的手静静地坐着，直到她慢慢变冷，直到天光发亮。

那个曾经叫作唐露露的"病胚子"，在他们结婚二十二年后，离开了我二舅。

二舅在整理遗物时，从箱子里找出一个针线包，里面有一千二百元钱，全是崭崭新的百元大票。二舅对着那个针线包和那些钱说，你看看，人都穷坏了，钱还放着。你看你，人都死了，钱还放着。你呀！

二舅同时从箱子里翻出来多年未动的二胡。二胡被二舅母用一块白布包起来，放在箱子角角里，完好无损。

深夜，二舅又一次拉响了那把二胡。二舅盘腿坐在炕上，拉着一首又一首知名或不知名的曲子，不思停歇。妈妈躺在被窝里，一首接一首地听，想起多年前二舅说过的胡胡子在哭的话，她仿佛也听见胡胡子真的哭了。她不忍心看二舅，就转身对着窗户听。窗帘没拉，玻璃里一个老人对她说，你们从小就是没娘娃，现在，他的儿子又成没娘娃了！妈妈吓得"呼"地一下转过身，却看见大滴的泪水正砸在二胡弦上，粉身碎骨……

珍珠挂在月亮上

在下降的电梯里，他用专注的眼神看着我。

我不敢正视这样的凝视，怕划伤我的脸，也怕翻起埋藏在心底三十多年的沉疴。

我不大懂他的眼神，却知道是关切的，是心疼的。但这目光过于锐利和明亮，像三十年前河沿台的月光，容易让人眩晕，迷茫。

我是个矫情、虚伪的小孩吧？或者说是爱无能？谁知道呢。反正我擅长用冷漠掩饰自卑，拒绝关心，假装坚强。

我看见他也迷茫了，任由那些关切和心疼在距我身体一厘米的地方被冰冷的铠甲弹了出去，掉在地上，无声无息。

眼泪化作碎成千万片的玻璃蒙在前面，我幸灾乐祸地看着许许多多个他凌乱而疲惫地离去，真想大哭一场。

只有我自己知道，我是有多希望，能够坦然接受别人对我的好。

一

常春藤的枝儿一节一节地拔出来，渐绿渐长，渐长渐绿。巴巴地看着一个人一点点地长大、长大，该是一种幸福吧？

他十一岁，我才猫儿大。

母亲去生产队劳动，把我放在外祖父的炕上。我整夜啼哭，不肯吃东西。他用茶水冲了青稞炒面搅拌成糊糊，用筷子头蘸一点放在我嘴边。我停止哭泣，用舌头试探着舔吃起来。

他去镇中学上学，一学期没见几回，陌生了。寒假回来，我偎着被窝坐在炕上，愣愣地看他，不说话。他兑好温温的洗脸水，哄劝我下炕。小舅嘲笑："大冷天，这么小的娃娃，洗啥。"他冷冷地不看他，抱我下炕，洗了脸，在我皲裂的脸蛋上抹了厚厚一层"劳动油"，然后把我板结的头发梳散，辫了两条小辫子。

熟悉的气息又回来了。紧紧跟在他后面，给驴喂草，扫院子。母亲说，我是他的一片衣裳后襟。

午饭是大舅母煮的一锅土豆。我又不肯吃，坐在他旁边看他给一颗煮熟的土豆剥皮。他把土豆装在碗里压烂，反复压，压成土豆泥，抓一把青稞炒面，搅拌均匀。自家打制的一把长柄小铁勺放在炉子边烧红，倒入菜籽油，待油烧过，"哧拉"一声炝入土豆泥上的几颗野葱花。

香味儿在屋子里盛不下，透过门缝跑到院子里去了，驴在槽边直打喷嚏。

"浪费油。"小舅又馋又气，大声提意见。小舅不爱上学，在家里干农活，总觉得住校的他逃避了许多农活，占了便宜，逮住机会总要挤对他几句。

他不理他，把拌好的土豆泥递给我。我捧起碗，大口吃起来。我以为他会给自己也这样做一碗，他却只是挖了一点炼好的猪油化在热土豆上，拌了拌，草草吃了。

吃不上肉的日子里，那一盆子雪白的猪油，也要节省着吃一

河沿雪

238

个冬天。清油，是一个家里比金子还要贵重的东西。

二

盼着每一个假期。实际上那时候还不知道假期这个词。只知道有他，尖山台才有意义。

暑假回来，我在河沿台。他背着一捆柴火送来，还有几只剥了皮的旱獭。

母亲看见光溜溜的旱獭，吓得不轻。那是大舅给他准备的下学期学费，让母亲帮忙卖了。否则开学后，他就不能去学校了。

那个时候国家尚未禁止捕猎野生动物。旱獭炼了油可以治气管炎、哮喘和烫伤，肉吃起来有一股腥膻气。会打猎的山里人靠它卖几个钱度度艰难的岁月。大舅在山里下扣子捕猎，是把好手。

我的气管炎就是旱獭油喝好的。炼制好的旱獭油呈乳白色，装在瓶子里很好看。每天早上起来，在一个茶碗里倒入半碗油，加上白糖，用滚烫的开水冲。遇到热水，刺鼻的腥膻立刻弥漫开来，难以靠近。

但凡看到我喝那东西的人，要么被呕得要吐，要么觉得我是个傻子，居然能喝下这样难闻的东西。

他比我更傻，像做化学试验，一板一眼地倒油、加糖、开水冲，用筷子顺着一个方向搅拌几百下，待不烫嘴了，才端到我面前看我喝下。我问他："你不嫌？"他不吭声，脸和眉眼像龙滩河里的石头，一丝纹路都不动。

晚饭后，他牵了我的手在巷道里转。我不知道这样转着的理由。

河沿台没人会在夜晚闲逛。如果有人看见了，一定会说，学生娃就是这样，吃饱了撑的。

那晚母亲炒的洋芋丝放了好多清油，擀了手工长面，我们的确吃得比平时饱。

他穿着洗得发白的蓝色学生装，牵着我的手。明亮得不真实的月光里，我恍惚觉得，我们不是在河沿台，而在一个陌生的我从未涉足过的国度。这个国度里只有我和他。

月光的清辉洒满整个村庄。我被月光裹得气紧，高一脚低一脚踩不到土地。

一个傍晚，我和一帮娃娃在外面踢毽子。天还没有黑透。我指着半块比纸还薄的月牙儿对大家说："你们看，月亮都出来了。"张尕萍鄙夷地说："那不是月亮。那是云。"我坚持那是月亮不是云。没有人支持我。我一直认为的好朋友王招弟也附和说："那的确是云。"她的眼神告诉我说："我不是不帮你呀！是你真的错了。"我也迷茫起来。

我躲开耀眼的月光，把这个迷茫讲给他听。我不知道我的表达是否准确。因为叙述的时候，我满含愤怒、委屈和不服气。月亮不重要，重要的是没人支持我，这让我感到孤单，仿佛被整个河沿台抛弃了。

他蹲下来，月亮也跟着蹲下来，停留在他的眼睛里。他认真地倾听着我的语无伦次，然后郑重地告诉我，我是对的。然后讲给我月亮、星星和一朵云的区别。

我真想把张尕萍、王招弟、朱花花等河沿台的小女孩都叫出来，让她们听一听，看究竟是谁错了。但我没有叫。我紧紧地抿着嘴巴，生怕独属于我的这一份骄傲流淌出去，在月光的照耀下生根发芽。

三

外公家养着一头毛驴，毛色发红，眼神温和，安静得不像一头驴。

外祖父和母亲在院子里撕羊毛。二舅和小舅在一边劈柴火。大白狗安静地趴在外祖父旁边。阳光晒得人真舒服呀，我眯着眼打盹，比那只白狗活泼不了多少。

我看着驴槽边也正在打盹的驴说："我们家这头驴真可爱啊，就像三舅的脸蛋！"

老家人是很忌讳把驴跟人比的。而这个比喻，出自四岁的外甥女。院子里笑成一片，就连不苟言笑的外祖父也笑了。

那天正好是周末。他放学回来，一头汗水。茂密的头发又长又乱。他疲惫地取下书包，放在驴槽里。自己也斜斜地靠在驴槽边，仿佛用完了全身的力气。

大家把我的话当作笑话讲给他听，他却没有笑。他依旧斜斜地靠在驴槽边，目光呆滞地看着我们。

他的布鞋破得没法穿，借了同学的胶鞋从镇上走回来，走了二十多里山路。

这一周，他既要背走一周的口粮，交到学校的灶上，还要能吃一周的馍。重要的是，他需要一双鞋。

为了几个青稞面锅盔馍，他没少搭眼泪。为了一双鞋，他还了一辈子的债。

四

1979年秋天，他当兵走了，我读着他留在炕角的一摞初、高中语文课本，读《项链》《雷雨》和《我的叔叔于勒》……我打开了一个新世界。

这个世界远比尕萍、招弟等带给我的世界更大更新。从此，她们离我远去。从此，我喜欢独自一人待在这一个安静又喧嚣的世界。

他走的时候背着部队发的绿帆布书包，左手提着一个装着日常用品的网兜。他低着头不说话。母亲对他说，走了，就不要打算再回来。

我走在他左侧，听见他哭出声来，泪水砸在鱼儿梁上。是尖山台的鱼儿梁。他曾在一篇作文里写过的鱼儿梁。

后来，我也在我的文章中屡屡写到鱼儿梁。

在他走后的那个假期，在炕角翻到他的作文本。每一篇都是用小楷毛笔写的，每一个字都像是印刷体。其中有一篇写道："放学回家的路上，我在鱼儿梁上碰到了我们庄子上的任大爷，他对我说，娃娃，今年的庄稼不错呀！"

这一篇作文，让刚认识了几十个汉字就自命不凡的我，对他蔑视了许久。在我的概念里，区区一个尖山台的鱼儿梁，怎么能写进作文呢？还有那个朴素得像一把秕麦子的任大爷，和他那句再普通不过的话。

我一直以为，能写进作文的，只能是桂林的山水、胶东半岛的雪、济南的风、北京的春天等，尖山台、鱼儿梁，算什么呢？

"怪不得他没考上大学，只能去当兵。"小小的我以为，正是因为他的作文写得不好，才导致了这个结果。

多年后，我以一个游子的身份踏上回家的路，走过鱼儿梁，看到地里的麦子安静地生长着。它们对我的到来不惊不诧，仿佛我仍然是二十多年前那个扎着羊角辫的小丫头，磨磨叽叽从河沿台走来了，来外公家里玩儿，或者提一盏过年的灯笼，或者送一碗刚出锅的饺子。

麦子们齐刷刷地站着，仰面朝着蓝天。他们知道我在那一时刻，忽然想起一个人来，想起他的那篇作文和作文中提到的鱼儿梁。我也仰面朝天，咧起嘴角，生怕一些不明真相的东西"唰唰"地渗入鱼儿梁的土地。

我对麦子们说，原来这么多年，耿耿于怀的是我呀。

五

十六岁那年，我在老家龙滩中学上初中最后一学期，准备参加中考。

操场上正在进行一场篮球赛，我看得入迷。一辈子跟体育无缘，几乎所有体育考试项目都不能顺利通过，什么比赛也看不懂，但对篮球却有一种与生俱来的亲近，不知怎么就看懂了。从一个投篮球的瞬间看到一个普通的男孩刹那间显出一股英雄气来。

他就在那时走了进来。笔挺的绿色军装、大檐帽，径直走过来，抓起我的手就走，容不得我表达惊讶和惊喜。相比操场上那些瘦骨伶仃的小男生，他，才是我的"英雄"！

门外是他新婚的妻子。她说着他去当兵并留下来当志愿兵的那个地方的方言，高高地坐在毛驴车上，花枝颤动。

我高兴地随他们一起回尖山台，不由自主地亲近新鲜时尚的三舅母。

他对外公说："爹，这是我媳妇。"我在旁边"扑哧"笑了，"媳妇"这个词真老土。他却非常严厉地转过来喝了我一声："笑什么？"我愣住了，支支吾吾地说："怎么叫媳妇啊？"他比刚才更恶狠狠地说："不是媳妇是什么？小丫头，出去玩去。"

天忽然间就塌了。一去十年，回来的不再是原来的他了吗？不再是那个给我洗脸梳小辫、牵着我满村子看月亮的人了吗？

六

上中专时，母亲和他去看我。其时，他们刚刚埋葬了外公。

他的目光，让我无所适存的那种目光，就是从那时候开始的。执着、探寻，洞穿一切的犀利，闪电一样明亮，"哗哗"地直冲下来。我不知道自己害怕这种目光的理由是什么，但就是怕。

他们走了，我解脱般轻松了。从四楼窗户里看他挺拔的背影渐渐远去，比当面看他要舒服得多。班里的同学们以为是母亲带来相亲的男朋友，暧昧地看我。我也不解释。我含含糊糊假装羞赧，矫情得意了好些天。

我们都不擅长用语言表达情感。许多东西说不出来，说出来的却又不值一提。愈是说得多、说得夸张的都是毫无意义的。

要结婚，写信给他。他回信说："没想到，你也要结婚了，这实在是意料之外，却也是情理之中。"我听出他的可惜。我才 21 岁。

我的婚事，可以说遭到了全天下的反对。可我，除了自卑、别扭，还有倔强呢。他永远也不会知道，我的选择，缘于那个人跟他有一点点神似。就那么一点点，就决定了我的终身。

他没有参加我的婚礼。

若干年后，我再三反思自己，不切实际的浪漫和丰富得足以蒙蔽自己的想象力，是我的致命伤，也是决定我命运走向的重要因素。

婚后有一次，我把他错认为是他，却遭到了母亲的嘲弄，母亲认为我的那个他，无法跟她们家里这个优秀的他相比。

实际上，在他离开尖山台以后，我又知道他多少呢？还不是在靠想象力？想象他的成长、他的经历、他的情感，和他对我尚存的一点点亲情。

七

婚后因为买房，想跟他借钱，又怕被他耻笑。踌躇了半年多，到了实在无能为力的时候寄了张借条给他。他很快回信了，寄回来那张借条，还有一张汇款单。

没有回信感谢他一个字，心里却是温暖的。终究这世上还有人是在意我的，是愿意帮助我的。

孩子四岁的一天，他第一次来到我的小家。那天正好是我的生日，天气冷到骨头里。我出生在这样一个日子里，是命运对我的选择，还是暗示？这是我一生也没想通的事儿。

我最怕冷，却从来没住上过暖和的房间。此时他第一次踏进的这套小平房，每年要缴纳一千六百元的暖气费，而我还得在卧室里生起火炉，帮我们母子抵御高原零下二十多度的寒冷。

我对他的到来手足无措。他胖得似乎要从军装里崩出来，让我难堪。而我借他的钱还没有能力还，更让我难堪。他的眼神明明白白地写着，他可惜我过着这样的日子。

我却讨厌这种同情，讨厌我居然没有让他感到骄傲，讨厌我没有在他面前骄傲起来的东西。

我们默默对坐。除了一杯廉价的茶水，我什么也拿不出来。我希望他快点离开。

听母亲说当天是我的生日，他掏出钱来放在茶几上，让我去买一件大衣。我执意不要，争执得眼泪都要下来了。寒酸和窘迫，我以为我掩饰得够巧够妙。

我们是小城最早购买商品房的。三万五千元的房款，在20世纪90年代是个天文数字。虽然借了他和其他亲戚的一部分，我们依然在银行贷了一万多高利息的贷款。那是一笔天大的债务。我当时身上穿的棉衣，不足百元。

他近乎执拗地将那一千元纸币留下了，用命令的口气让我当天就去买大衣。

那是一件墨绿色的粗呢大衣，束腰，长及脚踝。有个时尚的风帽，腰侧还有两只可爱的U形兜，但丝毫不影响它的大气端庄。三百二十元，刚好是我当时的月工资。

那件大衣在我上党校的班里、在我的同事中引来不少艳羡。

穿到边角起了毛，我也舍不得扔。

八

那年冬天他退伍转业，一个人悄悄回来。没有军装，没有车，也没有那么胖，目光不再锐利如电，言语也温和。我也第一次平静地跟他对视，和他聊天。

当然找不到月夜下的那个他了。但他瘦了，又焕发出勃勃英气。这种英气像河坝里被浪花淘洗了千年的大石头，棱棱角角都披上了岁月的青苔，让人心安。

常春藤遒劲有力，绿得更深更沉。分散出的茎枝展开，缤纷的小叶子鲜嫩活泼，早晨的阳光毫不吝惜对它们的赞美。我却一点儿也不活泼。

他老了。等我意识到这一点时，我也不再年轻。

时常想起月亮下被他牵着手散步。但记忆已经很淡很薄了，比一张纸还要薄，一不留神就会被大风刮走。我极力与岁月的狂风抗争着，希望那张纸能多留存一段时间，哪怕，只留给我几个字也行。

待字记

　　娶三婶的那天，正是腊月，滴水成冰。冰被院子里的喧闹化开了，被跑进跑出的娃娃们踩碎了，和成了泥，黏在前来帮忙的邻居们的鞋底上，东边的黏到了西边，南边的黏到了北边。就像那个年月农村人家的女孩儿，东滩的嫁到西滩，西滩的嫁到马莲滩。娘家的泥黏到了婆家，那些泥的成分，都差不了多少。但从婆家再黏到娘家去时，鞋底上的泥就增加了分量。

　　东角子搭着一顶简易的帐篷当厨房，请来的厨师和几个帮灶的女人在里面炸肉丸子、切萝卜、发木耳。五叔在帐篷外面劈柴，新鲜的木头味儿直撩鼻子，我打着喷嚏看那些劈柴上圆形的波纹，用食指抚摸一块被完整切割成两瓣儿的树瘤。

　　我身上也有一个跟这块树瘤模样相似的东西。摸着摸着，像摸到了能够穿越前世的密钥，我的心"怦怦"直跳。

　　四叔从帐篷里钻了出来，往我兜里塞了一把。我闻到肉末、葱花和花椒的味道，忘记了穿越。我抬头和四叔相视会心一笑，借着那块发亮的劈柴做掩护，把一颗肉丸子丢进了嘴里，鼓着腮帮慢慢咀嚼。我才不怕兜里的油会渗入下面的棉袄，那不是我思考的范畴。

　　大青骡子驮着两只大驮桶回来了，鼻子里喷出的热气粗重而黏稠，跟它的鬃毛上喷洒出来的水蒸气，在阳光下汇聚成千万缕金线。它半闭着眼睛，肚皮微微轻颤，等待有人来卸驮桶。

驮桶的两圈铁箍有点松弛，龙滩河的清水"滴滴答答"地渗进骡子脚下的土地。这片土地，养育了我们贾家三代。我们从这一块土地走出去，去往不同的地方。

走得再远，根还是在这里，被龙滩河的水滋养着。

两个来自柏杨台的姑舅叔叔穿着过年的新衣裳，戴着硬邦邦的蓝帽子，都是大眼睛高鼻梁，简直一对双胞胎。他们追着十六岁的大姑，揪她的辫子，掐她的胳膊。大姑尖声笑着，逃着，从堂屋跑到帐篷，又从帐篷冲向正在劈柴的五叔。五叔停下斧子，擦了一把脸上的汗水，一手揽住大姑，冲两个姑舅兄弟说："小心点，别把英英碰翻了。"

李姓的姑舅叔叔终于抓到了英英的胳膊，兴奋得双颊通红，蓝帽子底下渗出细密的汗珠。英英的脸也是红润的，乌黑的眼珠映着蓝天，两根小辫子随着她的挣扎左右晃啊晃，晃得另一个雷姓姑舅眯了眼，在一边呆呆地看着她愣神。她却嬉笑一声："哎呀，我的麻骨筋，好酸呀！"原来是那李姓姑舅看见雷姓姑舅的痴样儿，气不打一处来，手下一使劲儿，正好捏在了英英的胳肘处……

贾家男人宠女孩。五个叔叔的后面才生下大姑，大姑是这个家里可以要天上星星的孩子。吃食堂的年代，大锅里清得能照出人影儿来，洋芋条条和粗粝的榛子面虚虚地浮在水面上。五岁的英英踩着小板凳站在灶火门上，用漏勺捞锅底下仅有的面条，待她捞满意了，哥哥们才依次盛饭。

我出生的第二天，二叔和三叔从双龙沟挖煤回来，听说大嫂生了女儿，高兴得扔了手中的马鞭就往我家小屋跑。一张半间炕，我妈睡在炕里面，裹在襁褓中的我放在炕中间，爸爸、二叔、三叔围坐在炕沿上的小炕桌边，一人端一只大碗吃豆面稠饭，边吃边就着煤油灯端详我。二叔说，看我们家姑娘，多心疼！伸出筷子凑到我嘴巴跟前。我闻到了稠饭的香味儿，闭着眼睛伸出舌头舔了一下，三个男人齐声大笑："馋嘴的丫头好养活呵！"

三婶进门的那个春节，一只白天鹅和一只丑小鸭走在河沿台的巷道里，引得满庄子的人站在巷道里引颈张望。白天鹅是大姑英英，她穿着毛蓝色的条绒外套，乌黑的小辫，黑条绒的方口布鞋，白丝光袜子，脚面上的肉在鞋口子处略显富余，把一种雍容和风华从脚面传到了全身。她的脸透亮白净，泛着瓷器匀净的光泽，照亮了我和她所走过的每一条巷道。

我就是那只又瘦又小的丑小鸭呀，提着给亲戚们拜年的礼物，亦步亦趋地跟在她后面。我们从朱家门上走过，朱家小伙子跑过来殷切地问候她；我们从张铁匠家门口走过，铁匠的地主老婆从头到脚打量着她，笑吟吟地抿着嘴，不说话。

借着他们的眼睛，我惊讶地发现，原来大姑这么美。

而大姑，只比我大七八岁的英英，她是哪一天变得这样好看的呢？前几天，她还跟我们一样是黄毛丫头，喂猪，锄草，从母鸡的屁股里摸蛋，在黑暗阴冷的厨房里偷着烙洋芋粉饼，拾完萝卜从窖里爬出来时顶着一头白霜……仅仅是过了三天年而已，她怎么忽然就变好看了？

英英的光芒下，没人看见我。

十六岁的英英不懂婚姻。

那天夜里，大姑在自己的小炕上做针线，三叔抱着头蹲在炕沿底下。爷爷在外屋咳嗽，能听见他在鞋底子上磕烟锅子的"哪哪"声。这声音又干又聒噪，敲碎了河沿台的夜。奶奶在这个破碎的夜色里长叹一声。夜，更碎了。

爷爷在外屋说，今天媒人来家里，有户人家同意把姑娘给三叔，条件是换亲。他家的儿子比大姑大几岁。

英英抻长脖子透过半截门帘问，爹，你觉得他家好吗？爷爷半天不吭声，又狠狠地敲了一下河沿台的夜色，仿佛是这夜色做了一个错误的决定。

三叔抬起头来，抢着补缀一片碎得拾不起来的夜："好着呢，好着呢。他家老汉细数，光阴过得好，家里有好几仓子粮食呢！还有羊。"

奶奶"呃——"的一声，没敢说话。

奶奶从此就落下了打嗝的毛病，每走三步路就得打一个长长的嗝，像是要把她对那个夜晚的怯懦、遗憾和无力从体内抽出来，扔出去。直至她抽干了自己生命的最后一缕夜色。

三婶嫁过来不久，家里又多了一个人。他中等个子，厚嘴唇，尕眼睛。眼神却很亮，是那种将所有光芒聚在一起的亮。

安装铁皮烟筒的屋顶处挖开着一个小洞，经年的雨水不断地从缝隙中流下来，在银白色的烟筒上留下了许多条泪痕。似乎它才是这个家里最伤心的人。

那个人的手和眼睛，不怕烫似的，在这些乌七八糟长长的泪痕上不肯离开。他在探寻那些泪痕的故事来源，安慰那根斑驳的烟筒，寻找着进入这个家庭的密码。

没多久，三婶站在房背后，用一场又一场呕吐，轻松破译了进入这个大家庭的密码。

英英又在擦柜子了。

那个夏天，雨多，话少，低矮的北房静得像一座古墓。

爷爷是木匠，堂屋里两只最流行的明黄色木柜是他亲手做的，很普通的松木，但做工精细，漆面干净，正面画着图案，一幅兰草，一幅菊花。柜是盛面的，是这个家唯一一对儿大件。柜上面摆满了各种坛坛罐罐，奶奶从娘家带来的赭黄色的小陶罐，用来泡发面的，用来盛清油的，还有我爸在部队用过的水壶。

这些家伙，被古墓中沉默的"小龙女"英英，擦拭得闪闪发光。两只面柜的虎爪闪耀着古典气息，威风凛凛。铁皮炉子也有虎爪，比面柜更威风，发出金属炫目的光泽。那些日子，没人敢来串门，他们觉得这家里过于干净，而炉子和面柜，过于威严。

炉面用猪皮细细擦过了，映出大姑丰腴的脸，紧皱的眉头。她的脸更白了，却少了那种鲜活的光亮。

爷爷抱着烟锅子悠悠地说，英英一不高兴，柜子就遭殃。

我想，那些柜子可能被大姑擦疼了吧？一遍又一遍地，使劲儿地。可惜柜子不会说话。如果会，它能把它的疼痛说给谁听呢？

大姑出嫁的那天，我被派去"压箱子"。

其他喜客都下车了，进院儿了，留下我独自坐在一对大红描金的针线箱子上。"压箱子"是我们哈溪方圆一带婚礼中的一个仪式。在送新媳妇去往婆家时，陪嫁箱子要同车而去。这些箱子不能白白就让婆家人抬了去，要派新媳妇一个年幼的侄男或侄女负责把这些陪嫁箱子"压"住，等新郎官家里的人拿红包来赎。

一般情况下，婆家人先是在红包里包个枣儿、核桃或者花糖逗逗乐。等箱子上的娃娃噘了嘴不同意，才会重新掏出来另一个包了钱的红包，娃娃打开一看，嫌少，扔了出去。那人再掏出大面额的钱来，用写对联剩下的红纸包了，再给。只等到娃娃开心了，满意了，才把那娃娃抱下箱子，请他或她入席。方指挥人来，把陪嫁箱子抬进新房去。箱子里装着娘家陪嫁的鞋、鞋垫、苫单、枕套、针扎子等等，或许还有金戒指也不一定。那时候，双龙沟的金子可是闻名全国的。

可是那天，我孤单地坐在拉喜客的拖拉机上，久久不见一个拿红包的人来。我觉得这拖拉机好高，坐在箱子上就更高了。拖拉机停在一棵大树下，这棵树快把我压死了。前进村的一帮小屁孩围着拖拉机对我指手画脚地大喊："城里人，城里人！"

六叔抱着大姑进了庄门，婆家人和庄院邻舍簇拥着新娘子去走"跳火盆—抢门—抢炕—抢核桃"等一系列过场了。

我远远地看见大姑缩在六叔怀里，像个小孩子。一个红色的包巾权作盖头，遮住了她。我在那棵大树下流下了眼泪，不知道是为自己，还是为她。

小屋低矮且暗。新婚不久的大姑坐在里面，屋子亮堂了许多。我以看一位妇人的眼光看着她，她眉睫低垂，瘦了许多。她是婚前几个月迅速消瘦的。她穿着灰暗的深绿色外套，两个小辫依然在肩头扫来扫去。

晋升为姑父的男人坐在她身边一把小椅子上，我吃惊于他与我想象中一位新郎官形象的巨大落差。

大姑指着地下一张半米高的圆桌和他俩坐着的小椅子，讨好地对我说："这些，都是他做的。"几天不见，她已经成了他家的人。我心里一酸。

那几件明黄家具，与爷爷的手艺不相上下，木工精致，油漆得也很光洁，炫目的色彩为这间土屋增添了几分光彩，以至于让炕边的破面柜和破旧的铁皮炉子更显寒酸。

那一年，英英十七岁。

奶奶的葬礼上，来了一个小女孩儿，眉清目秀，身材修长，衣衫洁净，在一院子灰头土脸的人群中像一颗耀目的星星，照亮了我的记忆。那是翻版的英英呀，是那个能点亮整条巷道的人的身体切割出来的一部分，是那个破旧的土屋子里降生的第一个碎眉碎眼的小娃娃。

大姑生了两个女孩后，公婆将存放多年的十几仓子粮食悉数卖出，帮分家另过的他们交清了超生罚款；在她怀第三胎时，公公早早将一只羯羊杀了，怕坏了，挂在柴屋里风干。她终于"不负众望"，为他们生下一个男孩。婆婆将那一只干羊炖给她吃，每天一点。肉好香，嚼劲儿大，却不适合一个刚刚生产完的"月婆子"。她使劲嚼啊嚼，知道那是全家能拿出来的最好的东西。从此，她落下了牙巴酸的毛病，不能吃硬东西。

他们举家迁往有着"世界第一风库"之称的瓜州县，去种我们几辈人都没见过的棉花。

十七岁，我喜欢上一个学长。喜欢他英俊的外貌和会弹吉他苍白修长的手指。老乡聚会，他用煤油炉煮了一小锅洋芋，那是我吃过的最香的洋芋，又沙又糯。七八个男生女生在他的宿舍里，围着一张破旧巨大的办公桌，用揪断的卫生纸包着滚烫的洋芋，一小口一小口地假装斯文。他烫着小波浪卷发，穿着发光的蓝缎面衬衫，像一位欧洲文艺复兴后期颓废的音乐家，把一朵似笑非笑的微笑拧上右侧脸颊。他坐在对面，若有若无地看了我一眼，轻轻地拨动和弦，低沉地唱了起来。唱了什么不记得了，只记得那一刻的悸动。

心动的，又不止我一个，为什么只有我被所有人识破？

十九岁，初涉社会，在一场人为虚构的事故里爱上一个人。他挽起裤腿骑着摩托，背着吉他，挎着半自动步枪，黑色的皮夹克散发着好闻的石蜡味。他给那条我闹脾气时躲藏的山沟命名为"爱情谷"。他清晨六点捏着一个温热的糌粑送进我的窗户，给我当早餐。他在黄昏顺河而上，采各种野花编了一个花环戴给他的"茜茜公主"。他盘腿坐在一片牧草茂盛的马莲花丛中，拨动和弦："只要你轻轻一笑，世界变得无限美好……"

大姑来参加我的婚礼，她拧着白皙的眉头，左手不停地捋着她那缕自来卷的刘海儿，目不转睛地盯着那个跟她年龄相仿的男人。她疑惑的目光，有没有挑剔？有没有猜忌？

二十一岁小小的新娘，哪里懂得这些？我趾高气扬地忙碌着，为自己选嫁衣、做头发，拍那种大红嘴唇、浓黑眉毛的婚纱照。在我眼里，她早都不是那个在巷道里发光的英英了。她不过是一个种棉花的农妇，三个孩子的妈妈。

瓜州的土地，比河沿台的土地平整得多。一个十七岁的少女，长发飞扬，面颊红润，眼波流转，骑着一辆女式轻便自行车从地垄中间飞快地绕过来，大声地唤我："大姐，回家吃饭喽！"

没有风，花花的衣袂却飘动着，两个浅浅的酒窝流淌着蜜汁。小娃娃长成了大姑娘，比她的妈妈高大、妩媚，光彩照人，跟巷道里发光的"白天鹅"一样，又不一样。

大姑长久地痴痴地看着自己的女儿，欣赏，赞叹，回忆……一点儿不像我妈看我的目光。

十七岁的女孩，在我和她妈妈欣赏她的一片明亮的阳光里，被一个少年偷偷珍藏。

高个子少年，一个人跑到田里摘头茬棉花。父母在地埂上吼他："花还未开大哩，你着急什么！"他笑笑，手在青涩的棉苞上移动得飞快，像青春的序曲，等不及成熟的号声。

少年开着一辆破皮卡，日出而作，日落而息，一朵一朵摘下棉花拉到城里卖了，买来一部崭新的手机送给花花。

新手机在花花手里只用了一周。她心疼而内疚地蹲在地埂子上哭着不回家，也不见少年的面。她太珍爱那只能发出和弦铃声的新款手机，随时随地揣在兜里，反而丢了它。

少年听了大姑抱歉的解释，远远看了一眼哭泣的花花，又开着皮卡车去了棉花地……

他们结婚后，少年迅速成长为一个成熟睿智的庄稼人。他承包、租赁了很多土地，用来种棉花、种制种玉米。他们生了两个女儿，在城里买了带菜园的楼房。花花穿着碎花的连衣裙，开着小车接送女儿们去上学、放学，参加舞蹈班、绘画班。

我知道，那是每一个河沿台、前进村的女孩向往的生活，是十七岁的英英不敢做的梦……

"老樊是个好人。"这是她们移民去的那个村子对她男人的评价。她转述给我的时候，眼睛里有炫耀和一点点骄傲。

姑父会做家具，种地受苦是个好把式。他一生忠厚老实，为她而活，以她为天。她是家里的主心骨，也是他四处奔波，背日月、挖光阴的唯一动力。

她爱过吗？我不知道。她对她的日子满意吗？我想她日益丰盈起来的脸和白丝光袜子下发福的脚面，回答了我。

实际上，那时的我，已无力疑问他人的生活。我头发根根直立，面目狰狞可憎，披挂着一件华美的袍子，为自己和孩子遮挡风雨。我不想让任何人知道，每当夜晚来临，我会独自脱下袍子，坐在一星微弱的月光下，试图找到一千种杀死袍子里众多虱子的方法。

那些虱子，最终咬穿了我罗曼蒂克的外衣，把破碎的里衣裸露出来。

相聚，验证了老去。尽管我们都不太愿意把自己的头颅伸向时间的车轮，任它碾压。

我和三个姑姑挤在一张床上，一起怀念我们的河沿台。

浓密的头发，白中泛黄的皮肤，杏核眼，粗壮有力的大腿和38码的大脚板……我在她们身上嗅到了河沿台胞衣的气息，找到了自己生命来源的链接地址，看到了遗传学复制粘贴的强大功能，瓦解了十岁以来我对自己血脉和出身的怀疑。

我敞开回忆的大门，任由河沿台的风吹走疑虑的阴云，任由我的姑姑们讲述那些小时候的糗事。那一时刻，我的双眼被幸福的泪水蒙住。而这种感受，对我来说是陌生的、久违的……

大姑做的洋芋拌汤，曾吃坏了我的肚子，让我从庄门口吐到了崔家坡洼；她第一次带着我蹚河，牵着我的手刚走至河中心，我就晕了过去。她不但没有害怕，反而抱着我趴在水面上哈哈大笑……二姑怂恿我和她一起偷吃完了母亲用麦子换来的一簸箕大红的猪头辣椒……小姑那时候喜欢付家的大娃，他有一双大而慵懒的眼睛，因父母亲被杀而远走新疆……

那些年，婶婶们一个一个娶进来。她们那么年轻，眼睛明亮，笑声欢快。她们鲜艳的嫁妆，让我们误以为那就是婚姻的真相。我们以为，只要做了新娘，就可以天天穿着新衣裳，用崭新的红包巾包住自己的大半张脸，除了做饭和呕吐，什么也不用干。

所以，我和我的姑姑们，都曾经无比渴望，做一个新娘。

我们在这种期待里，分别用不同的方式按捺着我们小小的心脏，期待着我们小小的期待。

家庭成员越来越壮大。如果爷爷看见应该是很高兴的，他在世时最大的愿望就是一大家子聚在一起，一个都不要缺。我爸和几个叔叔秉承了爷爷的脾性，聚在一起就开始掰着指头算人口，算缺的是谁。他们以拥有一个人口众多的家族为荣，他们更希望这个家族中的每一个人为彼此带来荣耀，哪怕是小小的荣耀。

　　姑父们却不管这些，他们喜欢在拳头和酒瓶子上见高低。老实木讷的大姑父总是被精明能干的二姑父欺负。狡猾的三姑父是墙头草，哪边厉害就倒向哪边。

　　大姑父跟二姑父划拳猜酒。棉花丰收的二姑父声震瓦宇："姐夫，我今年卖了八万，你卖了多少？"

　　大姑父低低地笑着，两条腿仍然搅在一起："没你多嘞……"

　　二姑父得意地伸出手来，大喝一声："五魁首呀！三星照呀！"

　　"姐夫，你还是划不过我啊！"……

　　在一边炒菜的大姑扔下围裙，坐在大姑父身边，伸出一双不再白皙的拳头，英气勃勃地对二姑父说："来，我跟你划！"

　　眼眸如星，双唇点丹，满颊生辉。

　　那一刻，我看见往昔岁月哗哗倒流，从哈溪滩的巷道里、田野里，骑着快马，沿着河西走廊的荒原迅速奔跑而来，又借助瓜州的风，回到了大姑的脸上。

　　英英，你还是十七岁的英英，是那个能照亮河沿台整个巷道的英英啊。

听书的女人

"李秀秀两口子又去看电影了！"河沿台下滩地里拔大草的女人一边把包巾的角角提起来擦着脸上的汗水，一边冲邻地的另一个女人嚷嚷。另一个女人正在提裤子，拔大草时怕出来进去把麦子踩踏坏，大家都蹲在原地解决。"你眼热了吗？眼热了也跟上看去噻。"头一个女人长叹一声，没接茬，却扯开嗓子漫了一首"花儿"：

> 麦子里拔草了豆儿里来，
> 手巾里包着个肉来。
> 晚夕里想你着夜黑里来，
> 人不来了捎着个信来。

大草是长高了的燕麦。麦子一拃高时，锄的是小草——马刺盖、苦苦菜、盘根错节的节节草，蹲在地里用铲子在麦子的空隙里一个一个地剔除，那时候燕麦是不好铲的，长得跟麦子太像了。就算是认得好的，也铲不干净，所以要等到麦子和燕麦长得跟女人的腰一样高了，再来拔大草——站在地里将燕麦连根拔起。拔大草的女人们挺着腰杆儿包着包巾，远远地看去，绿绿的麦田里，红的、白的、黄的、粉的、天蓝的各色包巾，全是风景，也是风情。

而李秀秀包着跟麦子一样绿的包巾，坐在她男人的自行车后边，到镇上看电影去了。绿包巾云彩一样飘到了天边。

李秀秀并不年轻，她都有四个女儿和一个儿子了。可不年轻的年龄不能阻拦她青年人似的劲头。

她最小的女儿叫尕萍，十五岁的尕萍上三年级。十五岁的尕萍已经知道把自己打扮漂亮了再去上学，跟那些还流着鼻涕的小丫头不一样。她梳着两根好看的长辫子，扎着粉红色的碎绸子，可能是李秀秀做绸子棉袄时剪下来的边角料。漂亮的尕萍每天上学放学都从下坡洼过，住在下坡洼大树底下的崔家独苗崔小龙看上了她。崔小龙抱着尕萍在大树底下亲嘴嘴，对她说：“你妈妈的眼睛真亮，我害怕她！”

尕萍的大姐最漂亮，嫁到凉州后很少回家来。二姐叫跟兄，三姐叫盼兄。明显是爹妈盼了兄弟的，至于到尕萍头上怎么就不盼了，尕萍也没想过。反正她的后面就生下了尕红——没盼，倒有了。

生了尕红，李秀秀也没把这个男娃当回事儿。河沿台的人都说，尕红是三姐盼兄拉大的。

李秀秀依然过着自己喜欢的生活——抽烟、看电影、听小说——就是听，因为她不识字。阴天下雨，她的男人就给她念小说。她男人念得真好，跟电喇叭里的播音员似的，带点青海西宁的口音，一部铿锵的《瓦岗寨》愣是让他念得婉转动听，听得人头皮发麻。听不懂的词，他还会解释一番。男人若不在家，就由上过四年级的二姐跟兄念。去她家里借东西、串门的人看到跟兄在窗下捧着一本厚厚的书念，而李秀秀则靠在高高的被窝垛上哭得稀里哗啦。来人就问跟兄你妈哭啥哩？跟兄说苏冠兰不要丁洁琼了！来人惊讶地说，谁是苏冠兰，谁是丁洁琼？跟兄说是书里的人，叫《第二次握手》。来的人捂着嘴出去了。

河沿台的人蹲在崔家坡沿上喝拌汤，吸溜吸溜喝得风响，全村人笑话李秀秀娘儿们蹲在炕上为一个书里的人哭着哩，清拌汤顺着嘴角流下来。

李秀秀家除了早饭其他时间不喝拌汤。六月里，男人指挥几个女儿去红山洼采萱麻，碧绿青翠的萱麻有刺哩，河沿台的女人们有点怯。李秀秀的女儿们拿着剪刀一枝枝剪在篮子里，拿回家，用开水氽了，放入调料将萱麻熬成拌汤，烙上一摞青稞面的薄饼子，卷上萱麻糊，吃起了"背口袋"。"背口袋"香呀，又烫。你这面咬一口，它那面流；你赶紧那面咬，它又从这一面流出来了。简直是在考验人的技巧呀！河沿台的人傻眼了，没吃过这东西，连见都没见过。男人让婆娘们去学，李秀秀的男人就耐心地教。一个夏天，河沿台弥漫着萱麻的清香，连牲口的性子都变得温和了。

夏天过完了，河沿台再没有人家吃得上"背口袋"了。但李秀秀家依然隔三岔五地吃一顿——她们夏天采来吃不完的萱麻，都放在太阳底下暴晒，完全晒干后碾成碎末放置阴凉干燥处，想吃随时拿出来就做，味道一模一样。尤其是下雨天，漫长的日子，读书的读书，听书的听书，做萱麻饼的也边做边听。故事里渗入了萱麻的清香，"背口袋"里散发着文字的味道。

李秀秀家的锅都是"短命鬼"。蒸馍馍，往往因为听书和读书而忘记了时间，把新的钢筋锅烧一个大窟窿。还有馍没蒸完呀，就打发盼兄去前院贾家借，结果借来的锅又烧通了。

李秀秀的男人从不打老婆，哪怕烧通了三个钢筋锅也不打，这是河沿台的男人瞧不起他的地方。但李秀秀的男人也有让人喜欢的地方——他长得非常英俊帅气，脊梁直挺，爱穿一身藏青色的中山装，眼窝深陷，眼神深邃，眉毛尤其长，有老寿星的潜质，但并不因此而显得老气。据说他在"文化大革命"期间在哈溪滩大名鼎鼎，能说善辩，骁勇好斗，站在中学礼堂里一讲就是几个小时。那时候，他刚满二十岁。"文化大革命"结束后，他被批斗，从此就有点"虎落平阳"的挫败感和"落架的凤凰不如鸡"的宿命感。但他并不因此而打老婆骂孩子。他对他们，有的是宽容和宠溺。就连他家的一头驴，他也用一种让人产生错觉的目光怜爱地看着它，从不抽一鞭子。

锅烧通了，孕萍满庄子找阿爸。他或许就在某一个人家下棋或者喝酒。孕萍趴在人家的庄门门扇上，期期艾艾地唤一声：阿爸，锅又通了！男人就说，好，你先回去，我明天就买。

李秀秀的男人有钱就去买锅。没钱了就去挖金子。双龙沟里有金子。双龙沟离河沿台不远。河沿台的男人们农闲时间都去双龙沟里挖金子，有的人家挖发了，有的人家挖赔了。发了的人家就买了好多绸被面子，缝了十几床崭崭新的绸被子，摞起来放在炕上或炕柜上，人们进去一看就知道，这家人在困难时肯定是缺被子的。赔了的男人拔了几根马莲绑住快要掉底的鞋，从双龙沟里走一天一夜回到家，女人哭天喊地地哭号一阵子，一切又恢复正常了。

李秀秀的男人也去挖金子，但从不恋战，有点收获就回家。别人是看不出来他究竟发了没，因为他们既没有缝被子，也没有再置办别的啥。除了买锅和看电影。可能书也是要买的吧，河沿台的人没看见过，也没深究过。但如今想来，不买书，李秀秀哪来的故事可听呢！

李秀秀的男人不常喝酒，但逢喝必醉。他醉后，一改往日的深邃，变得嘻嘻哈哈起来，大背头的发型乱得有些迷离，在巷道里做投降状扭秧歌，唱"文化大革命"时期的歌曲，后面跟着一帮孩子像看社火一样跟着他。上巷道出来下巷道进，从东巷道扭到了西巷道，孩子们哈哈地笑，他嘻嘻地扭，简直像娶新媳妇一样让人高兴呀！连一些从外村新娶来的尕媳妇也跟了好几条巷道。

李秀秀看见丈夫这样儿也不恼，打发几个女儿去把他拽回家。

天真晴，麦子真绿，李秀秀的包巾真翠。李秀秀搂着她男人的腰，坐在自行车后边，掠过一块连一块的麦子地，掠过那些拔大草的女人，掠过那些五颜六色的包巾，又去镇上看电影。

看完了电影，她或许会哭着回来，也或者笑得比地埂子上的野菊花还艳丽，一脸陶醉地坐在男人身后，脸依偎在他的脊背上。她把看过的电影讲给女儿们听，《被爱情遗忘的角落》里的存妮，《蓝色档案》里的沈亚奇，还有外国电影《驯狮女郎》呢。

男孩尕红，他的年龄与在这个家里的存在感呈负增长态势。他胆小、懦弱，像一只老鼠一样等着三姐盼兄丢几块煮熟的洋芋或递一碗面条给他。下雨天，妈妈和姐姐们都围坐在炕上，又开始读小说了。炉子生得很旺，低矮的屋顶上吊吊灰禁不住热力一根一根地悬挂下来，二姐拿着一支长把的扫帚掸下来，扔到炉子底下。四姐孬萍把柜子上放调料和酱油醋的瓶瓶罐罐擦了一遍又一遍，发出晦暗的光晕。

他躲在阴暗潮湿的厨房里，大多数时候，三姐盼兄会跟他待在一起。三姐没上过学，她更喜欢厨房，这是她的舞台。一到秋天，低矮的湿气排不出去。盼兄会把厨房的炕也填烫。她盘腿坐在厨房炕上，绣花，她想到了出嫁。孬红就像一只猫儿，蜷在三姐的腿弯弯里，摆弄着一个皮筋枪。后来，他出去了。再回来的时候，他的兜鼓鼓的。他背对着三姐蹲在炕沿底下，拿出一个东西"噗噗"地吹了吹，就吃了起来，发出"咔嚓咔嚓"的响声。三姐悄悄爬过去，看见那听上去啃得香喷喷的东西是烧过的煤坷垃。

河沿台烧的都是从断头山上自己挖来的烟煤，烟煤烧过后容易结块。煤坷垃烧成各种奇特、抽象的形状，麻雀、老鼠，或者癫蛤蟆。有的烧成了明亮、坚硬的釉子，好看，却吃不动。跟世界上所有物什一个道理，好看漂亮的东西不一定实用。孬红很会挑。他的兜里一个釉子都没有，全是松脆、干净、能吃的。

李秀秀一次次地追到在别人家煤灰堆上细心挑选煤坷垃的孬红，打他的手，撕他的嘴，脸跟包巾一样绿。

孬红却兴高采烈地对三姐说，我发现贾米米家的煤坷垃最好吃。他难得有笑脸。

孬红上小学了。小学校在河坝里。从学校回家的路上的崖底下，有一截很古老的墙，高约两米，长约三米，基本上不算是墙了。但看得出来是夹着墙板用杵夯出来的，所以说它肯定是个"墙"，据说有五十年了吧。有一天，同学们发现孬红在舔那个老墙上的土。有个同学问孬红墙是啥味道，孬红头一低，脸红了一阵子才说：咸！

放学后，一帮孩子都跑去舔墙。但没有人能坚持，只有尕红持之以恒，他天天舔。

李秀秀再没心情听书了，她天天跟着尕红去上学，再接他放学。尕红低着头走得极慢，眼角的余光飞速地瞟着路两旁的参照物。李秀秀包着掉了色的包巾跟在后面，腿软得像踩在麦草上——滑着站不住，虚着踩不实。她第一次仔细地看这个幼子，她唯一的儿子。他跟他阿爸一样身材颀长，却小小年纪就佝偻了脊背；他褐黄色的眼睛沉静如湖，却不敢与人对视；他硕大的头颅上覆着一头又软又黄的头发，与苍白的脸色倒是很配……

在不听书的日子里，李秀秀最擅长的就是做鞋。绿包巾的两个角角翻起来搭在头顶上，一盘自己搓的麻绳绕在胳膊上，一根银针上下翻飞，一天工夫一只大鞋底子就纳出来了。尕红穿的鞋，她三天就能做一双。在尕红还小的时候，她就想，她的儿子虽然不能像书里说的张飞、李逵、程咬金那些人一样力大无穷，但有一天也会像他的阿爸一样穿一双大大的鞋，去很远很远的地方吧！

二十年后的尕红跟同村的牛娃约好要去青海淘金。临行，李秀秀又为他做了两双新鞋，一双穿着，一双装在包里。牛娃人称"叶子客"，说的是他心狠、手辣，做事不惜命。网上查，有"叶子麻"这个词，说是平凉方言，意思跟哈溪滩的话是相通的。这个"叶子麻"的牛娃，据说是能生吃一颗猪心的。在双龙沟里淘金时，他经常跟沙娃们打架，甚至抢"金贩子"的金子，谁不知道金贩子的厉害呢，可他敢惹贩子！也不知尕红怎么跟他搭上了。

牛娃答应带尕红去青海，要步行翻越龙王山。尕红不知道龙王山的凶险，穿着阿妈做的新鞋出发了。

龙王山海拔 4280 米，终年积雪。翻越到一半，尕红的十个脚指头就冻掉了六个。牛娃的脚却好好的，十个指头一个不少。

河沿台人都说，尕红穿着李秀秀做的新鞋，紧，容易受冻。而牛娃套着一双破大鞋才保住了双脚。

豆蔻红衣

　　娉娉袅袅十三余，豆蔻梢头二月初。我的十三余，被自卑和孤独浸泡，没有娉娉，没有袅袅，青涩如刚结的小杏，又酸又苦，还不想承认自己的酸苦，要多别扭，有多别扭。

　　十三年的学龄，大小换了七所学校，真是想不敏感都不行。小学四年级，爸爸带我去兰州上学，就近报的西固区第二小学。开学都一周了，人家学校还不吐话。爸爸又是个不会做思想工作的拙舌之人，他一点儿也不理解我的焦虑。某一个下午，他把我抱到自行车上飞奔至二小教务处，说是学校同意收下我，但怕我这个小山沟里来的娃娃跟不上本校学生，要先测验一下，如果不行就留在三年级。我立马就紧张得上不来气。

　　教导主任是一个胖而优雅的女人，短短的卷发，不漂亮，但那种盛气凌人和标准的普通话符合我对城里人的所有想象。

　　我在哈溪三年级时已经留过一级了。六岁上的一年级，当时的小学还是五年制，妈妈说等我上初中时得去河对面，太小了自己过河很危险。那时我们的龙滩河上确实没有一座像样的桥。刚开始时是两根木头，后来什么人换了一个废弃的铁轨，再后来铁轨边又加了根木头。留级就是为了长一岁升初中。

　　面对那个胖教导主任，我的心卡在嗓子眼里堵得说不出话来，低下头倒着气不敢看她的脸和眼睛。她的眼睛小而锐利，早把我这个土包子看得散成一堆了，捏都捏不住。她白白的手里拿着一本练习册，指点着几道题，小数点乘法，我居然鬼使神差都答对了。她不相信似的又看了我一会儿，最终同意我上四年级。我这把散土方从地下慢慢聚拢起来，恢复了人形。

红衣服，绿裤子，双股辫，哈溪话。西固二小四年级一班炸了锅，围着看一个"天外来客"，还有一个男生打口哨。后来我知道男生叫小强，他会跳"迪斯科"，给我们班最漂亮的小琴传纸条子："小琴，我喜欢你。"我当时连"喜欢"是啥也不知道。多么时髦的城里人呀！

我开始学着说普通话，拼命学习，拼命要融入城市。"六一"国际儿童节，他们挑了漂亮的女生跳舞，没人叫我；五年级，又没有我。六年级，我的成绩进了前五，作文进了前三，苏老师叫全班同学一起跳集体舞，白衬衫蓝裙子，我因个子高，站在倒数第二排。"娃哈哈啊，娃哈哈，每个人脸上都笑开颜……"

兰州市第六中学初一四班，我的初一。教英语的"电线杆"吕老师是班主任，他的发音为我奠定了特别好的口语基础；跟我一样土气的男同桌撅着一副厚嘴唇，数学题做得飞快；小学的班花小琴继续跟我一个班，她又收过许多个纸条，有非常可爱的苹果肌；喜欢过我也被我喜欢过的班草隆，在英语书上写着"dear"问我是什么意思……初中一年级，怎么就会有那么多的回忆呢？十三岁，我的童年被强行终结，青春期在这一年里提前启动，提前透支，提前催熟了。

初二，又随爸爸的工作调动转到了永登县柳树农中，全是农村学生，我倒成了一个城里人，他们躲着我，在背后说我是"兰州沙果子"。我孤单地坐在油库接送学生的大轿车里，看窗外路两旁高大的白杨树一株一株地变绿，又变黄。

中考前，政策要求要到户口所在地参加小中专考试。一个薄凉的早晨，我踩破龙滩河上的薄冰，绕过一丛丛熟悉的马莲墩，走进了天祝县哈溪镇龙滩中学校门，这个位于我的村庄对面的乡镇中学，我之前一次也没有进去过。

故乡，故乡人，并没有给予我想象中的温情。敏感的青春期哦，遍地都是假想敌。

当时中考执行的是预选制，县教育局分配给各个初中参加小中专考试的名额，各校根据名额进行预选。龙滩中学总共才给了四个预选名额，也就是说，只有预考前四名的学生才有资格去县上参加小中专考试，其他人考高中，全班共二十四人。小中专是当时农村孩子跳出农门的法宝，我，硬生生夺走了他们中某人的一次机会。

我还没到龙滩中学，本村的一个男生就自动退学了，他给同学们说，人家从城里来的，我们哪里竞争得过呀！其实他们不知道，我在永登上的也是农村中学。人们总是对陌生的地域抱有莫名的仰慕和敬畏，正所谓"外来的和尚会念经"。

去了没几天，就有同学看不惯我了——个子太高，穿着紧身的裤子，还戴着眼镜儿，上课朗读课文会用普通话，英语测验居然能考一百分。当时龙滩中学从初二第二学期才开始有了个勉勉强强的英语老师，当然不能与我竞争——我的英语可是在兰州六中吕老师那里打的底子，还不断地收到隆寄来的兰州市英语统一检测试卷和答案。

如今想来，我当时可能是得意而带有一定优越感的——我只计算了自己受伤的阴影面积，却没有计算我伤害他们的阴影面积——都是十五六岁心高气傲的年纪，谁又能包容谁的缺点，谁又能欣赏谁的优点。

中午，同学们一律在学校学习不回家，我却是以前养成的习惯，啥课本也不拿轻松地回家吃午饭，还要睡上一会儿。每次上课前几分钟，我像老师一样镇定地踩着点回到校园，我的同学们正在背单词、背定理。他们中大多数都躲着我，不愿意与我说话。也有人惊讶地问我去干吗了，我也惊讶地回答，去吃饭了呀！你们不吃吗？他们很气愤地说，我们从上了中学就从来没吃过午饭。我们一直在啃冷馍馍。

语文课，老师拿我的作文当范文，连低年级的班上都在传阅我的本子；英语课，老师谦逊地问我某一个句子的进行时态；音乐课，老师让我代她给大家教流行歌曲《一无所有》；政治考试，我用了半小时答完了所有题目就趴在桌子上睡着了……

几天后我发现他们中午在拿我的眼镜取乐。有人告诉我说中午我走后，班里每一个同学都戴着我的黑框眼镜在讲台上演老师。有一天中午我回去得早，黑板上霍然画着一个戴眼镜儿的我，穿着西装，扎着高高的马尾辫，旁边引申出对我的想象——几个代表金钱的元宝——那就是他们心目中俗气的我，为金钱为地位而学习的我，趾高气扬的我了……

那个年纪，如果有人说你爱钱爱权简直比骂你的祖宗八代还惨。我体会到了"四面楚歌"的滋味，也学会了"草木皆兵"。就连有人夸我手白，我都会以为是在讽刺我的不劳而获。集体劳动时男同学们互相打嘴仗，也以为是在影射我，我愤怒地还以白眼，却因不会骂人，反叫人家骂了个痛快……"他们是在排斥我，容不下我。"我又一次自动将自己孤立起来，用小刺将自己包裹起来，敏感而尖刻。

预选考试前的一个晚上，学校门口放电影。同学们都挤作一堆看电影，我也挤在人群里。一个邻村的小伙子问班上一个男生，这个戴眼镜的是你们老师还是同学？那个同学幸灾乐祸地回答说是同学。小伙子和他的同伴哄堂大笑，这么大的丫头还在念书？还戴个眼镜子？在那些没进过校门的人眼中，只有老汉才戴眼镜子，或者是老师。我羞臊至极，从人群中怏怏离去。我不记得当时演的是什么电影，只记得那晚的自卑，被云遮蔽的月牙儿，还有一角似要塌陷的乌黑的天空。

十五岁，身高一米六。我真的看起来年龄很大，大到应该出嫁生孩子了吗？我从头打量自己，痛恨自己比农村其他女孩高，痛恨自己长得老气横秋，又不肯就此低头服输，更加清高孤僻了。

幸亏预选考试很快结束了，我选择回家去复习，不用再待在学校里。

正式考试前，爸爸带我去永登县城买衣服。那是他第一次让我自己挑选衣服。当我在一件大红色的夹克前驻足时，他的眉头皱紧了。这是一件拉链衫，苫不住屁股，太时尚，还贵。错过了那件红衣服，之后的整个市场都被我挑剔殆尽——爸爸妥协，返回去买了那件红衣服。

我穿着那件红衣服参加了小中专考试，然后回到龙滩中学参加毕业典礼。毕业典礼的前一天，我步行去古城街上给同学们买纪念品。大红的夹克衫，银灰色的西裤，半高跟的黑布鞋，我甩着双马尾、脚底下安着弹簧，走得花见花开，云见云飞。因了这件时尚的红衣服，也因了一个多月待在家里的自由自在，我的心情大为改观。

过了古城大桥，太阳刚刚升起来，六月清晨的阳光打在脸上，越发觉得空气清新、岁月美好。一辆自行车戛然停在我面前，两个男生笑吟吟地问候我，紧接着好几辆自行车停在我面前。都是我在龙滩中学的同学，他们也相约着去古城买东西，照相。他们个个打扮一新，心情愉悦，亲热地围着我，打听我这一个月的行踪。一个叫金仓的男同学用自行车载着我，其他同学的自行车跟在我们后面，仿若一个小小的车队，载着我们向古城奔去，向着青春时代飞速奔去……

毕业典礼简单而隆重。校长讲话，班主任讲话，学生代表讲话。然后就是拍照。全班同学跟老师们合影，同学们分别跟各科老师合影，关系要好的同学合影。同学们忽然变得宽容而热情，争相与我合影，索要我的照片，送精美的笔记本给我，还有的请我去他们家里吃饭，约我去山里摘枇杷花。

我的单人黑白小照分别洗了好多张一寸的和二寸的送大家。班里一个男生戏谑："把底片给我吧，我要洗上一百张，贴在我家的墙上。"贴墙上的当然应该是明星照了，大家在教室里笑得好大声，我一点儿也没听出来讽刺和愤恨，全是真诚，全是留恋，全是祝福。

两个月后，穿着那件红衣服，提着行李，我踏上了西去的列车。武威地区财贸学校，一个培养基层会计专业人才的小中专。等待我的将会是什么呢？无论是什么，我都知道，三年后，我将走向社会，我是青年了。

香年

天气晴好，沙尘远去，默契地配合着过年的心思。

我不想出门，在家里煮完了骨头，煮羊肉。窗外不时传来闹社火的声音，大鼓、太平鼓、腰鼓、唢呐，还有秧歌的伴唱，都是我所熟悉的。从窗子里看出去，是浓浓的过年氛围。

给孩子指点看，那个抱着布娃娃的"丑婆子"，是一个社火队伍的灵魂啊！他扮丑自己，讨得众人的欢心，谁又知道他内心深处的感受呢？幸好是过年，每个人都点亮心灵的灯笼，举着灵魂的火把，从琐碎的生活里寻找一首足以抗衡高原寒冷的诗词。

此时，下午三点半，阳光刚好照在我的厨房。在家里的这些日子，大多数时间，我就待在厨房里舞弄。是这个厨房赋予我一个女人应有的柔软和灵巧，还是我赋予了这个厨房温馨和甜美的氛围？各种香味，一次次让我的孩子欢呼，也让我的心一次次浸润。我是如此流连这个厨房，也是如此得心应手于这个舞台。

那些湿气、热气、香气，滋润了我的脸庞，也滋润了我的心灵。我把"母爱"这两个字放在锅里，煮、烹、炸、炒，用一锅锅香汤，一盘盘菜肴，酝酿得丰润而悠长。我的孩子，多年后，你是不是会想起，站在厨房里扎着围裙的年轻妈妈，挥舞着锅铲，大声唱着走调的歌儿，为你端出爱意和唠叨？而这样的一个妈妈，是不是远比一个写诗的或是工作的妈妈更让你觉得温暖，觉得记忆深刻呢？

羊肉锅开了，我一边打沫子，一边哼唱着娜仁齐齐格的《吻你》："银色月光，洒在你脸上……吻你的微笑，吻你的忧伤，有你的地方，哪里都是天堂。有你在身旁，心就不再流浪。"

孩子拿着风筝要出去找同学，临出门时叫我一起去玩。我很诧异，我怎么能跟你去呢？孩子也很诧异："我都可以跟你去玩，你为什么不能跟我去呢？"

挥手跟他再见。他的风筝那么漂亮，有长长的尾巴和艳丽的颜色，像我也曾有过的青春，不敢强留。但曾经拥有过，谁又会否认存在过的美丽和纯真呢。失去的不一定都是遗憾，回忆不一定都伤感。

窗外传来熟悉的曲调。我飞奔着打开阳台的窗子。是啊，是啊，那是我写的歌儿呀："有一种滋味，说不出来，让人流泪……想你的时候，我醉卧天池源头，醉卧天池源头。"很想告诉某一个人，那个闹社火的车上正在播放着我写的歌。也很想告诉逝去的那些美好的日子，一年又来了，我拥抱新的一天，同时也感恩光阴赋予我的伤痛、成熟以及荣耀。

宁静的高原小城，喧闹的世界，我享受的这一份安静和孤独，既然不愿意与人分享，也就无所谓诉说了吧？也就无所谓寂寞了吧！

在这个角落里敲打一些文字，咀嚼一些跟食物一样喷香的句子，心，是如此宁静平和。

羊肉的香味从厨房传到了书房……

慢冬令

时令已至冬月，大地依然醒着。

有雪的冬天，就没有遗憾。雪落下，土地阒寂，吞没了喧嚣，掩盖了浮华。世界在大片翻飞的雪绒里安静了，肃穆了。

雪后的冬天是寂寞的。寂寞就对了，冬天不需要热闹。就像人至暮年，看过了浮世繁华，阅尽了红尘三千，吞咽了芳菲岁月，品咂了酸甜苦辣，再要那虚无的热闹与喧哗做什么呢？

一生被炼成了一颗小而坚韧的丹药，不管是芬芳馥郁，还是苦涩难咽，都将沉下去，静下去，默下去。

蘸着前日的一场雪，擦洗小城的天空。高原的天愈发蓝了。叶舟说，敦煌是蓝色的。在我眼里，天祝也是蓝色的。蓝色的天空和经幡，蓝色的海子边盛开着蓝色的马莲花……

如此安谧的小城，不正是宁静宽厚的蓝吗？

城外的小路，覆着薄薄的一层雪，有浅浅的车辙驶过，几朵脚印向着城南的树林隐去了。路是弯的，心是端的。不论路有多远，有多曲折，心终会把人带到想要抵达的地方。

冬阳柔柔地打在树梢上，几只黑背白腹的喜鹊在树杈间嬉戏蹦跳。杨树围城，小城因此而优雅端正。五月，抽出新鲜的黄嫩芽；夏日，一夜之间枝叶丰茂，拂晓里会唱一些银色的歌谣；秋风至，大片金黄的巴掌叶子，质地润厚，筋络分明，正是天空为大地发来的情书。冬来的那天，一声枯瘦的叹息，开启了小城一个漫长冬日的序幕。

有人来，有人离去。白杨树还在风里，容颜未老，心月俨然。晨曦易夕，人生长勤，有一棵树，还有一个人，从不会因为失去什么而失去风度。

林中有小溪穿行而过。林外是养育这片土地的庄浪河。小溪清亮宁静，被季节风干的浮草在溪水里吮着手指打口哨。哨声绵密，拂过一个人心头的一些阴影。薄雪底下，有偷偷探出头来的草儿，盈盈地绿着，活泼着。缤纷的，不过是别人的日月；素净无争，才是你徘徊婉转后，最好的结局。

庄浪河尚未冰封。下游，一大片雪将裸露的河床盖住了，像盖住了一片狼藉的伤口。白白的雪，温柔的雪，抚慰世上每一颗受伤的心灵。无需圆满，舔舐的过程华美而伤感。像我手背上的痛，慢慢地愈合，慢慢地将往事酿成一坛清酒，喝下去的是白云，托举出来的是明月。

雪落，日清浅。冬天的日子，被一场雪抻长了，被一片蓝宝石似的天空抻长了。寂静而漫长的一天呵，仿佛一生一世都会这么走下去，慢下去，光阴不会有尽头，岁月不会再更迭。

踩着浅浅的积雪，踩着泥泞小路上的石子，数一数树上的喜鹊，听一听雀儿的啁啾，沿着庄浪河听一朵浪花讲述雪山的秘密。虚度的这些时光，终会在一个人的生命里烙下什么样的印痕呢？无须思考，这样的日子不忍纷扰。

慢，慢，慢。声声慢。步步慢。

河坝右手是一丛丛红柳，夏日里未见其媚。肃杀的冬色，映衬出她们的婉约和清丽。那种红，若有若无，淡而不俗，似是隔着帘栊窥见美人的妆容，心动了，情却未动。肃立一旁的一排白杨树，也不似旁的地方一般枯白冰冷，披着一层淡淡的绿纱。想必是露华怜惜，留下红柳的温度，焐一会儿，陪伴一会儿。

向阳的山坡，是阳光打磨过的地方。虽然草也荒芜，石已寒凉，但暖和的气息仍从深厚的黄土地涌动而来，在大山的皱褶里涌动而来。真希望自己是一只轻健的山羊，蹚过河水，爬上山坡，躺在那个凹进去的小洞口，闭着眼睛，放下尘埃，晒着冬日的暖阳，漫一曲撕心扯肺的"花儿"：

　　　　远路上的大眼睛哈，

　　　　回呀嘛回来了……

一个人的冬天里，谁走了？谁又来了？谁的心窝里长满了荒草？山坡上的云知道，有些等待，必定成灾，不会有收成。

日斜无计更流连，归路草和烟。

归去，归去，归路坦坦。

云上的牡丹心上开

小时候，村子里经常会来做小买卖的河州人，收羊皮者居多。这样走村串户的一种谋生手段，怎么也没想到跟富贵艳丽的牡丹花来自同一片土壤水系。想来，羊皮是生活的本真，牡丹是理想的锦衣。将这华美的外衣附着于辛劳的奔走和清苦的生活，且能协调至浪漫天真而妥帖者，有着接了地气而生的境界。

河州是临夏的古称。

《山海经·大荒北经》上记载："有大泽方千里，群鸟所解。""方千里"的大泽，就是指河州川，原为一片汪洋大湖，也就是大夏湖，现在的大夏河。"大夏"之名从何而来呢？此地为古代传说中治水英雄禹的出生地，禹建立了夏朝，是"华夏文明"的夏。在古文明中，"夏"至大、至尊。

临夏，大夏湖畔的一块绿洲。

"群鸟所解"这个词引人浮想联翩。一望无际的大夏湖畔，繁衍生息着众多珍稀禽鸟。每到换羽季节，会有更多的鸟儿来到这儿，脱去旧羽，换上新羽，宛若再生。

想象一下，一片明澈安谧的水域上，优雅漂亮的鸟儿们或在湖边漫步，或贴着水面低低飞翔，或交颈嬉戏，喁喁低语。忽而，展开双翅直插天际，贴着白云盘旋复盘旋，再猛然扎入水中，叼起一条细细的小鱼。鱼儿兀自卷起尾巴，几朵水花在半空骤然炸开……

芦苇丛中，鸟儿们背对霞光，耸起肩膀轻轻抖动，纷繁的羽毛漫天飞舞……饱含水分子的高低声部多重鸣唱中，每一个张开的毛孔都灌入大夏湖清冽的气息。新生的羽毛像春天的芦苇苗，争先恐后破"土"而出。眨眼间，一身柔软轻盈的新羽在晨风中迎接贴着湖面冉冉升起的朝阳……

那时候，村上流行一种叫"古河州"的酒。光光的白瓷瓶子，小口、细肚，盈盈一握的纤弱样儿，上绘红的、紫的大朵牡丹，配很绿的叶子，用小楷毛笔竖行写几句咏牡丹的古诗，然后三个大字"古河州"，又古典又艳丽。婶婶姑姑们最喜欢这种酒瓶子，巴巴地等着酒喝干，洗干净用来做花瓶，插上八瓣梅、毛金莲，或者山里采来的野牡丹、香柴花和大朵的白枇杷花，放在堂屋破旧的木柜上，给单调、苍白的农家日子平添几分喜庆和盼头。

河州人爱牡丹、崇拜牡丹。牡丹渗透在他们生活的每一个细节里。

砖因牡丹而脱俗，花因青砖更雅致。砖雕牡丹仿若一条幽深古巷里走出来的女子，烫大波浪卷发，穿层层叠叠的长裙，一步一步走在青石板铺就的街巷中。灰白背景的背后，关于色彩的想象张力，胜过园中艳丽的花朵。这样的砖雕，在临夏俯首可拾。街道上、政府机关的墙上、曲折蜿蜒的民居巷道……

"八坊十三巷"。幽深幽静的老街巷，青瓦青砖的老房子，散不开老时光的黏稠气息。灯光在地砖上投影出一朵朵紫斑牡丹。

人走过，牡丹就开在人身上、脸上。一回首，花儿又从人的眼睛里滑落下来，开在墙上、地上。这样俏皮的牡丹，是现代文明与旧光阴的融合，是摩登的孙女拉着白发的奶奶在拍婚纱照。

在临夏州劳模工匠高技能人才创新创业示范基地，我们观摩了临夏州总工会依托茶马古市创建的11家"河州工匠"工作室。砖雕青牡丹、木雕白牡丹、蛋雕黄牡丹、铜雕红牡丹……

盖碗茶，也称"三炮台"，是当地人家生活的标配。羊肉可以不吃，盖碗不能不喝。无论穷富，无论老少，晨起，饭前，"刮"上几盅盖碗茶，闻一闻春尖的香，品一口冰糖的甜，心里才熨帖。

盖碗茶要用"牡丹花"开水冲泡，才过瘾，才正宗。为什么要把沸腾的开水称为"牡丹花"呢？不妨亲自烧一锅或者一壶开水，在沸腾之时揭开盖子，你会发现那快速翻腾的开水，从中央不断往四周翻滚，宛如一朵硕大的白牡丹花，一层一层、一瓣一瓣渐次绽开……

坐于瓦屋纸窗下，清风吹过院中的牡丹。花叶娑娑，细数着庸常人家平凡的日子。天上大块的白云，被牧云的人儿追赶，跑着跑着，在天上开出一朵大大的牡丹。

廊下一椅一几，几上一盏素净的盖碗。

两指轻拈，揭开绘着牡丹花的茶盖，刮一下茶碗中的牡丹花水，清甜的茶水裹挟着雪山、草原和黄河的味道直入肺腑。瞬间，心里也开出一朵牡丹来。

牡丹在河州人心目中也是"花儿"的象征，在歌名、曲调名、唱词、衬句中无所不在。

"白牡丹白着耀人哩，红牡丹红着破哩。"这是临夏、青海一带

"花儿"唱牡丹最典型的一句。一个"破"字，唱尽牡丹的娇艳、富丽。

西北人俗日里不说"唱花儿"，而叫"漫少年"。散淡低调的"漫"字，道尽"花儿"的自由、随意和浪漫。就像我们自己，喜欢在广袤的田野上漫步，在高高的雪山和无垠的草甸子上跨马驰骋，在浩渺的沙漠里对着月亮嘶吼。

> 铁青的尕马银笼头，
> 青丝绳绾给的扯手。
> 我俩有缘了换记首（信物），
> 好好儿当一场恋手。

"花儿"里的爱情，爱得直白热烈，恨得热烈直白。

唱歌时，我们喜欢在野天野地里不受拘束地唱，忽而高上云天，忽而低入厚土。伤感时如大海呜咽，快乐时如尕马儿撒欢。不会唱，你就念吧。试一下，心里默念着某一个人的名字，然后用甘肃任何一个市州的方言（最好是临夏方言），拉得长长的，压得低低的，把那几句简单的、押韵的、通俗的歌词慢慢念出来，你会发现，你的胸腔自带配乐，而你的眼里，早已蓄满泪水……

我家的第一件家用电器，是 20 世纪 80 年代最后一年我爸买来的一台卡式录音机，随机获赠一盒当时享誉西北的"花儿皇后"苏平的磁带。甫一打开，清亮高亢的女声就唱："左面的黄河嘛哎哟，右边的石崖嘛哎哟，雪白的鸽子嘛噜楞楞楞呛嘟嘟嘟扑啦啦啦飞，水面上飞哩嘛哦哟……"这些丁零当啷的拟声词，一把就把人的心揪起来了，揪到了白云之上、蓝天之上。想跺脚，想笑，想哭，想跟上那一对雪白的鸽子钻入云层，化成一场暴雨，下他个酣畅淋漓……

歌儿还可以这么唱？

歌儿就得这么唱。

你打算用哪个词语来形容一对鸽子起飞时的优美，戏水时的活泼？形容你的爱情如白鸽子般在大河峡谷里自由飞翔？不不不，根本不需要。这一曲"仓啷啷令"，用一串一串蹦跳的水珠，用这些嘈嘈切切的落玉，把喜悦、爱恋和欢欣都交代得清清楚楚、明明白白了。

在这些水珠和落玉面前，词语苍白、无力。

这些雨打屋瓦溅起的水珠，一把宝石散落在玉盘中的响声，水珠与水珠拥抱的响声，水珠溅在崖壁上的声响，是恋爱的声音，爱情的伴奏。

教室里，主办方为我们安排了一堂别开生面的"花儿"课。专家讲授"花儿"的曲令、音阶、调式、结构等，并邀请当地著名"花儿"歌手现场演唱《上起高山望平川》《一对白鸽子》等经典曲目。

现场听"花儿"，与磁带里听和电视、视频中观看大为不同。

男声粗犷高亢，掀起层层巨浪，一遍遍拍打峡谷中青黑色的岩石。女声激越动听，卷起阵阵清风，一声声催发田野上大片野花。男女齐唱时同腔同调，如峭壁上相互追逐的两只岩羊，你追我赶，你跑我撵，若即若离，又相互交缠……

在河之畔，静坐花间。牧云、吹风、听"花儿"，品盖碗茶，饮河州酒，闻牡丹香，浴黄河水……3000 万年前的风从身边掠过，和政羊、铲齿象、三趾马、披毛犀、埃氏马和巨鬣狗高唱着生命的欢歌从远古走来，在这片神奇、美丽的土地上更迭、创造、成长、新生……

华藏寺的路

此文写于 21 世纪之初，现在的华藏寺的面貌已经发生了许多变化，不能与当时同日而语了。仅以此，纪念那些逝去的岁月。

这里所说的华藏寺不是天祝十四座寺院之一的华藏寺院，而是指天祝县城所在地。这里所说的路也不是行车走马的道路，而是以某某路、某某路命名的街道。团结路、祝贡路、华干路、滨河路四条主要干道，组成了这个不大的带有浓重藏族风格的小镇。我们在这个小镇上生存、生活，热爱或者离去。

祝贡路

祝贡路南起国土局，与延禧路接壤，北至华干路十字，在新城饭馆那儿停下它的脚步。锅炉房、学校、移动公司、百货超市，正在翻新的市场、大饭店小饭馆，林林总总，杂七杂八，包罗万象。可以说，祝贡路自身就构成了一个完整的小社会，是一只小巧玲珑而又五脏俱全的麻雀。一中门前的那条路，前些年，每到夏天就翻浆。一翻浆，就有养路工人，开着隆隆作响的压路机，扛着铁锨、镐等工具赶来，扒开祝贡路的肚子，拉出它的肠子，还有黑色的肝花心肺，翻翻拣拣，拉走一些坏了的，又补充一些新鲜的。而后，在填平的路面上铺上乌黑发亮的沥青，压路机气宇轩昂地压个来回，成功！养路工人也鸣金收兵。可是，第二年，又翻浆了，养路工人和压路机又来了，仍旧是器宇轩昂的，所带的材料也仍旧是新鲜的。如此三番。祝贡路本身却是不急不躁，淡定地眼瞅着他们，仿佛一尊入禅的佛，在看精灵古怪而又终究逃不出佛爷掌心的孙猴子。直至2005年，"历史"才不再重演。

新华中学的高中部划到了一中，高中增加了许多班。放学时间，身着绿色校服的学生波浪一样"哗哗"地从一中新修的大门里涌出来，在祝贡路上一浪一浪地涌向各个路口。彼时的祝贡路，朝阳了许多，年轻了许多，但仍旧是淡然的。那种淡然，却不是无动于衷的，像一中的校长，目送学子们一个个离去，目光里包含着什么呢？

大十字隔断了祝贡路。让一条好端端的祝贡路，平白在中间夹了一条天堂路，当然还有这个所谓的大十字。这个由天堂路和祝贡路组成的大十字之所以名为大十字，也不是浪得虚名的，20世纪90年代这儿的确是县城最集中、最繁华的地段，北边是计划经济时代辉煌一时的民贸大楼，西边是和民贸大楼分庭抗礼的供销商场，南边是农行和工行，东边是县城的文化活动中心——电影院（准确地说，这个方向也是个大概数，并不是特别准确，因为住在这儿的人们常说，华藏寺的方向有点偏）。后来，大十字中心冒出来一个新生事物——交通岗亭，设有红绿灯，却一次也没用过，也从未见过一个警察同志。因此，我常常怀疑，这儿只有我这么认真得近乎固执的人才称之为交通岗，其他人是不这样叫的。有两件小事可以佐证。一次是我站在那儿，给一个朋友打电话，说我在交通岗下面，他死活不能明白那到底是什么地方，最后在我列举了许多特征后，人家才恍然大悟。见了面一再骂我愚不可及，说谁管这儿叫作交通岗？华藏寺人没这样叫的，你是不是从外地来的？前不久，单位一同事约我吃饭，说是"棒棒糖"底下见面。我简直是一头雾水，搞不清她老人家说的这个"棒棒糖"究竟在哪里。最后，也是再三解释和列举，我才明白，原来正是我所说的那个交通岗。问为什么？她说，你看那上头不是像个棒棒糖吗？娃娃们都是这样叫的。真是惭愧，白白在这个地方生活了十几年，竟然从来没发现那交通岗亭上还杵着一颗"棒棒糖"。一路走近，远远地就瞅过来，原来那上面果然有一个类似于棒棒糖的东西，近十米银灰色的铁杆插在交通岗亭上面，天空中一颗彩色的圆球又串在铁杆上，可不是孩童口中一颗棒棒糖吗？不禁哑然失笑。也为这甜蜜的、天真的、童话般的想象力暗暗叫好。

如果说大十字以南的祝贡路是沉静的老麻雀，那么以北的祝贡路就是一只叽叽喳喳的青年麻雀。刚过大十字，气氛立刻热闹起来。理发店里经年累月播放着流行歌曲，今天是狼明天是玫瑰烘托着一个山城单薄的城市色彩，今天炫黄明天酒红的美发师此起彼伏地渲染着内心的焦渴。"张氏排骨店"经典地也是骄傲地为大家演绎了"酒香不怕巷子深"的至理名言。买袜子的和烤红薯的在新华书店门前各叫各的相安无事。钉鞋的"长头发"眼睛亮得惊人，冬天，他们一律黑色的皮夹克，像一颗颗钉子钉在就业局楼下，好像从来没有离开华藏寺一秒钟。卖彩票的小屋前总是围着几个行动诡秘的人物，丝毫不受喧嚣的市面和隔壁"骨里香"的诱惑。惠华楼下的铺面一扩再扩，眼看就要挤到马路牙子上来了。而今天八万五到手的商铺三天后以三十万的价格出手的传说也在这里风起云涌。据说华藏寺仅有的几个"大款"穿着新开业的武汉地下商贸城一条五百元的裤子，坐在凯圣大酒店的雅间里谈论市场行情，谈论轰隆隆拔地而起的新市场，谈论昨晚上怎么跟刚上任的银行行长喝醉了酒称兄道弟的趣事，大有一副"谈笑间，樯橹灰飞烟灭"的豪迈气概。

我家五岁的小侄儿是这儿的"街溜子"，他常常像模像样地走在街道上，吃着烤红薯，提着四驱车，跟一些成年人熟练地打着招呼，俨然是这儿的主人。他的妈妈开着一家洗澡堂，供应着大半个街上商铺的开水和淋浴，没有谁是他不认识的。也没有谁敢怀疑，将来的某一天，他会是这条街上最富的人。

华干路

这是华藏寺最另类的路。说它另类，并不是说它新潮，而恰恰是它的不新潮。它是一条最平民的路。华干路上，常常可以看见农用三轮车停留，车上坐着一个包着花头巾的村妇，两只黑眼睛茫然地看着四周铺面，被一阵阵似唱非唱似说非说的奇怪声音吵得昏头涨脑。忽然地，那车下伸出一只黑手来，夸张地挥舞着，像极了索命的鬼手。她没看见，只是呆呆地看着旁边走过去的豁着领口撅着屁股的胖女人。那只手晃了半天见毫无"收获"，只好收了回去。而后，车底下钻出来一个头发蓬乱穿着臃肿的汉子来，骂骂咧咧翻找工具，找着了才冲着媳妇说："呱（方言，傻）婆娘，没见过个城里人吗？看得傻眯瞪眼的。"村妇这才惊醒过来，怅然叹一口气："走吧！回家吧。"做丈夫的不明白她为什么忽然间惆怅起来，"突突"地发着了修好的车，直奔一家熟悉的批发部而去。华干路上的批发部多，而且大多数面向农村的小卖店，品种五花八门，颜色花里胡哨，针头线脑、副食零嘴、包巾线衣、砖茶酥油等等，罗列出来怕是会让人烦的。但那些前来批发部的农民并不烦。他们不但不烦还很喜欢，他们不喜欢挨个儿在华藏寺的街道上串，也不怎么信奉货比三家。他们看重的是老板的态度和商品的齐全。只要那批发部的老板不拿他们当初次进城的乡巴佬对待，不拿一些过期的、变质的东西糊弄他们，一回生二回熟，他们就像人们常说的"只认一顶帐篷的牦牛"，次次来这儿批发自己需要的东西回去。久了，兴许还跟老板交了朋友，自己也慢慢地变成一个老板了。

华干路上再多的就是电焊铺了。走在这条街上，时时处处都可能看见在钢筋堆里蹲着一个油渍麻花的人，一手拿着防护面具，一手拿着焊枪，"嗞嗞"地喷着火苗，没完没了地焊接着自己与这个小城的某种联系。而玻璃店更是让人匪夷所思，疑惑那些镜子里折射出的究竟是不是真实的自己。怎么也改变不了的方言在这条路的各个铺面里张扬，楦鞋的江苏师傅熟练地跟红脸蛋的曾经是牧羊姑娘的"阿切"们打情骂俏，安徽的木匠师傅更是"猖狂"地娶了一位土族姑娘为妻，生下的孩子说着跟他们夫妇截然不同的语言——"天普话"——天祝普通话。一个家庭三种语言让这个华干路上的商铺一点点地向城市靠近。

外地的客商一定是嗅到了华干路与众不同的气味。他们拉着一车又一车服装、鞋、一元商品等等大城市的人"甩过头"的货在这个小城的外面停下来，下车在城里转了一圈，他们嗅到了那种气味——那种能够容纳外地人和乡里人的特殊的气味，能够容纳喧嚣的市井气息和聒噪的市侩叫喊的气味，他们脸上流露出一种狼嗅出羊味的得意形态，就把战场确定了。于是，他们就在华干路拉开了架势，支起了帐篷，放大了音响，打出了"跳楼价""挥泪大甩卖"等等煽情横幅，准备狠狠地在这个小城赚上一笔。这就是展销会。那些或许跟我们同样贫寒的外地人有的拖儿带女，穿着单薄，脸冻得发紫，却常常在眼神里明明白白地流露出居无定所的惶恐和内心的焦躁。而华干路把这一切都包容了。同时还包容了展销会带来的川流不息的人群，声嘶力竭的吆喝声、讨价声。夜晚，整个华干路阴影森森，每个帐篷都拉上了帘子，外地客商忍耐着高原寒冷的气候在商品中间勉强搭起一个小窝，"咝咝"地哈着寒气缩着脖子入睡，而一个帐篷和另一个帐篷之间究竟发生了什么，山城无人关心，华干路也无心理会。展销会结束的那天凌晨，大队的清洁工出现在华干路上，清扫大堆的纸箱、塑料、蜂窝煤屑等等。有一次，我看见市政所的李所长亲自督阵，他抽着烟的背影在晨曦苍白的光影里很像一个沉思的哲人，在华干路上思考着苏格拉底的命题。

团结路

对于一个经济不发达的小山城来说，这真是一条显赫的路。它起于人大十字，工工整整地排列了天祝藏族自治县四大班子的办公楼，人大、政协、县委，其间夹杂着农业、城建、水利等，居中是县政府仿古的门楼。再往下，司法、电力、公安、财政、林业等。

团结路确实与众不同，它威严、气派，阳光明亮、街道宽阔、车辆稀少，来去的人脚步匆忙，像赋有某种伟大的使命，脸上的表情严峻。那些阴森庄严的建筑里，每天吞吐着大批量的人。而这里的人是不以性别论的，不说是男人和女人，只说是什么级别。

我以一个女人的眼光看来，县委和县政府最大的区别在于，县委的女人比较含蓄沉着，县政府的时髦、新潮，表现在穿着上、发型上，还有说话的方式和走路的姿势上。从另外一个角度看，县委楼外表深灰，走廊沉沉，进去就感觉到一种庄严，迫使你肃然起敬，俨然一位不怒而威的官员。而县政府楼，同样的东西坐向，却是明亮的、开放的、时尚的，像里面的女人，既华丽又不浮躁。进去以后，人声的喧哗和打印机工作的声音从四面八方传来，很有亲和力。

县政府往下的新市场，刚建成时热闹异常，除三层的商铺外，底下还有两排铁皮房。有酿皮子、擀面皮、麻辣烫、羊杂碎、烧烤、凉面等等风味小吃，走在其间，便会被诱惑，会被牵绊。当然，还有理发的、修眉的、卤肉的、配钥匙的、钉鞋的，五花八门，无所不有。浓厚的市井气息里也充满了横流的脏水，纷乱与嘈杂，显然这些与团结路是格格不入的。不久，新市场就被迁往老市场，铁皮房被拆除，摊点划到了祝贡路，彼地变得安静、整洁而肃穆。起始，人们都有点不适应。后来，由甘肃省交通银行投资的达隆路大桥修建成功，与这片街面连为一体，成了小城人们饭后散步的好去处，也与整个团结路融为一体，相得益彰。

团结路上也有我的故事。我曾在天祝县委工作过四年多，当时家住在团结路尽头延禧路南端的平房。刚从乡镇上调到城里工作，不习惯按钟点上班，县报社要求我们按时签到，怕迟到的我经常在团结路上飞奔。后来，在一次县作家协会的年会上，我把这一情形讲给大家听，时任县报社副总编的张师兄抚掌大笑："没想到，当年的团结路上还有一朵飞奔的水母雪莲呀！"后来改为骑自行车，我的车速也曾一度被认识的人戏谑和夸大。假如看见某个女同志很快地骑着自行车从身边走过，就会说，此人跟贾雪莲有一拼呢！还有人传说，我曾飞速骑进县委大院，差点把县纪委的副书记撞翻。但作为当事人的我，却丝毫没有印象，从不知自己做过如此莽撞之事。

在县报社和县委宣传部工作期间，大多数同事都住在团结路两旁的楼群里。高原人又以好饮和善饮著称，所以，每当有聚会，总会有同事喝得酩酊大醉。

后来我不在团结路工作了，仍生活在团结路一侧的屋子里，吃些简单的饭菜，写些简单的文字。不论我离开县城多久，下车后总是直奔团结路的家而来。一些成见、一些别扭都被山城的风刮走了，只留下一些温馨的回忆，像珠子一样在我的回忆里来回滚动。

滚着滚着，那些珠子就更加圆润了，莹白了，过滤去阴沉和晦涩，折射出瑰丽的光晕，浸染得我日渐干涸的心灵越来越柔软，越来越包容。

诗酒话天祝

一

"有一种滋味，说不出来，让人心醉。有一支情歌，唱不出来，让人流泪……"这歌词是我写的。

2003年的一个春天，我和诗人仁谦才华还有几位同事一同到位于安远驿的藏韵酒厂采风。不知是酒厂给了我灵感，还是乌鞘岭开启了我的思绪，当晚，我在半睡半醒的状态下，用孩子的铅笔划拉出个开头，第二天一口气写出了完整的《醉卧藏乡》。

"是谁在马牙雪山挥动长袖，是谁在神女湖边轻轻歌唱。哦！想你的时候，饮一碗青稞美酒，寂寞的时候，我醉卧天池源头。"原籍天祝的著名藏族作曲家桑吉扎西为这首歌谱曲，甘肃省民族歌舞团歌手华尔丹和着低悠的萨克斯和伶俐的长笛倾情演绎。MV录制完成后，好多人都会跟着唱"寂寞的时候，我醉卧天池源头，醉卧天池源头……"

那一年，我三十岁，多么年轻美好的岁月呀！那一年，天祝藏族自治县也年轻——正是为了庆祝自治县成立五十五周年，拍了MV，制作了光盘《藏韵风》。

有人戏谑地问我，能写出这样的歌词，酒量一定不错吧！我笑着竖起三根手指。

二

一直觉得，自己就是天祝的一只绵羊。因为吃草，爱上了草原；因为喝酒，爱上了河流。因为热爱，才用文字一遍遍不厌其烦地反刍、描摹这片土地上的山水、草原和每一朵提前到来的雪花。

出生在天祝，后又在天祝工作生活三十年，我走遍了大部分乡镇，去过好多村庄，问过许多条河流的名字，熟知全县的基本情况、地貌特征、民俗风情，也粗浅地掌握了一些历史文化。

出门在外，不许别人说她一丁点儿不好；来了客人，介绍她的优点如数家珍。

因为文学，与同样一群热爱者——诗人、作家、作词作曲家，交割扶持，喝酒胡编。或谈诗歌音乐这样的雅事，或谈提拔任免这样的俗事，也谈谁跟谁离了跟谁好了这样的八卦。也有时候，诗人们喝醉了酒打起来，打完之后，又勾肩搭背一起送女士回家。回家的路上，我们一起唱自编的歌儿。

我们的血管里流淌着雪山融化的河水，而这河水里流淌的是牵挂，是爱，是诗，还有酒。

三

刚参加工作，我被分配到石门乡政府。第十个年头，调入县文联。

一次因为采访，在迷蒙的雨雾里，又回到石门沟。四野寂静，车轮在沙路上平稳行进，如舟，劈开一大块随风颤颤的绿绸。一只羊在金露梅丛中伸出脖颈，嘴边抿着一朵黄色的花儿。

十八公里，从乡政府到小石门沟，又十八公里到药王庙。雨丝渐密。我独自一人步行许久，在奔涌的石门河畔，徘徊复徘徊。

寻觅，回忆。内心澎湃着石门河的涛声和青春的回响。这片土地，这条河流，见证了我从十九岁的少女成长为一个无所畏惧的母亲；见证了我从懵懂无知变得日渐成熟。

掬一口清甜的泉水，眼泪滴落在泉眼里。十八个泉眼汩汩地流淌着甘洌的祝福。

一位卖酸奶的藏族小伙，仿佛从天而降。他穿着白色的紧身藏袍，腰里系着草绿色的绸腰带，懒散地斜倚在泉水边一块红毯上，左耳上戴着铃铃作响的银耳环，唇边噙着一朵紫色的小杜鹃花。

透过密密的雨丝，我看着他，他看着远处。

"碗中盛的洁白奶，这不是平常的奶，是白色母狮的奶，是白色母羊的奶，是白色乳牛的奶。清水乳汁相交融，这是最圣洁的白奶水。"

石门河回声巨大，是这首藏歌的天然伴奏。

那天，我仰脖饮下一杯酒，没有泪，也没有唱，在心里轻轻地吟着。我问自己，你为谁而歌？

四

在夏玛工作近三年。山一程，水一程，一程程地赶了去，又一程程地赶了来。我的脚步，总是太匆匆。

冰冽的空气，高远的天空，阿尼格念雪山，山风里猎动的经幡，都在我的篇章里纯美如雪。

黑眼睛的姑娘，鹰一样舞动的背影，轻轻将我抱上马背的阿欧，都在我的叹息里纯美如月。

夏玛的冬天，总是来得那样早，那么急。中秋的月亮还没有在我的笔下暗淡，雪花就已经开始飘飞在高悬的藏式屋顶。

初冬的晚上，宿在塔窝的一户人家里。几个男人在喝酒，我和女村主任在窗子跟前躺着聊天。

酒带来欢声笑语，也带来动情伤感。男人们开始漫"花儿"。一首接一首，唱的唱，念的念，曲调韵味无穷，白词动听悠长。爱情是"花儿"的主基调，有赞美、有深情，更多的却是辛酸和追逐。

　　　　大石头根里的石榴儿，

　　　　白牡丹根里的兔儿；

　　　　心肝花想成了三绺儿，

　　　　路远着没听上信儿！

这不就是《诗经》中的"风"吗？不正是"窈窕淑女，寤寐求之。求之不得，寤寐思服"吗？

"一天里想你者肝子疼，一晚夕想你者心疼。"这样的词，痛过的人，爱过的人，伤过的人，不用唱，就慢慢地念，慢慢地咂摸吧！

夏玛，距离县城一百二十公里，山大沟深，地处偏远。民风却如酒淳朴，如水绵长。

早晨五点，就会有人来拍打你的门，诉说他的艰难，顺便放下一嘟噜带着露珠的柏枝。

无论你坐上谁家的炕，都会喝到一口清甜的老砖茶，吃一块厚厚的锅盔馍。哪怕这个人刚刚因为什么跟你争吵过，红过脸。

白土台的月亮，野狐岭上的白牦牛，峨博滩的白枇杷花，二郎池的美丽传说，都烙印在我的记忆里，经过若干年的发酵后，在我的电脑里，变成一行行滚烫的文字，走向很远很远的地方。

雪山擦拭夏玛的月光。

月光保管着我的思念。

思念纯净如夏玛的雪，滔滔从东南方逆风而来。在多雪的春日里，我问：下雪天的白牦牛在干什么？谁能帮我带句话。

五

在县报社和文联工作期间，大多数同事都住在团结路两旁的楼群里。无论是加班还是聚餐后，我们都会结伴回到团结路上各自的家。

每当有聚会，总会有同事喝得酩酊大醉。其中，藏族诗人仁谦才华和扎西尼玛是其中之翘楚。他们二人常常在喝醉后，闹出许多笑话，留下许多笑谈，被冠之以"团长"和"副团长"的称号。

所谓"团"，在天祝方言里是"傻、痴"的意思。山里有一种草，牧人称为"团八草"，羊如果吃了就会不停地绕着自己的尾巴转圈圈，牧人就说，羊吃了"团八草""团"掉了！所以，每当出圈放牧的季节，牧人们会提前出发，把草原围栏里的"团八草"清除干净，才轰赶着自己的"大部队"辗转去往夏季牧场。

山城人浑将喝醉后胡言乱语忘乎所以的人昵称为"团八"。"团"得有了一定境界和一定高度的当然就是"团长"了！我们都是"团员"。

扎西尼玛和仁谦才华两位诗人平日里循规蹈矩，低调温和。每每酒后，却在团结路上放肆地歌唱、吟诗，并在清醒后整理出来，寄给《诗刊》《星星诗刊》《草堂》《散文诗》等全国有名的杂志。收到稿费后继续吃喝大家一起"团"，周而复始——可见他们的"团"不是一般意义上的"团"。

因此，已故作家、时任县文联主席和作家协会主席的靳万龙先生很隆重地为他们命名"团长"。因扎西尼玛酒后没有仁谦才华那么嗓门大而洪亮，故而便屈了一个"副"字。

团结路的夜醉了，诗意涌动，山风浩荡。这里没有禁锢，没有探寻，没有矫饰，没有企图。一种纯粹在黑暗里流淌。

有那么几次，我跟在喝醉酒的队伍后面，跟他们一起大声唱靳先生作词作曲的《团结路之歌》："团结路上的团八多呀，团八多……"

听说，扎西尼玛的鹰舞曾在夜晚的团结路上舞得美轮美奂，人见停步，鬼见侧目。最"销魂"的据说是"回眸一笑"……

朋友，当我竖起三根手指，你猜，我能喝几杯？